光文社文庫

赤川次郎サスペンス劇場

顔のない十字架

新装版

赤川次郎

光　文　社

目次

プロローグ

気分は最低だった。

真夜中で眠かったし、どしゃ降りの雨で視界はほとんどきかなかったし、車の調子はドライブの初めから悪く、おまけに寝不足の頭痛。

要するに、宮川《みやがわ》秀一《しゆういち》は、気分最低だったのである。

加うるに、助手席に座っている、恋人の奈美江《なみえ》が仏頂面《ぶつちようづら》をして、じっと前方をにらみつけていては、まさに言うことなしの最低だったと言えるだろう。

「――今、どの辺？」

「知らねえよ」

答えるのも面倒で、秀一がはねつけると、奈美江はカッとして、

「何を怒ってんのよ！　ヘマつづきだったからって、私に当たらないでよ」

秀一は怒鳴《どな》り返してやりたいのを、じっと抑えた。ともかく、運転に集中していないと、危険だったのである。

六時間近く、ぶっ続けの運転で、ともすれば目の前が、すっとぼやけそうになる。反

射神経も鈍《にぶ》くなっているに違いない。

できることなら、その辺のモテルに入って眠りたかった。——今さら奈美江を抱きたいとも思わない。ただ、眠いだけだ。

しかし、そういうわけにはいかなかった。明日の朝には——いや、正確にはもう午前零時《れいじ》を過ぎていたから、今日ということになるが——会社へ出なくてはならない。休むわけにはいかなかった。

宮川秀一は二十一歳、小さな食料品の販売会社に勤めている。大学を二年で中退して、いくつかの仕事を転々としてから、やっと今の会社にこの半年ほど腰《こし》を落ち着けていた。仕事は、段ボールの荷を卸《おろ》して回る、小型トラックの運転で、給料も特別良くもないが、途中でちょくちょくさぼれるのがいいところだった。

その、さぼりに入ったドライブ・インの店員が奈美江である。大きな胸《むね》と色っぽい尻《しり》の丸味《まるみ》が気に入って、週末のドライブに誘った。

ところが、結果はさんざんで、予約しておいた宿は手違いで取れず、やっと捜《さが》した民宿は一部屋に七、八人も詰め込まれる有様。

到底お楽しみどころではなく、帰り間際にこの会社のライトバンの後ろで抱こうとしていると、パトカーに見とがめられて、あえなく中断。

どうにもついていないのだった。

「まだかかるの？」

奈美江がうんざりした声を出した。「疲れちゃったわ、私」

「我慢しろよ。俺のほうがよっぽど疲れてんだぜ」

「何もしないのに疲れるの？」

「何だと？」

秀一はムッとして、奈美江をにらんだ。

「ほらほら、危ない！——気を付けてよ。まだ死にたくないもんね、私」

「お前なんか、殺したって死なねえよ。保証してやるぜ」

秀一は言い返した。

何か言いあっているほうが、まだよかった。少なくとも目は少しはっきりする。黙っているのが最悪だ。

どの辺を走っているのか、秀一にもいささか心もとない。たぶん多摩《たま》の辺《あた》り……。ほとんど車を見かけないところから見ると、まだ奥多摩《おくたま》の辺かもしれない。

ともかく、山の中で、人家もまばらだ。追突とか正面衝突《しょうとつ》という危険はほとんどなかったが、曲がりくねって、神経の疲れる道だった。

少し道が直線になったところで、秀一はチラリと奈美江のほうを見た。いつの間にやら、大口を開けて眠っている。

「気楽なもんだぜ、畜生」

色気も何もあったもんじゃない。フンと笑って、目を前方へ戻した。

ライトの正面に男が飛び出して来た。――秀一は、一瞬、錯覚《さっかく》かと思った。

こんなところに、人がいるはずはない。俺の車の正面なんかに出て来るわけはない。

それが、グレーのレインコートを着た男だと、はっきり見定めて、ブレーキを思い切り踏むまでに、〇・五秒とはかからなかったはずだが、そのときには、もう間に合わないとわかっていた。

ガクンと衝撃がきて、今まで目の前にあった男の姿が、かき消すように見えなくなった。

急ブレーキで、車が激しくスリップした。

車体が路面を横滑りする。ショックで目を覚ました奈美江が、声もなく目を見開いて、身を縮《ちぢ》める。

このままじゃ道路から飛び出す！――秀一は、一瞬、死を意識した。

不意に車が停《と》まった。

――しばし、雨の音だけが、二人の喘《あえ》ぐような息づかいに混《ま》ざる。

「私を殺す気なの！」

奈美江が金切《かなき》り声を上げた。「いい加減にしてよ！　もういやよ！」

自分でも、意味もなく言葉をぶつけているだけだ。秀一が、ポツンと言った。

「人をはねた」

「――何ですって？」

急に低い声になって、奈美江が訊《き》く。

「人をはねたんだ。コートの男だ……」

秀一はエンジンを停めると、「そこにいろよ」

と言って、外へ出た。雨が叩きつけるように降っている。

秀一は来た道を戻って行った。――たったあれだけの間に、五、六十メートル先まで来ていたのだ。

男は、道路のほぼ中央に、大の字になって倒れていた。真っ直ぐ上にはねとばされて、そのまま道路へ落ちたのだろう。

あのスピード。あの衝撃。――到底、生きているとは思えなかったが、それでも秀一は男がヒョイと起き上がって、

「いや、何でもないよ、大丈夫」

と笑ってくれるのではないかと期待しながら近付いて行った。

もちろん、そんなことは起こらなかった。秀一はかがみ込んで、男の顔を覗《のぞ》き込んだ。暗くてよくわからない。急に、明かりが射《さ》して、びっくりして振り向くと、奈美江が、懐中電灯を手に立っている。

「貸せよ」

懐中電灯の光で、男の顔を照らす。――びっくりするほど若い顔だった。せいぜい、二十四、五歳というところだろう。

眠っているように見えたが、手首には脈はなく、服の内側へ手を入れて胸へ手を当てたが、鼓動《こどう》は少しも感じられなかった。

「死んだの?」

奈美江が囁《ささや》くような声で訊いた。

「ああ。死んでる」

秀一が立ち上がった。急に、奈美江が叫び出した。耳を突き刺すような叫び声を上げ続ける。

「やめろよ! おい! ――よせってば!」

秀一は奈美江の体を揺さぶった。平手で頰《ほお》を打った。しかし奈美江は叫び続けていた。

「やめろ！　やめろ！」

秀一自身の怒鳴る声も、いつしか、奈美江の叫びに近くなっていた……。

佐知子《さちこ》は思いっ切り大きく口を開いて欠伸《あくび》をした。

ヒロインの登場としてはいささか不躾《ぶしつけ》かもしれないが、いかな美女といえども、午前二時ともなれば眠くなってくるのは、やむを得ないことだろう。

「もう着きますから」

車を運転しながら、さっきから、「もうすぐ」を連発しているのは、うだつの上がらないサラリーマンを絵に描《か》いたような、背広にネクタイというスタイルの男性で、

「本当にすみません」

と、もうこれで十回も謝《あやま》っている。

「いいわよ、坂本《さかもと》さんのせいじゃないわ」

と佐知子は言った。

「全くこのボロ車ときたら……。後でよく叱っておきますから」

佐知子はつい笑い出してしまった。坂本が本気でそう言っているのが、おかしくて仕

方なかったのだ。

「次のボーナスで車を買い替えますから」

と坂本は言い訳がましく言った。

「いいのよ、気にしないで。一晩のうちに三度もエンコするなんて、珍しい車だわ。値打ち物になるかもよ」

「恐れ入ります」

坂本は穴があったら入りたい、という顔つきだった。もともとが、いつも恐縮しているような、気の弱そうな顔立ちをしている。

年齢だけは二十七歳だが、二十五歳の佐知子よりよほど頼りなく見えた。

佐知子は、額《ひたい》と眉《まゆ》の線のきつさに、勝ち気な性格がはっきりと現われている。今は少々眠くてトロンとしているが、目はいつもくっきりと焦点を定めている感じで、唇《くちびる》は固く結ばれていた。この年齢では、むしろ小柄なほうだが、よく引き締まって、スポーティな体つきをしている。

少なくとも、坂本にとっては天下一の美女ということになっている。

二人はたまたま職場が近くで、昼食をとりに出た店で知り合った。というより坂本が佐知子に一目惚《ぼ》れしたというのが正しい。

デートはこれがまだ二度目だった。

坂本が中古ながら車を買ったというので、夜の横浜《よこはま》へドライブと洒落《しゃれ》たのはよかったが……。三度の故障のたびに、雨の中でボンネットを開けて大騒ぎ。その間、佐知子は傘《かさ》を持って立っているというわけで、こんな時間になってしまったのである。

「――ああ、やっと着いた」

佐知子のいるアパートの前に車を停めて、坂本は息を吐《は》き出した。「もう車がバラバラになったたっていい」

「大げさね」

佐知子はクスクス笑った。「ともかく送ってくれてありがとう」

「とんでもない。本当に――」

「もういいのよ。そんなに何度も謝ることないわ。ちょっと明日が寝不足になるだけだもの」

「はあ……」

坂本は頭をかいた。

「ね、手に油がついてるわ。顔にも。ちょっと部屋へ来て洗っていらっしゃい」

「佐知子さんの部屋へですか？」

「他の部屋へ入ったら強盗と間違えられるわよ」

「いいんですか？」

「ええ。その代わり手を洗うだけで帰ってね。明日に差し支えるでしょ」

「そりゃ、もちろんです。ただ……」

「何か？」

「トイレも貸していただけますか？」

――二人は軒下へ駆け込んだ。

「二階よ」

佐知子が先に立って階段を上がる。「足音をあんまり立てないでね」

ちょっと小ぎれいな、マンション風の三階建てのアパートである。女性の一人暮らしという住人がほとんどで、佐知子は二階の一室を借りていた。

「――さ、入って」

明かりをつけて、部屋へ上がる。

「失礼します」

坂本が、おずおずと入って来る。「いや、きれいですねえ」

「あんまり見ないで。散らかしてるから」

四畳半ほどのダイニングキッチン、奥に六畳間一つという造り。あまりむだな物は置かない主義なので、さっぱりしている。

「そこが洗面所。お風呂場でお湯が出るから、洗ってちょうだい」

「すみません」

坂本が機械油に汚れた手を洗っている間に、佐知子は、やかんをガスにかけた。まあ、お茶の一杯ぐらいは出してやらなくちゃね……。

本来このアパートは独身者用なのだが、結構男性の「宿泊」は盛んで、朝、男性と一緒に部屋から出て来て、誰かと顔を合わせても、別に照れるでもない。今どき、そんなことでびっくりするような女性はいないのである。

「——どうも。さっぱりしました」

ハンカチで手と顔を拭きながら、坂本がやって来た。

「ちょっと座って。紅茶でも淹《い》れるから」

「いいんですか？　すみません」

よく謝る人ね、と佐知子はおかしくなった。紅茶を出してやったとき、電話が鳴った。

「こんな時間に……ちょっと失礼」

佐知子は受話器を上げた。「はい宮川です」

「姉さん！　やっと出てくれたね！」

「秀一なの？　出かけてて、今帰ったのよ。何なの、こんな時間に？」

「大変なことに……」

「え？　よく聞こえない。何よ？」

「今、公衆電話なんだ。――人をはねた」

「何ですって？」

「車で人をはねたんだ。殺しちゃったんだよ」

佐知子はしばらく物も言えなかった。

「もしもし、姉さん。聞いてるの？」

人を――殺した。佐知子の顔から血の気がひいていった。

「姉さん！　返事してよ。それだけじゃないんだ。他にも大変なことが……」

秀一の声が、上ずって震《ふる》えていた。

月曜日

一　死んだ男の手紙

午前三時。——雨はもう上がっていた。

佐知子は、全くの闇夜の中、坂本から借りた中古車を運転していた。

弟が人をはねた。そのショックは、まだ佐知子の中に尾を引いていたが、すでに混乱からは立ち直っている。心は決まっていた。

この道でいいのかしら……。

不安は、むしろそのことだった。取り乱している秀一の言葉なので、あまりあてにはならなかったが、一応、この道は一本道だし、間違えようがない。

坂本は何が起こったのか、心配して知りたがっていたが、佐知子が、

「何も訊かないで、手を貸《か》してちょうだい」

と頼むと、断わらなかった。何しろ佐知子に惚れてしまっているので、まず何を頼んでもいやとは言わない。

しかし、いくら相手が坂本でも、ひき逃げの手伝いをしろとは言えなかった。本当は、男性が一人、力になってくれれば心強いのだが……。

坂本がいささか頼りないという点は別にしても、何しろ底抜けに人が良くて善人なので、とても、こんなことを頼むわけにはいかないのだ。金でも払って、何でもさせられるという男ではない。

ともかく、ここは自分一人で、何とかしなくてはならない。

佐知子と秀一の両親は、佐知子が大学へ入って間もなく、飛行機事故《じこ》で死んだ。佐知子は大学をやめて働きながら、弟の面倒をみてきたのである。

佐知子がしっかりしすぎているせいか、秀一のほうは、何でも姉に頼り切ってしまうようになった。

このままではいけない、と、佐知子もわかっているのだが、秀一がせっかく入った大学を中退してしまったときも、佐知子が知人に頼み込んで世話してもらった職場を勝手にやめてしまったときも、そのときにはカッとなって、もう二度と面倒などみてやるものかと思いながら、一か月もして秀一が電話してくると、つい金を送ってやったりしてしまうのだった……。

しかし、今度は……今度だけは、今までとはわけが違う。人をはねて殺したのだ。金を払ったり、謝ったりして済《す》むことではない。

ともかく、状況を知らなくては。相手のほうに非があると言いきれるようならば、望みはあるが、しかし、電話での秀一の口ぶりではどうも、秀一の前方不注意もあったようだ。

それに、他にも問題があるらしい。

「それだけじゃないんだ、他にも大変なことが……」

と秀一は言っていた。

一体何事なのか？　人をはねて殺したというだけで充分なのに……。

道は、カーブが続いて、佐知子は少しスピードを落とした。自分が事故でも起こしかねない。

しかし、運転のほうに気を取られたおかげで、少し気持ちは楽になっていた。あれこれと考えている余裕がないからだ。

秀一の説明が間違っていなければ、そろそろのはずだが……。

この坂本のポンコツ車が、エンコしてしまわなければいいが、と佐知子は祈るような気持ちだった。

車を動かすのは久しぶりで、肩が痛くなった。急に疲労が押し寄せてくるのを、しっかりしなくては、と言い聞かせつつ追い払う。

前方に車が停まっているのが見えた。道端に寄せて、停めてある。あれだろうか？

佐知子はスピードを落とした。

秀一が道の真ん中へ飛び出して来て、ライトの中で手を振った。佐知子は車を端へ寄せて停めた。

「――姉さん！　来てくれないかと思ったよ！」

秀一が駆け寄って窓から覗き込むようにして言った。

佐知子は車を出ると、いきなり、平手で秀一の頰を打った。静かな夜にその音がしみ通っていった。

「姉さん……」

佐知子はもう一度打った。

「ごめんよ……。どうしようもなかったんだ……本当だよ」

もう一度、頰が鳴った。

佐知子は、うなだれている弟をじっと見据えて、

「謝るぐらいなら、なぜやったの！」

と言った。「――いいわ。ともかく、今はそんなこと、言ってられない。死体はどう

したの？」

「そこの林の中だよ」

「案内しなさい」

二人は道路を渡った。他の車の通りかかる様子はなかった。

「女の子は？」

と佐知子が訊いた。

「え？」

「どうせ一緒だったんでしょう。車の中？」

「今はこの先のモテルにいる。ヒステリー起こしちゃって……。いったん置いて戻って来たんだよ」

「その子は大丈夫なの？」

「うん、別にどうってことない奴なんだ」

佐知子は黙って首を振った。

懐中電灯で死体を照らすと、

「若いのね」

と佐知子は言った。

「うん。でもわからないんだ。どうしてこんなところにいたのか……。急に道の真ん中に飛び出してきた。ブレーキ踏んだけど、雨だろう。どうしても間に合わなかった」

「どこではねたの?」

「うん。ここだよ」

佐知子は体を起こして見回した。

近くに人家らしいものは全く見えない。もっともこの時間である。明るくなってからでなくてはわからないが。

「どこから出て来たのかしら?」

「わからないよ。さっぱりだ」

「調べたときは死んでたの?」

「うん。間違いなくね」

佐知子はため息とともに、その若い男の死体を見下ろしたが、

「――あなた、他にも大変なことがどうとか言ってたわね。何のことなの?」

と弟を見た。

「うん……それが……」

秀一は口ごもって、ジャンパーのポケットから、折り畳んだ手紙らしいものを取り出

した。

「それは？」

「この男の身許《みもと》を調べようと思ってね。内ポケットを探《さぐ》ったら、出てきたんだ」

「手紙？」

「ただの手紙じゃないんだよ」

佐知子は、それを受け取ると、林から出て、秀一の車のほうへ歩いて行った。

「会社の車？」

「そう……。明日の——いや、今日の朝には返しておかないと」

「無断で借りてきたの？」

「うん」

「呆れた。——傷は？」

「バンパーが少し凹んでるけど、それだけだよ。ちょっと塗料がはげてるかな」

「どこ？」

「この辺さ。でも、この車、かなり古いからね、目立たない」

「でも、死体を見付ければ、警察がそれからこの車を割り出すわ」

「そうだね」

秀一は、いささか感覚がマヒしているようで、無関心な様子で答えた。

佐知子は車の運転席へ座って、車内の明かりをつけた。手紙を広げて、一瞬戸惑った。

それは、文字を切り貼りした手紙だった。新聞、雑誌、その他広告のチラシのものらしい文字もある。

文面はこうだった。

〈お前の娘は預かった。三日以内に五千万円を用意しろ。今日は月曜日だから、水曜日までだ。娘は誰にもわからないところに隠してある。一週間は命を保証するが、次の月曜日には、確実に、かつ自動的に娘の命はない。警察に連絡してもむだだ。金は一万円札で一千万、五千円札で一千万、千円札で三千万だ。もちろん通し番号、新札は使うな。水曜日に連絡する〉

佐知子はくり返し、その文面を読んだ。五千万。一週間。確実に、かつ自動的に……。

「秀一、これは封筒に入ってたの？」

と佐知子は訊いた。

「うん、これだよ」

秀一が差し出したのは、ごくありふれた茶色の定型封筒で、あて名は書いていなかった。封も、開いたままで、まだのり付けしていない。

「これだけ?　他には?」

「他はまだ調べてないよ」

佐知子は、手紙を封筒へ入れると、

「他のポケットを調べてみましょう」

と言った。

全部のポケットをひっくり返してみて、出てきたのは、一枚の名刺だけだった。

「〈K物産課長・真山一郎《まやまいちろう》〉か……」

「こいつの名刺かな」

「こんなに若くて!　まさか」

「じゃ、誰の――」

「私にわかるはずがないでしょう」

と、佐知子は言った。「ともかく、考えましょう」

「本物だと思うかい?」

――佐知子が、車にもたれたまま、ずっと黙り込んでいるので、秀一が不安そうに言った。

「あの手紙?」

「うん」

「いたずらにしちゃ、ずいぶん手間がかかってるわ」

「じゃ、本物? でも、あいつがどうして持ってたんだろう」

「受け取った側とは思えないわ。封筒も、まだ宛名すら書いてない」

「じゃ、あいつが誘拐犯?」

「らしいわね。——問題はその先よ」

「というと?」

「一体、誘拐されたのは誰かってこと。あの手紙にも、封筒にも名前はなかった……」

「そうか。じゃ、さっきの名刺の——」

佐知子は首を振った。

「あんまり可能性はないわね。会社の課長ぐらいで、三日のうちに五千万も用意できると思う? あれはよほどの金持ちの娘よ」

「それなら、きっと大騒ぎになるよ」

「そうかもしれないわ。でも、どうするの? 誰かわかったとしても、その娘がどこにいるのか、わからないのに」

「そうか……」

「月曜日とあるから、今日、これを相手の家のポストへでも入れる気だったのよ。そして一週間……」

「一週間後に命がない、って――」

「それも、〈確実に、かつ自動的に〉とあるわ」

「何のことだろう?」

「私にもわからないわよ」

佐知子は深々と息をついた。「あなた、とんでもないことをしてくれたわね」

秀一はうなだれた。佐知子は腕時計を見た。

「もう四時ね。夜が明けてきちゃうわ。――あなた、この車を戻すのにどれくらいかかる?」

「ここから……二時間かな」

「六時か。もう朝になるわね」

佐知子は考えていたが、「いいわ。じゃ行きなさい」

「でも――」

「後は私が引き受けるから。それから、その女の子をちゃんと拾って行くのよ」

秀一の顔に、やっと微笑が戻った。姉が、「引き受ける」と言ってくれれば、もう大丈夫なのだ、という気持ちが、はっきりと顔に出ていた。

秀一の乗った車が、走り去るのを見送ってから、佐知子は、疲れ切った様子で、しばらくそこに立ったまま目を閉じていた。

実のところ、どうしようという考えがあるわけではなかった。死体をどうするか。そして手紙をどうするか。

死体を道路に置いていけば、やがて発見され、身許も知れるだろう。しかし、ぶつけた車も、まず間違いなく割り出されると思わなければならない。

そうなれば秀一がやったことはすぐにわかる。——死体を隠したらどうか？　そのときは、この手紙が問題になる。

これがいたずらであってくれたら、と佐知子は祈るような気持ちで考えた。

空の底辺が白み始めていた。

佐知子は、車を、奥多摩へ向かって走らせていた。

坂本のボロ車は、奇跡的に快調なスピードで走り続けている。自分の魅力か、それとも、後ろのトランクに入れた男の死体に、車が怯えて必死で走っているのかしら、と佐知子は思った。

少々ふざけたことでも考えなくては、とても神経がもたない。

女の力で、死体を林から引っ張り出し、トランクへ押し込むのは容易なことではなかった。これだけでも秀一にやらせるのだったと悔やんだが、後の祭りだ。

それでも、佐知子は小柄ながら、学生時代にはバレーボールの選手として活躍していたので、今でも下手な男性よりも力がある。何とか道路へ引きずり出したものの、死体の重さに、トランクへ運び入れることは半ば諦《あきら》めかけていたのだ。

だが、そこへ一台の車が近付いて来たので、佐知子はあわてた。何しろ道路に死体が置きっ放しなのである。必死になって、信じ難いほどの力が出た。

遠く木々の間に見えていた車のライトだが、近付いて来るのにそう時間はかかるまい。

佐知子は、死に物狂いで死体の上半身を抱きかかえるようにして、トランクへ突っ伏させると、足をかかえて中へ納め、蓋《ふた》を閉める。男が小柄なのが幸いだった。

間一髪、大きなトラックが轟音《ごうおん》をたてて走り抜けて行った。

疲れて、その後はしばらく、動く元気もなかったが、とにかく夜明けまでには何とかしなくてはならない、と思った。

どうするのか？　——心は決まっていた。秀一を逮捕させるわけにはいかない。

そして今……こうして死体をトランクに入れたまま、佐知子は奥多摩湖へと向かっているのだった。

ずっと以前に、奥多摩湖の底から、白骨死体が見付かったという記事を見たことを、佐知子は憶《おぼ》えていた。今、そこへ向かっているのも、ふとその記事のことを思い出したからである。

それに、もうずいぶん昔の話だが、佐知子自身、仲間のOLと、奥多摩湖をハイキングで歩いたことがあった。あそこなら、見付かるまい。よほど運さえ悪くなければ……。

もちろん、それが違法であり、死者の家族のことを考えれば、許されることでないのは、百も承知だ。

しかし、何としてでも、秀一を救わねばならなかった。あの秀一が、監獄へ行ったらどうなるか？　打ちのめされて、二度と立ち直れまい。

だから、こうしなくてはならないのだ。他に道はないのだ。

佐知子は、まるで自己暗示をかけるように心の中でそうくり返した。――他に道はないのだ。弟のためなのだ。

夜が明けてくる。

「急がなくちゃ」

佐知子はアクセルを少し踏み込んだ。

そっと、両手で押すと、男の死体は一回転して、ザザッと草をかき分けるようにして、落ちていった。水音が聞こえた。

「――とうとう、やっちゃった」

と、佐知子は呟《つぶや》いた。

これで立派な犯罪者だ。だが、捕まるわけにはいかない。その前に、やらねばならぬことがあるのだ……。

すっかり夜は明けていた。

アパートの前に車を停めたのは、もう八時半をすぎていた。

もちろん会社も遅刻だが、今日出勤する気がしない。疲れ切っていて、眠りたかった。よほど途中のモテルあたりで休もうかと思ったのだが、この車を、坂本へ返さねばならないという一心で、ここまで辿りついたのだ。

足取りも重く、二階へ上がると、玄関の鍵を開ける。入ってみると、まだ明かりは点けっ放しで坂本が畳の上で高いびきをかいている。こんなときだが、坂本の眠る姿が、いかにもおかしくて、つい笑《わら》ってしまった。起こしたほうがいいかしら？　坂本が遅刻するようでは気の毒だ。

「坂本さん！　坂本さん！　起きて」

と揺さぶると、

「ウーン……」

と呻《うめ》いて、やっと目を開く。

「あれ？　ここは……佐知子さんじゃありませんか」

「私の部屋よ」

「ああ、そうでしたか。――いや、変な夢を見ましてね」

「変な夢？」

「ええ」

と坂本は目をこすりながら、「佐知子さんの弟さんが事故を起こして、佐知子さんが僕の車で駆けつけるんです。変な夢だったなあ……」

あれが夢だと思っているらしい。それならそのほうが都合がいい。

坂本は時計をふと見て、飛び上がった。

「大変だ！　こりゃ大幅遅刻だ！」

とあわてて玄関へ。「佐知子さん、どうもすみませんでした」

と一言、急いで出て行こうとする。

「坂本さん！」

と佐知子があわてて呼び止めて、「ほら、車のキーを置き忘れたわよ」

と手渡した。

一人になった佐知子は、ともかく鍵とチェーンだけはかけて、ぐったりと部屋の真ん中に座り込んでしまった。

何をする元気もない……。

九時になったら、会社へ電話をしなくてはならない。ともかく、差し当たり、今日は休みだ。その後のことは、また改めて考えよう。

「もうすぐ九時だわ……」

と、佐知子は呟いた。そして——いつしか、目を閉じて、眠り込んでいた……。

ふっと目を覚まして、佐知子は部屋の中を見回した。——どうしたのかしら、私？

どうしてこんな格好で眠ってるのかしら……。

電話が鳴っていた。どうやら、その音で目を覚ましたらしい。急いで受話器を取った。

「姉さん？」

秀一の声を耳にして、すべてを思い出した。そうだ。夢でも何でもない。何もかもが、実際に起こったことなのだ。

「心配してたよ。会社へ電話したら無断で休んでるっていうし……」

「疲れて眠ってたのよ」

と佐知子は言った。「ちゃんと仕事してるの？」

「うん。でも落ち着かなくて」

「当たり前でしょ。今、外から？　例の女の子はどうしたの？」

「アパートへ送っといた」

「しゃべらない？」

「大丈夫さ。僕が捕まったら、あんな人知りませんって言うに決まってる。かかわり合いたくないんだよ」

「私だってかかわり合いたいわけじゃないわよ」

と佐知子は言ってやった。

「あれ……どうした？」

と、秀一がためらいがちに言った。もちろん、はねた男のことを言っているのだ。

「私に任せなさい、って言ったでしょう」

佐知子は突っぱねるように言って、「あなたは何も知らないことにするの。いいわね」

「うん。――すまないね」

情けない声を聞くと、弟への腹立たしさがこみ上げてくるが、同時に、自分が守ってやらなければ、あの子はやっていけないんだ、という思いもあった。

それが、佐知子の弱味である。

秀一のほうもその辺はよく心得ているのだ。

「姉さんにいつも尻ぬぐいをさせてごめんよ。二度とやらないからね」

「わかったから、早く仕事しなさい」

「今、昼飯食べてるところだから」

「もうそんな時間？」

と佐知子は驚いて時計を見た。一時を少し過ぎている。

「会社へ電話しなきゃならないわ。それじゃまた」

佐知子は受話器をいったん置いて、またすぐに取り上げると、社へ電話を入れた。

休みの連絡は上司へ入れなくてはならないのが辛いところだ。佐知子の上司は、とかく、細かいことにやかましいのでは有名な男だった。

佐知子の会社では規則上は女性の生理休暇が月に二日認められているのだが、実際にはあまり取る者がない。届けを出しに行くと、診断書を持って来いなどと言われるので、女性のほうがいやがって普通の休暇に切り換えてしまうのである。

佐知子の上司、辻山《つじやま》は、そんなものをいっさい認めない。それぐらいのことで休まなくてはならないのなら、会社勤めをする資格はないというのが口ぐせだった。

どう理由をつけようか。佐知子が考えあぐねているうちに、電話がつながる。

「辻山だ」

「宮川です」

「困るね、無断で休まれちゃ」

いきなり言われて、佐知子は口を挟む余地もなかった。

「ちゃんと始業時までに連絡してくることになってるんだよ。休みかどうかわからんから、こっちも仕事の処理に困るじゃないか」

「申し訳ありません」

「もう午後だからな。休暇でなく、欠勤扱いにするよ」

有給休暇がなくなっていればともかく、そうでなければ翌日届けを出しても休暇扱いにしてくれるのが慣例だった。

佐知子はムッとしたが、今はそれどころではないのだ、と言い聞かせて、自分を抑えた。

「今週一杯、休ませていただきたいんですが」

と佐知子が言うと、向こうはちょっとの間黙った。何と言ってやろうかと考えているのだろう。相手をしていてはきりがない。

「よろしくお願いします」

と言って、電話を切ってしまった。

クビになるならクビでもいい。働くところはまた見付かる。差し迫った問題を、どうするか、まず考えなくてはならない。

佐知子は、まだいくらかもやがかかったような頭をすっきりさせようと、湯を沸かして濃いコーヒーを淹れた。

ブラックのままで、一杯飲みほすと、少しすっきりした気分になる。もう一杯はミルクと、砂糖を少し入れて、テーブルに置いた。

それからバッグの中から、あの手紙と名刺を出して、テーブルの上に並べた。

佐知子は、切り抜いた文字をていねいに並べて貼りつけた脅迫状を、何度も何度も読み返した。

これを一体どうしたものか？　――本物であることはまず間違いない、と思っていた。いたずらや面白半分にしては、細かい指定が多すぎる。

これが事実として、では、その誘拐された娘というのが、どこの誰の娘なのか、捜す手だてはあるだろうか？

手がかりは、三日間で五千万円の金を用意できそうな金持ちである、ということぐらいである。そんな人間は、東京とその近辺だけでも、数え切れないほどいるだろう。とても自分の手には負えない。

佐知子は、これをそのまま警察へ送ったらどうだろう、と思った。――持って行くわけにはいかない。ただ、何の裏付けもなく、この手紙だけを受け取っても、果たして警察が本気で取り上げてくれるかどうか。

ちょうど、うまく行方不明の届けでも出されていれば、調べる気になるかもしれない。だが、行方不明になった娘の家が、警察に届けているとは限らない。

誘拐されたときの状況にもよるが、家族が、初めから誘拐されたことを承知していたら、おそらく警察へ届けずに、犯人の連絡を待っているだろう。

いずれにしても、事情を説明せずにこの手紙を送っても、警察は単なるいたずらと考えるのではないか。

といって……自分の力で、この娘が誰なのかを探り出し、居場所を見付けることができるだろうか？

それこそ、本当に、わらの山の中から一本の針を捜すような作業だ。手がかりといえば、あの男の持っていた一枚の名刺。

「〈K物産課長・真山一郎〉……。これが頼みの綱か」

佐知子はそう呟いた。

二　詐欺師《さぎし》の影

少し眠ったせいか、佐知子もだいぶ、いつもの落ち着きを取り戻していた。

冷静沈着という点では、並みの男性も及ばないほどである。それゆえか、美人でも、何となく男性からは敬遠されがちで、坂本のように、どことなくぼんやりした男性から頼りになる女性と思われるぐらいがせいぜいだ。

佐知子は時計を見た。一時十五分だ。

「タイムリミットは一週間だわ」

と呟く。

その第一日も、もう午後である。のんびりしてはいられない。

まずは……何をしよう？

佐知子は、ともかく食事をすることに決めた。考えてみれば、ゆうべから何も食べていないのだ。あれだけの労働をしたのだから、少し体力をつける必要がある。

「そうだわ」

お金がいる。行動を起こすにしても、どこへ行って何をするのか、全く予測がつかないのだから、ある程度の費用は常に持っている必要があった。

佐知子は、キャッシュカードを持って、アパートを出た。バッグには、あの手紙と名刺を入れてある。

駅前まで十分ほど歩く。銀行の現金自動支払機には、幸い行列もできていなかった。

これが二十五日だったりしたら大変である。

少し考えてから、二十万円引き出した。もしこれ以上必要になれば、また手近な銀行へ飛び込めばいい。カードは持って歩こう。

佐知子は、駅前の、スーパーマーケットの入っているビルに向かった。この上のレストランが、この辺では比較的ましなほうなのである。

昼食時間を少し過ぎているので、レストランの中は閑散としていた。

たっぷりしたコースの食事を頼んで、佐知子は息をついた。

バッグから、あの手紙を取り出してみる。もちろん、他の客にでも覗かれたら、怪しまれそうなので、開いてみることはしなかったが、もう中の文面も、諳《そら》んじていた。

ウエイターが来て、ナイフやフォークをセットして行く。

この、誘拐された〈娘〉というのは、どれぐらいの年齢だろう？

五千万円の身代金を三日間で用意できる——いや、実際にできるかどうかは別にして、犯人が、できると狙いをつけたほどの金持ちだ。娘といってもそうそう幼い子供とも思えない。親が五十代として、娘は二十代か、少なくとも十代後半……。

脅迫状には、〈一週間は命を保証する〉とあった。しかし、〈次の月曜日には、確実に、かつ自動的に娘の命はない〉という。

〈確実に、かつ自動的に〉という言葉が引っかかる。何か爆弾のようなものでも仕掛けてあるのだろうか？

食事をしながら、佐知子は、誘拐された娘がちゃんと食事をしているのかしら、と思った。——胸を押し潰されそうな気がした。

しかし、今はどうにもできないのだ。

食後のコーヒーを待っている間に、佐知子はレストランの入口に、今日の新聞が重ねてあるのに気付いた。

早速全部持って来ると、一紙ずつ、ていねいに見ていった。誰かが行方不明になった、といった記事が出ていないかと捜してみる。誘拐とわかっていれば、かえって今は報道が規制されて、紙面には出ない。

ただの行方不明という記事なら、本当に隅のほうに小さく載るだけだろう。——佐知子はコーヒーを飲みながら、ゆっくりと見ていったが、結局、それらしい記事は、全く目につかなかった……。

新聞を元の場所へ戻して、さて、そうなると、いよいよこの名刺しかないわけである。〈K物産課長・真山一郎〉

電話番号も書いてあるから、電話をかけるのはやさしい。しかし、問題は相手が出たら、何と言うか、である。

まさか本当の事情を説明するわけにはいかない。出まかせを言うにしても、どういう話にしておけば、ボロが出ずに済むだろうか。

それに——万に一つの可能性だろうが、この真山一郎が、被害者の父親か、もしくは逆に犯人の一人ということも、あり得ないことではないのだ。

ともかく、まず会うことだ、と佐知子は思った。電話だけでは、あやふやな話をすれば怪しまれて、切られてしまうだろう。それでおしまい、ということになる。会うことさえできれば、後は何とでも出まかせを言って相手をつなぎとめておく自信はあった。その点では、自分の笑顔の魅力を充分に心得ているのだ。

いきなり訪ねて行こうか、とも思ったが、それも押し売りのようで逆効果かもしれない。相手に警戒心を起こさせてもうまくないわけだ。

まず、電話でアポイントメントだけは取っておこう、と決めた。レストランのレジのところに赤電話がある。

五十円玉をくずしてもらって、名刺を見ながら、K物産の番号を回した。二度、呼出し音がして、

「はい、K物産でございます」

と、いかにも交換手然とした女性の声が応答してくる。

「恐れ入りますが、課長の真山さんをお願いいたします」

と、佐知子も極力事務的な口調で言った。

「真……山、ですか？」

向こうは戸惑っている様子だった。

「真山さんです。真山一郎さんという方ですが」

妙だ、と思った。このK物産がどれほど大きな会社か知らないが、課長の名を言って、交換がわからないというのはおかしい。

「あの——少々、そのままお待ち下さい」

と交換手は言って、通話は保留されたようだった。

だいぶ待たされた。十円玉が落ちる。まだ二枚入っているが、念のために、一枚追加しておく。たっぷり三分以上は待っただろう。

「お待たせしました」

と、交換手の声がして、電話がどこかへつながる音がした。

「もしもし」

男の声だ。

「真山さんでいらっしゃいますか?」

「私は総務の木下《きのした》と申します」

「はあ。あの……」

「真山一郎という者へご用でいらっしゃいますね?」

「そうなんです」

「それはうちの社員ではございません」

佐知子は面食らった。思いもよらない言葉である。

「ですが、名刺にK物産の課長さんと……」

と言いかけると、

「その件につき、少々ご説明申し上げたいのですが……」

と、木下という男が言った。「こちらへおいで願えませんでしょうか？」

「わかりました。今からお伺いしても構いませんか？」

「どうぞ。場所はご存知ですか？」

「いえ、わかりません。教えていただけますか？」

佐知子は、向こうの説明を手早くメモした。「わかりました。一時間ぐらいで行けると思います」

佐知子は電話を切った。

どうも、出だしから、妙な具合になってしまった。真山一郎という男は、このK物産の社員ではない……。

すると、この名刺は偽造したものなのか？　しかし、何のために？

席へ戻ると、佐知子はコーヒーの飲み残しをぐっと一気に飲んで、立ち上がった。

ともかく行動あるのみだ。後は成り行きによって、対処していく他はない。

レストランを出て、駅へと急ぎながら、あの木下という男の話し方を、思い出していた。

真山一郎が、あそこの社員でないとしても、木下という男の話しぶりでは、何か事情があるのは明らかだった。そうでなければ、わざわざ会社まで来いなどと言うはずがない。

そんな男は知らない、と突っぱねてしまうこともできたろう。それをしなかったのは、会って説明しなくてはならぬような事情があるからに違いない。

まず、その話を聞いてから。すべてはそれからのことだ。

〈K物産〉というのは、そう大きな会社でもなさそうだった。

九階建てのビルの五階、ワンフロアだけを使っていて、ビル自体には、小さな会社がたくさん雑居している。

五階へ上がって、エレベーターを出ると、正面に、〈K物産〉と金文字の入ったガラス扉があり、奥に受付のカウンターが見える。

入って行くと、交換手を兼ねているらしい受付の女の子が、立ち上がってやって来た。

「木下さんにお目にかかりたいのですが」

と佐知子は言った。「さっきお電話した者です」

「こちらへどうぞ」

話が通してあるのか、佐知子は、すぐに応接室へ通された。

応接セットだけで一杯になっている狭い部屋だが、ビルが新しいので、こぎれいではある。

少し待っていると、さっきの女性がお茶を運んで来てくれた。――茶碗を手に取ろうとしたとき、ドアが開いた。

「お待たせしました」

さっきの電話の声である。
三十四、五歳というところか。隙《すき》のない身なりが、かえって嫌味になっているという類《たぐい》の男で、たぶん営業畑なのだろう。独特の愛想の良さがある。
「木下です」

「宮川佐知子と申します」

佐知子は軽く頭を下げた。

「わざわざご足労いただいて、どうも」

「いいえ。それより、これはどういうことなんでしょうか?」

と佐知子は訊いた。この手の男なら、こっちが話さなくても、進んでしゃべってくれる、と思ったのである。

「実は困っておりましてねえ」

と木下は大げさにため息をついた。「当社では、真山一郎などという男は全く知らないのですよ」

「じゃ、名刺は偽物ですのね」

「そうです。まあ、そんなものはいくらでも作れますからね」

と木下は肩をすくめて見せた。「ともかく——はっきり申し上げると、あなたは詐欺《さぎ》にあったわけです」

「詐欺……」

「他に、同じ被害者がいましてね。もうあなたで十人目になります」

「十人も」

「みなさん、いろいろなものへの投機を勧められて、貴重な貯金やへそくりを出しておられる。あなたは何を勧められました？　小豆《あずき》ですか？」

何でもなかったが、黙って肯いておくことにした。

「そうですか。——どれぐらいお金を出されたんです？」

どう答えよう？「へそくり」というぐらいだから、そう大した金額でなくてもよさそうだ。

「あの……二百万ぐらいです」

「そうですか」

木下は肯いた。「まあ、こう言っちゃ何ですが、あなたは軽いほうです。人によっては、二千万も出した人がいるのですよ」

「まあ」

「二百万でも大金には違いない。まことにお気の毒には思いますが、当社とは全く関係のないことでしてね」

佐知子は、少し粘ってやらなくては、と思った。このまま引き退がっては、手掛かりが途切れてしまう。

「でも……困ります。結婚資金に、と貯めたお金を全部――」

「お気持ちはわかりますがね」

「せめて、他の被害者の方を教えて下さい。力を合わせて、犯人に仕返しを――」

「それが……詳《くわ》しい住所などをお訊きしてないので……」

木下は言い淀《よど》んだ。

「住所がわからなくても、せめて電話番号ぐらいはおわかりでしょう？」

「それは……調べないとわかりませんが……」

ついさっきまでの淀みない話しぶりはどこへやら、木下は口ごもって、やたらと咳払《せきばら》いをした。

「お願いです。教えて下さい。せめて半分でも取り戻さないと……結婚するのに、どうしても必要なお金なんです」

佐知子は、ハンカチで目を押えて、すすり泣いた。これは佐知子の特技の一つである。学生時代、演劇部にいたのも、まんざらむだでもなかったということになろうか。

「ちょ、ちょっと……まあ落ち着いて」

木下はあわてて佐知子をなだめにかかった。この手の男は、女に泣かれると弱い、と佐知子は読んでいた。

「実はねえ……」

と木下は言いにくそうに、「この件については上のほうからお達しが出ているんですよ」

「お達し？」

「つまり……被害者の人たちが、連合でも作ってここへ賠償請求でもして来たら、厄介《やっかい》なことになりますからね。当方としては全く責任ないわけだが、そう言って素知らぬ顔はできません。何しろ企業イメージってものがあって、あの会社は弱者に対して高圧的だ、などと言われても困ります。だから、今度の件については、いっさい被害者同士が相互の連絡を取れないように、何も教えてはならんと言い渡されてるんですよ」

木下の言わんとするところは佐知子にもわかった。しかし、だからといって、

「そうですか」

と引き退がるわけにはいかない。

「こちらの会社へは決してご迷惑はおかけしません。お約束します。ですから何とか――」

「そう言われましてもねえ……」

「お願いします」

佐知子は、いささかオーバーかな、とは思ったが、床の絨毯《じゅうたん》へ座り込んで頭を下げた。

「ちょっと、あなた、立って下さいよ」

木下はあわてて佐知子の腕をつかんで立たせようとする。

「教えて下さるまで、ここに座っています」

木下は深く息をついて、

「わかりましたよ。それじゃ……これは私から聞いたとは誰にも言わないで下さいね」

と言った。

「はい！」

「じゃ、これを……」

木下は手帳を取り出すと、ページをくってテーブルの上のメモ用紙に、住所と、〈村《むら》田《た》〉という名を書きつけた。「――この人は二千万円、全財産を持っていかれちまった人なんです。自分一人の力で、その〈真山〉を見つけてやると息まいてましたからね。何かわかるかもしれませんよ」

「ありがとうございます！」

佐知子は感激に声を震《ふる》わせた。もちろん演技上のことだが。

――木下は、佐知子をエレベーターのところまで送って来てくれた。

「うまくお金を取り戻せるといいですね」

「ええ。でも半分諦めてはいますの」

「そうだな。そのほうが賢明かもしれませんよ」

と、木下は肯いた。「いくらかでも戻れば儲けものでしょう」

下りのエレベーターがきた。佐知子は木下へ礼を言って、エレベーターに乗った。

エレベーターが下り始めたとき、ふと、ある疑問が佐知子を捉えた。

あの名刺は偽造したものだったとしても、電話番号は、間違いなく、K物産の番号だった。すると、投機を勧められた人々が、その場で何百万、何千万の金を出したはずはないのだから、実際に金を払うまでの間に、客のほうから〈真山〉という男へ電話をかけることも、なかったとは思えない。

その場合、K物産へ電話すれば、真山などという男がいなかったとすぐにわかり、投機の話もでたらめだとわかってしまう。

真山が十人もの人間をペテンにかけるほどの男なら、なぜそんな馬鹿なことをしたのだろう？　そんなことでは、たちまち捕まってしまうのではないか。

エレベーターを一階で降りて、佐知子は考え込みながら、ビルを出た。

それでも現実に捕まっていない――らしいということは何を意味するのか？

うまく、会社へは電話しないでくれるように客を言いくるめたのか。しかし、そんなことをすればかえって疑われる一方だと思う。そうなると――K物産に、真山と手を組んでいる者がいたことも考えられる。

ともかく、この村田という、二千万円も損をした人のところへ行ってみよう。そこで、その辺の事情もわかるかもしれない。

佐知子は腕時計を見た。そろそろ四時近かった。

村田という家を捜すのに、住所だけで訪ねて行くのは大変だ。電話番号を調べよう、と思った。といっても、〈村田〉という姓《せい》は少なくあるまい。

佐知子は、近くの喫茶店へ入ると、電話帳を借りて、村田の項を見た。小さな文字を何ページも追って行くと、目が痛くなって、涙が出てくる。――やっと、同じ住所に出くわしたときは、思わず肩で息をついた。

村田信一《しんいち》、という名前になっている。早速番号をメモし、電話帳を返すと、赤電話で、その番号をダイヤルした。

「ただいまおかけになった番号は、現在使用されておりません……」

テープが答えた。佐知子はもう一度かけてみた。同じだった。

してみると、行って捜すほかはなさそうである。――骨折り損だったと思うと、がっかりして、腹が立ってきた。四時半になっている。

佐知子は、店を出た。もう、外は黄昏《たそがれ》の色が濃い。

住所だけで、その家を捜し当てるのは、容易ではなかった。特に、電車とバスを乗り継いで、やっとその近くへとやって来たものの、すっかり夜になってしまって、狭い道が入り組んだ、住宅密集地では、どこでその家のことを尋ねればいいのか、困ってしまった。

おまけに、もう一つ、心配なのは、電話が通じなくなっていたことである。

もしかすると、どこかへ引っ越してしまったのかもしれない。二千万という全財産を失って、その家に住んでいられなくなったのではなかろうか。

そうだとすると、転居先も告げずに、夜逃げ同然にいなくなってしまったことも考えられるわけである。そうなると最悪だ。

こういう、住宅が雑多に集まっている地域は、番地も順番でなく、また同じ番地が少し離れたところにある「飛び地」などもあるので、見つけるのは大変である。

佐知子は、やっと店を閉《し》めかけている文房具屋に目を止めて、

「すみません」

と、その奥さんらしい女に声をかけた。

「はい？」

「実はちょっと家を捜しているんですが」

と、佐知子は、番地と、村田信一という名を告げた。

「どの辺か、ご存知ありませんでしょうか」

「村田？」

と、その奥さんは考え込んでいるようだったが、「ちょっと待っておくれ」

と、店の奥へ入って行った。

中で誰かと話している声がする。

「――そうだよね、あの村田さんだね」

と、奥さんが言って、また出て来る。

「あんた、村田さんの知り合い？」

「いえ……。お会いしたことはないんですけど」

「そう。あのね……村田さんは亡《な》くなったのよ」

佐知子は一瞬耳を疑った。

「亡くなったんですか……。あの、お一人で住んでいらしたんでしょうか？」

「いいや、奥さんと子供二人でね」

「じゃ、まだ奥様はそこに？」

「みんな死んじまったよ」

あっさりした言い方なので、佐知子は、ちょっと面食らった。

「みなさん……亡くなったんですか？」

「一家心中よ。知らない？　ニュースにも出たわ。ご主人が奥さんと子供の首を絞めてね、自分も首を吊ったのよ」

「まあ……」

それでは電話も通じないはずである。それにしても……。

「原因はわかったんでしょうか？」

「何だか、借金をしょい込んで、返せなくなったってことだったよ」

すると、その二千万円は、借金して作ったお金なのだろうか？　それでは犯人捜しに必死になるのもわかるような気がする。

「そのお宅は、今は空家なんですか？」

「そのはずよ」

一応その家への道順も訊いて出たものの、どうも、この捜査は空振りに終わりそうな、いやな予感がしていた。言われたとおりに辿って行くと、その家は、すぐにわかった。

驚いたことに、家には明かりがついていた。――誰だろう？

ちょっとためらったが、今さら遠慮しても始まらない。

玄関の呼鈴を鳴らした。ややあって、

「どなたですか?」

と女の声がした。

「すみません、夜分に。実は村田さんのことでうかがいたいことがあって、来てみたんですが」

「お名前は?」

「あの……宮川佐知子といいます」

正直に言うことに決めた。

女なので安心したのか、玄関がガラガラと開いて、四十歳前後の、やせぎすな女が出て来た。

「どういうご用?」

警戒するような目で、佐知子をジロリと眺め回す。

「あの——失礼ですが、村田さんのご親戚の方でいらっしゃいますか?」

「ええ、村田の妹ですが」

「そうでしたか。とんだことで……」

「あなたはどういう関係の方?」

「はい、実は……」

と佐知子が事情を話すと、相手は同情してはくれたものの、真山一郎という名前には全く心当たりがないという返事だった。

「兄とはずっと疎遠になっていたものですからね。どういう事情だったのか、さっぱりわからないんですよ」

「何かこう……遺書の中にでも、真山という名がありませんでした？」

佐知子の言葉にも、村田の妹は首をかしげるばかりだった。

結局、何の得るところもないままに、佐知子は、村田信一の家を出て来た。

せっかくの手掛かりの糸が、早くも途切れてしまいそうだ。これでは、誘拐事件の調査など及びもつかない。

考え込みながら歩いていると、

「あら、さっきの人ね」

と声をかけられた。見れば、村田の家を訊いた文房具屋の奥さんだ。

「どうもさっきは――」

「いいえ、誰かいた？」

「ええ、村田さんの妹さんが」

「妹？　奥さんの？」

「いいえ、ご主人のほうだとおっしゃってましたけど」

「あら、変ねえ」

と首をかしげる。

「何がですか？」

「ご主人のほうは一人っ子だと思ったけど」

「――本当ですか？」

佐知子は足を止めた。

「ええ、あの人、自分が一人っ子で寂しかったから、どうしても子供は二人ほしかったんだ、って、いつか話してたもの」

「失礼します」

佐知子は、急いで村田の家へと取って返した。あの女は偽者《にせもの》だったのか！

もう村田の家は、明かりも消えて、ひっそりと静まり返っていた。玄関の戸を開けようとしたが、鍵がかかっている。どうやら逃げられたらしい。

佐知子は息を弾《はず》ませて、暗くなった家をにらみつけた。

――佐知子は駅の近くまで戻《もど》って来ると、夕食をとりに、駅前のレストランに入った。

適当にオーダーして、水を一口飲むと、急に疲れたような気がしてきた。

あの女は一体何のためにあそこへ入り込んでいたのだろうか？

コロリと騙された自分にも腹が立つ。とはいえ、まさかそんなことがあるとは、予想もしていなかったのだから……。

どうも、これは誘拐事件だけでなく、その他にも何か犯罪が絡んでいそうな雰囲気である。

さもなければ、あんな嘘をつく必要がどこにあるだろう。あの女は、何の用があって、村田の家にいたのか？　何かを捜しに来ていたのだろうか？　——発見されては困る書類とか……。

佐知子は頭を振った。いささかスリラーじみてしまう。もっと現実的に物事を考えなくては。

料理がきた。急にお腹が空いてきて、佐知子は、あまり独身女性としてみっともなくない程度に、せっせと食べ始めた。

「ありがとうございました」

二口、三口食べ始めたところで、レジのほうで声がした。

佐知子は何気なくレジのほうを見た。さっきの女だ。

一瞬、錯覚かと思った。しかし、幻を見るほど空腹だというわけでもない。あの女もこの駅へ戻って来る可能性が高いわけだし、食事をしようと見回せば、この店が一番目につくことは確かである。

女は金を払って、出て行く。

佐知子は伝票を引っつかんで——もう一口エビフライを口へ放り込んだ。これが一番高いはずだ！

そして料金を払うと、急いで女の後を追って行った。


女は電車で都心のほうへと向かっている。

割合に空いた電車なので、見張っているのは楽だったが、かえって、向こうに見られる可能性も高い。

こん畜生！　絶対逃がさないからね！　若い女性に似合わないセリフを、心の中で吐いて、女をにらみつけていた。

——新宿へ出ると、女は、バーやキャバレーが軒を連ねた一角へと足を向けた。

佐知子とてアルコールにそう弱いほうでもないのだが、やはり行く店の種類が違う。

女の姿を見失わないように、尾行して行く。

女は、小さなバーへと姿を消した。構えから見て、入って行けばすぐ目につく程度の小さな店だろう。

佐知子は、どこか、このバーの入口を見張っていられるところはないかと見回した。

少し表に立っていようか。何だか、その手の女と間違えられそうだが。

赤電話を見付けた佐知子はそこへ行って、受話器を取った。話しているふりをすれば、多少時間を稼げる。

――幸い、あまり「長電話」にならずに済んだ。十分ほどして、女は出て来た。

一緒に出て来たのは、〈K物産〉の木下であった。

アパートの近くまで戻ったときは、もうヘトヘトだった。

あの木下という男、とんだ食わせ者だわ、と佐知子は腹が立って仕方なかった。佐知子が村田のところへ行くとわかっていたので、あの女に、あんな芝居をさせたのだろう。

しかし、何のために？

ともかく今日はもうだめだ。――相手が木下なら、会社もわかっているのだから、焦ることはない。いや、本当は焦らなくてはならないのだが、一日ですべてをやってしまうというのは無理な話だ。

「ああ、お腹空いた……」

そう言えば、あのレストランで夕食を食べ損なったのだった。——やれやれ、部屋へ帰ってラーメンでも食べるか。

アパートの前に、見たことのあるボロ車が停まっていた。

「まあ坂本さん」

車にもたれて立っているのは、坂本だった。

「佐知子さん！」

坂本は大げさに息をついた。

「何しているの？」

「お帰りになるのを待ってたんですよ」

「まあ。——でも、どうして？　何か用だったの？」

「いや、今日、佐知子さんの会社へ電話したら、一週間もお休みだっていうじゃありませんか」

「ちょっと用があってね」

「だから、これはてっきり新婚旅行にでもお出かけになったかと……」

「まさか」

と佐知子は笑った。

「本当に気が気じゃなかったんですよ」

と坂本は、恨めしそうに言った。

「ごめんなさい、それは……。ねえ、私、お腹が空いて死にそうなの。その車でどこか食べるところへ連れて行ってくれる？」

と佐知子は言った。

――猛烈な食欲で佐知子は食事を片付けた。いろいろな事件のショックから、やっと立ち直って、本来の楽天性が戻ってきたらしい。

「そんなに一生懸命食べていただけると、おごりがいがありますね」

と坂本が笑いながら言った。

「あら、ここは私がおごるわ。無理言って連れて来ていただいたんですもの」

「とんでもない。僕の安月給でも、佐知子さんの食べるぐらいは出ますよ」

「そう？　じゃお言葉に甘えて」

佐知子が食後のコーヒーを飲んでいると、坂本が真顔になって言った。

「佐知子さん、ちょっと伺いたいことがあるんですが」

「あら、何かしら？」

「実は、昨日、佐知子さんのアパートで眠っちゃったでしょう」

「そのとき、弟さんが事故を起こして——。あれは夢かしらと思っていたんですが、後で車を見ると、えらくガソリンが減ってるんです。あれは事実だったんですね」

佐知子は、ちょっとためらった。

「ええ。そうなの、ごめんなさい」

と素直に言った。

坂本は何となく嘘《うそ》をつくとか、騙すということのできない相手なのだ。

「そりゃ大変ですねえ」

と坂本は言った。「何か僕で力になれることがありませんか」

佐知子は迷った。——しかし、まさか、死体を始末してしまったなどとしゃべるわけにはいかない。坂本が警察へ通報するとは思わないが、もし、佐知子が罪に問われることがあったら、坂本を巻き添えにすることになるかもしれない。

それは避けたかったのである。

「いいのよ。心配してもらって嬉しいけど、これは私と弟の問題だから」

「そうですか。無理にとは言いませんが」

「ええ、訊かないで、お願い」

「わかりました。では、何かあったら、必ず言って下さいね」

「ええ、そのときはね」

と佐知子は肯いた。

第一日は終わってしまった。後六日。――その間にあの脅迫状の謎を、解くことができるだろうか？

火曜日

一　冷たい刃

火曜日が明けた。

佐知子は早く起きるつもりだったのだが、日曜の深夜からの疲れが一度に出たのか、九時過ぎまで眠ってしまった。

いけない、とあわてて飛び起きたものの、別に会社へ行くわけではない。

さて今日は、あのけしからん木下という男をこらしめなくてはならない。女だと思って馬鹿にして！

どうしてくれよう。川へ突き落とすか。顔をかきむしってやるか。それとも……。

いささか穏やかでない期待に胸をふくらませながら顔を洗い、さっぱりする。

午前中に電話をして、昼休みに取っ捕まえるのがいいだろう。佐知子は仕度をして家を出た。

遅い朝食を喫茶店のモーニングセットでとって、K物産へ向かった。

ビルの前に着いたのは午前十一時。いいタイミングである。手近な赤電話で、K物産へかけ、木下を呼び出す。

「はい、木下でございます」

愛想のいい声が聞こえてきた。

「あの、昨日おうかがいした、宮川佐知子と申しますが……」

「宮川さん……」

「真山一郎という人のことで」

「ああ、そうでしたね」

木下の言い方は、わざとらしかった。明らかに初めから佐知子のことはわかっていたのである。

「どうでした？　何か手掛かりらしいものがありましたか」

「実は教えていただいた村田という人は一家心中してしまっていたんです」

「そうでしたか！　そりゃあ気の毒なことをしましたねえ……」

全くどこまで図々しいのか。

「そのことで、ちょっとお目にかかりたいんです」

「はあ、しかし……」

「今、社の前まで来ています。ぜひ会って下さい」

「困りましたねえ」

「その村田さんのところで妙な人に会ったんですの」

「妙な人？」

「ええ、村田さんの妹というんですけど——」

「大方、財産の整理にでも来ていたんじゃありませんか？」

「村田さんに妹はいないんです」

「何ですって？」

「村田さんは一人っ子で、妹はありません。様子がおかしいので、調べたんです」

もちろん、これは出まかせだ。しかし、この程度のはったりは必要である。

向こうをドキリとさせる効果があるだろう。

「そ、それは妙ですね」

「それにはもっと何か裏があると思うんです。お願いします。会って下さい」

「そうですね……今、仕事中なので……」

「お昼休みで結構です。お待ちしていますから。どこか適当な店を教えて下さい」

ここは押しの一手である。

「——わかりました」

木下は諦めたようにため息をついた。「それじゃ、ちょっと離れていますけど——」

と、あるレストランを教えた。

「わかりました。そちらでお待ちしていますので。ああ、それから——」

「何です？」

「村田さんは亡くなってしまったので、他の被害者の方を教えて下さい。よろしく」

相手が何か言う前に切ってしまう。これでいい。

ぐずぐずしている暇はないのだ。


佐知子は、指定されたレストランへ歩き出した。

ちょっと目立たない、地下へ降りて行くレストランで、昼食時でもないので、ほとんど客はいなかった。

朝を済ませたばかりで、お腹は空いていなかったが、どうせ木下に払わせようと、軽いランチを注文した。

十二時になると、何人かの客は入って来たが、席は半分も埋まらない。——木下はなかなか現われなかった。

「何しているのかしら」

佐知子は苛々と呟いた。

十二時十分。十五分。——佐知子は、K物産へ電話しようと思った。

「すみません」

とウエイターへ声をかける。「電話はあります？」

「その奥の柱の向こうですが」

と教えられ、行ってみると、奥まった目立たない場所に、赤電話が一台置いてある。

十円玉を入れてダイヤルを回す。誰かがやって来て傍に立った。

「もしもし、K物産ですか？　木下さんをお願い——」

いきなり手がのびて来て、フックを押した。電話が切れ、残った十円玉が音を立てて落ちる。

「何をするんです？」

と振り向いた佐知子の目の前で、銀色のナイフが光った。息を呑むと同時に、ナイフの尖端が、佐知子の喉へピタリと当てられる。

——見たことのない男だった。

見るからに凶暴そうな男ならともかく、どう見ても、当たり前の若いビジネスマンという感じなのが、かえって恐ろしい。

「あんまり余計なことをするんじゃない」

と男は低い声で言った。「おとなしくしてな。いいか」

ナイフの刃が喉から下がって、胸元へ当てられた。

いくら佐知子が気丈な女性でも、胸にナイフを突きつけられたのは初めてだ。さすがに、血の気がひいて、足が震えた。

「まだ死にたくないだろう」

男はそう言って、ナイフの刃をそっと佐知子のブラウスに滑り込ませた。肌に、チクリと突かれる感覚があって、ピクッと体が震えた。

「まだ若いんだ。死ぬのは惜しいぜ」

男はそう言うと、刃を上へ上げた。ブラウスのボタンが飛ぶ。

「わかったな。家へ帰って、テレビでも見てな。いいか」

佐知子は、肯いて見せた。男はナイフを素早くポケットへ納めると、姿を消した。

佐知子はしばらく、そこから動けなかった。初めて味わう恐怖に、身がすくんでしまっていたのだ。

ひょい、と誰かが現われて、佐知子は、キャッと悲鳴を上げそうになった。

「あの——電話、使ってますか？」

とその男は訊いた。


恐怖が鎮まるのに、席へ戻ってからしばらくかかった。予期していたのならともかく、全く突然にそれは襲いかかってきたのだ。

コーヒーを頼んで、いざカップを持ってみると、手はまだ小刻みに震えていた。

木下は来ていない。ということは、木下が、あの男をよこしたということだ。いや、他の人間かもしれないが、ともかく木下からの連絡で動いたことは確かである。

思いもかけなかったことだ。

裏には、かなり大きなものが隠されていると思わなくてはならない。

「これからどうしよう？」

と佐知子は呟いた。

得体の知れない相手である。自分一人でどうやって探って行けるか。あの脅しは、決して脅しだけではない。

もう諦めてしまおうか。——放っておけば、誰も知らずに終わってしまう。

あの脅迫状だって、いたずらかもしれないし。そうだとも。

しかし、佐知子は、自分が、この捜査を止めないことを知っていた。あの脅迫状は、いたずらなどではないのだ。あのとおり、どこかに、誰かが、閉じ込められて、一週間後に、確実に、自動的に訪れる死を待っているのだ。それを忘れてしまうことは、佐知子にはできない。——そうなのだ。それが佐知子の性格だから。

佐知子はレストランを出ると、左右を見回した。もうすぐ一時になるところだった。どこへ行くというあてがない。何かもう少し、手掛かりでもあれば……。

そこへ、

「やあ、どうも」

と声がして、驚いたことに、木下が急ぎ足でやって来たのだ。

「いや、申し訳ありません」

と、木下は息を弾ませて、「昼に会合があったのを、すっかり忘れてましてね」

「はあ……」

「最初だけ出て抜けて来ようと思っていたら議長に選ばれちゃったんです。すみませんでした」

「いえ」

「食事は済みましたか？　それじゃ、その辺へ入りましょう」

と、木下は佐知子を促して、近くのパーラーへ連れて行った。

どうなってるの？——佐知子は、ただ呆気に取られていた。

「時間は大丈夫」

と木下は肯いて、「仕事で外出、ということになってますからね」

「そうですか」

「ところで、村田という人は気の毒でしたねえ」

と、木下は首を振った。

「その妹と名乗ってた女に、心当たりはありませんか」

「見当もつきませんねえ」

木下は白々しく言った。

佐知子は、遅まきながら腹が立ってきた。木下があの女と会ったのを、ちゃんと見ているのだ。——しかし、今のナイフの男はどうかかわって来るのだろう？

「木下さん、私と会うことを、どなたかへお話しになりましたか？」

「いいえ。どうしてです？」

話したとしても、認めるはずがない。愚問だった。しかし、せっかく脅しつけておいて、またわざわざやって来たというのは、どういうわけだろう？

もしかすると、あのナイフの男は、ずっと佐知子の後を尾けていたのかもしれない。

「ひとつうかがいたいんですけど」

と佐知子は言った。「ナイフを使うお友だちはありません？」

乱れたベッドの中で、女が動いた。

「ああ……眠っちゃった」

モゾモゾと身動きして、ベッドの中から手を伸ばす。腕時計を手に取って眺めると、

「いやだ！　もうこんな時間！」

あわててベッドに起き上がる。

一緒に寝ていた男がウーンと唸った。

「あ、そうか」

男と寝ていたのだ。それで眠り込んでしまったのに違いない。男のほうは少し体を動かしたが、また眠り込んでしまったようだ。

まあいいや、放っとけば、と奈美江は思った。どうせここは通りすがりのモテルであ

る。何時まで寝ていようとご自由にだ。

奈美江のほうはそうもいかない。今日はドライブ・インで三時からの勤務である。あの口やかましい爺さんに嫌味を言われるのかと思うと、よっぽど休んでしまおうかと考えたが、何しろ昨日休んでしまったのだ。

これ以上休んだら、あっさりクビにされるだろう。

「お金さえありゃね……」

一日のうちで、奈美江は少なくとも五回はそう呟いていた。

裸のままでベッドから出ると、大欠伸をしながら、バスルームへ入る。パッキンが古くなっているらしい、水の滴っているシャワーを手に取って、少し熱めの湯を出す。

たっぷり汗をかいた後なので、熱いシャワーが最高だ。

出勤途中、フラリと時間潰しに寄ったスナックで引っかけた男で、名前も知らないが、まあなかなか相性は悪くなかった。

日曜日にあんなひどい目にあったのだから、少々埋め合わせをしたのだ。――秀一は今日も来るだろうか?

気持ち良さそうに目を閉じて、奈美江はしばらくシャワーの熱い流れに身を任せていた。

それにしても……秀一はあのはねた男をどうしたのだろう?

昨日、ドライブ・インを休んでアパートでぐうたらしていたので、珍しく新聞などを開いて見たが、事故の記事はなかった。普通のありふれた事故など、記事にもならないのだろう、と思った。

しかし、よく考えてみるとどうも妙だ。

男をはねた後、ヒステリーを起こした奈美江を、秀一はモテルへ連れて行った。そして、朝になる前に、アパートへ送って来たのだ。

もし、ちゃんと警察へ通報していたら、そんなことはできなかったろう。当然、警察へ連れて行かれ、厳しく取り調べられたはずだからだ。

つまり、秀一は、あの事故を警察へ届けていないのだ。

——ひき逃げ。

いやだわ、と奈美江は思った。もし、捕まったとき、秀一が自分の名を出さないだろうか？ そんなことになったら、当然今のドライブ・インはクビになる。

今度秀一に会ったら、よく念を押しておかないと……。

さあ、いい加減に出かけないと、本当に遅刻だ。そう考えて、やっと気が付いた。

ここはモテルである。ということは、車がなくては、ドライブ・インまで行くこともできない。

あの男を起こさなきゃ。車でドライブ・インまで送らせるのだ。

バスタオルで急いで体を拭うと、そのままそれを体に巻きつけて、奈美江はバスルームを出た。——そして立ちすくんだ。

しばらく、身動きもできなかった。

ベッドは空だった。男の姿は消えていた。それだけならいい。料金はもう払ってあるのだから。

奈美江が呆然としたのは、男の服だけでなく、自分の服もバッグも、全部、きれいになくなっていたからだった。

「そんな……ひどいじゃないの!」

奈美江は、むだとわかってはいても、ベッドの下や、椅子の後ろを捜した。もちろん、百円玉一つ落ちていない。

奈美江は、ベッドに力なく座った。——全裸のままで置いていかれてしまったのだ。どうしたらいいのだろう?

今日も休みか。

秀一はドライブ・インへ入って、奈美江の姿が見えないので、半ばがっかりし、半ばホッとした。

テーブルについて、ハンバーガーとアメリカンを注文し、スポーツ新聞を広げた。

奈美江の奴、もう俺に会いたくないので、ここをやめる気なのかな。それならそれで気は楽だが、と秀一は思った。

会えば日曜日の事故のことを訊かれるだろうし、説明するのはいやだったのだ。それにどうなっているのか、事実秀一は知らないのだから、説明のしようもない。

しかし、一度ものにしないで別れるのは、ちょっと惜しいな。——秀一は、事故のことなどもう気にもしていなかった。

「宮川さん、ってあんた?」

ウエイトレスの一人が声をかけてきた。

「ああ、そうだよ」

「電話だよ」

「電話?」

人違いじゃねえのか、と秀一は思った。ここに寄っていることは、誰も知らないはずだが。仕方なくカウンターのほうへ歩いて行き、外してあった受話器を取る。

「もしもし」

「秀一？　私よ」

「何だ、奈美江か」

「しっ！」

と鋭く言って、「他の子に聞かれないで。――よかったわ、いてくれて」

「どうしたんだ？　今日も休んでるのか？」

「そうじゃないの、困っちゃってんのよ」

「何が？」

「すぐ来て」

「ええ？　無茶言うなよ。今、配送の途中なんだ。寄り道してる暇ねえよ」

奈美江が事情を話すと、秀一は笑い出してしまった。

「何がおかしいのよ！　こっちは泣きたいぐらいなのに」

「だってさ……想像するとおかしくって……よし、じゃ行ってやる」

「待ってるわよ。――場所わかる？」

「ああ、そこなら通るからな。トラックで入って行っちゃまずいだろう。少し手前に置いとくよ」

「早く来て。それから着る物を買ってきてね。風邪引いちゃう」

「わかったよ。何か買っていく。その代わり……」

「何よ？」

「着る前にちょいと用があるぜ」

「早く来ないと風邪引いて、それどころじゃないわよ」

と奈美江は言った。


「——仕事はいいの？」

と奈美江は言った。

「トラックが故障したとでも言っとくさ」

秀一はそう言って笑った。二人はベッドの中だった。

「同じベッドで続けて二人の男と寝るってのは、どんな気分だい？」

「やめてよ」

奈美江は不愉快そうに顔をしかめた。「今度会ったら股ぐらを思いっ切りけとばしてやるわ」

「怖いなあ」

秀一はニヤリと笑った。

「――ねえ」

「何だよ」

「あの事故、どうなったの？」

秀一は天井へ目を向けて、言った。

「関係ねえよ」

「そうはいかないじゃない」

「もういいんだ」

「届けなかったのね？　死体はどうしたの？」

「どうだっていいだろ、そんなこと」

「よくないわよ。私だって一緒にいたんだもの」

「捕まったら、一緒じゃなかったとでも言うんだろう」

「当たり前よ」

奈美江は平然と言った。

「そういう正直なところがいいよ」

「捕まらない？」

「大丈夫。姉さんに任しちまったからな」

「姉さん？」

と訊き返して、「ああ、ＯＬやってるっていう人ね。いつか聞いたっけ」

と肯いた。

「姉さんに任せときゃ大丈夫なのさ」

「ならいいけど……」

奈美江は曖昧に言って、「その姉さんって、警視総監の愛人か何かなの？」

「馬鹿言え」

「ともかく、かかわり合いはごめんよ」

「わかってるよ」

「──あの死んだ人、どこの誰だったの？」

「もうよせよ」

ちょっと苛々した様子で、秀一が言った。

「誰だっていいじゃねえか」

「あら、隠すことないじゃないの」

「隠しゃしない。わからねえのさ」

「身分証明書とか──」

「何もなし。名無しの権兵衛だよ」

「変ね。何かいわくありげじゃないの」

大あたりなのだが、そこまで秀一も奈美江に話す気にはなれない。

「さあ、もう行こうかな」

と奈美江はベッドから滑り出た。「もうクタクタよ、今日は」

「腰が抜けたかい？」

と秀一は笑いながら言った。

二人でシャワーを浴び、さっぱりして服を着る。秀一は会社へ電話を入れた。

「いったいどこをフラついてるんだ！　先方から苦情が来とるぞ！」

と、いきなり怒鳴られた。

「車がエンコしちまったんです。仕方ありませんよ」

「車が？　——ふん、じゃ仕方ない。ともかく早く行ってくれ」

「今、修理が終わったところですから、すぐに出ます」

「よし、先方へ電話しとくぞ」

秀一は電話を切ると、

「強欲爺いめ」

と呟いた。

「さあ、行きましょうよ」

と奈美江が促した。――秀一が買って来たシャツやスカートは、ほぼぴったりだった。

「なかなか似合うよ」

「色の好みが違うわ」

「うるさいこと言って。ぜいたくいうな。裸で叩き出されたかもしれないんだぜ」

と秀一は言って部屋を出た。

モテルを出て、二人は広い国道のほうへ歩いて行った。

「途中に置いてきたんだ」

と秀一は言った。

「私、ドライブ・インはもうやめようかな」

と奈美江は言った。「あんたのとこの近くに、スナックとか何かない？　人を募集してるような」

「捜しゃ二つや三つ、いつも募集してるよ。――今のところがいやなのかい？」

「いやにならなくても、二日続いて無断欠勤だもの。たぶんクビよ、もう」

「そりゃ厳しいなあ」

二人は国道の見えるところまでやって来た。

「トラック、どこにあるの?」

と奈美江が見回す。

「あれ? 変だな。確かここら辺りに——」

秀一はキョロキョロと周囲を見ていたが、

「まさか……おい、冗談じゃないぞ」

と青くなった。

「他の道じゃないの?」

「ここは、一本道だぜ! ——畜生! 誰かが盗んでいきやがった」

「どうするの?」

「どう、って言っても……」

「ばれたらまずいでしょ?」

「即座にクビさ!」

「二人して失業? いやねえ、本当に」

「参ったな、もう……」

秀一は悔しさに地面を思い切りけとばした……。

「何かお金もうけのいい話、ないかしら？」

奈美江が深呼吸して、そう言った。

二　面の皮と欲の皮

「ナイフ、ですって？」

木下は、佐知子の言葉に、一瞬ギクリとしたようだった。

「私、今、ナイフを突きつけられたんです」

と佐知子は言った。

言ってしまってよかったのかどうかわからないが、ともかく、時間がないのだ。当たって砕けろ式でやるほかはない。

「あの……何の話です？」

木下は訊き返してきたが、いささか板に付いていない演技のように、佐知子の目には映った。

「たった今ですわ。あなたに指定されたレストランで、ナイフを突きつけられて、脅されたんです」

「誰ですか相手は？」

佐知子は肩をすくめて、

「ナイフを喉に当てられて、どなたですかって訊くほどの度胸はありません」

と言った。「普通のサラリーマン風の若い人でした」

「で、何だって言うんです？」

「余計なことをするな、家に帰っておとなしくしてろって」

「どういうことですかねえ」

木下は首をひねってから、「それじゃ……真山一郎という男なのかもしれませんよ、そいつが」

「あんなに若くちゃ、とてもその役は無理ですね」

「そうか。すると真山一郎に頼まれたとか……」

「そんなところだと思います。でも、どうして私があの店にいるのを知ってたんでしょうね？」

木下は、佐知子の言う意味をやっと理解したらしく、

「そんな——とんでもない！　僕はそんなことには関係ありませんよ」

とあわてて否定した。

「別にあなたが知らせたとは言っていませんわ」

木下はホッとしたように息をついた。佐知子は続けて、

「でも、あなたは例の偽の妹はご存知ね」

「僕はさっぱりわかりませんよ」

「木下さん」

佐知子は椅子に座り直し、ぐっと身を乗り出した。

「な、何でしょう？」

木下があわてて身をひく。

「詳しい事情を説明している暇はありません。ともかく、私、急いでるんです。おわかりですか？　急ぐんです！」

「そ、そりゃわかってますが――」

「大至急、真山一郎を捕まえなきゃいけないんです。人の命にかかわることなんですよ。おわかり？」

「人の命……」

「何も知らないとは言わせませんよ」

佐知子はぐっと木下をにらんだ。「私、あの女の後を尾けたんです。あなたと二人で

バーを出て来たのを、ちゃんとこの目で見たんですからね」

木下が、明らかにあわてた。目を伏せて、咳払いをする。

「話して下さい」

佐知子は言った。「ぜひとも真山一郎に会わなきゃならないんです」

「そ、そう言われても――」

「あの女は誰なんですか？」

「知りませんよ。――きっとあなたの見間違いでしょう」

木下のとぼけ方は最低の線であった。

「そうですか」

と佐知子は立ち上がった。

「どうするんです？」

「あなたの上役の人に会います」

「何ですって？」

「何もかも話をします。もちろん上役の人も、真山一郎を知らないかもしれない。でも、K物産の名を利用した詐欺事件が公になれば、やっぱりマイナスじゃありませんか」

木下は気色ばんだ。

「脅迫する気か！」

「ええ、そうですとも。さっき言ったとおり、急ぐんです！　あなたのクビの心配などしてる時間はありません」

「もしそんなことをしたら……」

「何です？　ナイフ？　今度はピストルかしら？」

木下と佐知子はしばしにらみ合った。しかし、大体において男顔負けの気丈さに加え、一週間というタイムリミットのことが念頭にあるので、佐知子の強さの前には、木下など敵ではなかった。

「――わかりました」

木下は、やがて椅子に座りこんでしまい、到底太刀打ちできないことがわかったらしい。

木下はついに言った。

「話してもらえますね」

「今は無理です。夕方まで待って下さい」

「夕方？」

佐知子は迷ったが、あまり木下を追い詰めても、かえってマイナスになると判断した。

「いいですわ。じゃ、どこで？」

「連絡の取れる喫茶店か何かありますか？」

「ええ」

「教えて下さい。そこへ連絡します」

「何時ごろに？」

「五時前に。——必ず電話をかけます」

「いいでしょう。それじゃ——」

学生時代から愛用していた喫茶店の電話番号を、佐知子は手帳に書いて、切り取って渡した。

「約束ですよ」

「わかってます」

木下はそのメモをポケットへねじ込んだ。

「あなたにはとても敵わない」

と苦笑する。

「どうも」

と、佐知子は微笑んだ。

二人は店を出た。

「しかし、そのナイフを持った男は、本当に僕は知りませんよ」と木下が言った。

「後でゆっくりお話をうかがって、それから信じるかどうか決めますわ」

「こいつは手厳しいな」

と木下は笑った。だが、それは本当の笑いにはならなかった……。


佐知子は、街をブラブラと歩いていたが、こんなことをしていていいのか、他に何かできることはないのか、と絶えず自分に問いかけていたのである。

火曜日も、もうすぐ夕方だ。

ほとんど進展がないままに、二日目が暮れようとしている。こんなことで、誘拐された人質を助け出すことができるかな、と佐知子は腕時計を見ながら思った。

早く喫茶店に着いた佐知子は、弟の秀一の会社へ電話をかけた。

「あの――宮川秀一をお願いします。姉ですが」

「え？　宮川？」

男の声だった。「あんた姉さん？」

「そうですが」

「ちょうど良かった。弟さんね、クビになったよ」

佐知子は一瞬、言葉を失った。

「あの——何をしたんでしょう？」

「トラックを荷ごと盗まれたのさ。女とモテルにいる間にね」

「そう……ですか」

「あのね、トラックと荷の分の金をね、払ってもらわんと困るんだよ」

佐知子は電話を切った。

「秀一……」

席へ戻ると、佐知子は力なく呟いた。

「へえ、俺んとこより、よっぽどましだな」

と秀一は言った。

「これで意外とまめなのよ」

と奈美江は言った。「座ってて。コーヒーでも淹れるわ」

秀一は奈美江のアパートへ来ていた。

「——これからどうする気？」

「わからねえよ。何かうまい金儲けの話、ないか？」

「ありゃ、私が放っとかないわよ」

と、奈美江が笑った。

「それもそうだな」

秀一は、セミダブルぐらいの大きさのベッドに座って、

「大きいな。いつも男をくわえ込んでるんだろ？」

「人聞き悪いわねえ」

と、奈美江は言ってベッドに寄って行った。

「寝相が悪いの。だから大きめのにしたのよ」

「へえ、そうか。——俺も寝相はあんまりよくない。特に起きてるときの寝相というやつはな」

「本当？」

「験《ため》してみよう」

秀一は奈美江を抱いて、ベッドへ倒れ込むように横になった……。

——一戦交えた後、奈美江が言った。

「教えてよ」

「何を？」

「例の事故のこと」

「ああ……。かなりしつこいな」

「隠されると、気になるもんなのよ」

「わかったよ」

秀一は諦めたように、「絶対に秘密だぜ、いいか？」と言った。

「それぐらい、言われなくっても、わかってるわよ」

と奈美江は言った。「さ、話して。あの死体はどうしたの？」

「わからない。姉さんがどこかに隠すか捨てるかしたんだろう」

「へえ、凄いのね」

「それが、とんでもない手紙を持ってたんだぜ」

と秀一は言った。奈美江が目を輝かせる。

「ね、何なの？」

「脅迫状」

「脅迫状？　人質がいて、どうこうっていうやつ？」

「そうなんだ」

秀一が手紙の内容を話してやると、奈美江はベッドに起き上がった。

「五千万円！」

「残念ながら、手には入らないぜ」

——奈美江はしばらく考え込んでいたが、やがて口を開いた。

「で、お姉さんは、その誘拐されてる娘を捜してるわけね？」

「そう。姉さんのことだ。きっと見付けるさ。頭がいいんだ」

「まず誰の娘かを調べなきゃね」

「調べるのは姉さんに任せとけよ」

「ねえ、ちょっと、考えてみなさいよ」

「何を？」

「お姉さんが、その娘の親を発見する。そこで、本当にその脅迫状を送る、ってのはどう？」

「何だって？」

秀一はびっくりした。

「五千万円、手に入るのよ。見逃す手はないわ」

「でも、誘拐は重罪だぜ」

「あら、誘拐なんてしてやしないわ」

と、奈美江は言った。「そうでしょ？　脅迫状を送るだけだもの。誘拐罪なんかには、絶対にならないわ」

「そうか……」

秀一は肯いた。

「ね？　五千万よ！　やってみる価値はあるわよ」

「でもなあ……」

と秀一はためらった。「姉さんが怖いから――」

「しっかりしなさいよ、男でしょ！」

と奈美江は言った。

「でも大丈夫か？」

「任せといて」

金のこととなると、奈美江の顔に、自然と笑みが浮かぶのだった。

突然、女が倒れ込んできた。

佐知子は、ぼんやり座り込んでいたので、よける間もなく、女が佐知子の膝へかぶさるような格好になった。

「あら、ごめんなさい」

女はあわてて体を起こした。「ごめんなさい、足が滑っちゃって」

「いいえ」

と佐知子は機械的に言った。

今の佐知子は、そんなことにかまっていられなかったのである。——秀一が会社をクビになった。それも、女とモテルにいて、仕事のトラックを盗まれたというのだから……。クビは当然のことだ。

今度の事故で少しはこりたかと思ったのだが、これでは少しも変わっていない。佐知子は急に疲労を感じた。

ふと時計を見ると、四時半だった。木下は五時前にこの喫茶店へ電話をしてくると言っていたが、本当だろうか？

もし来なくても木下は会社に出ているわけだから、逃げることはあるまい。しかし、何か、自分のしていることが、急に空しく思えてならなくなった。

弟の起こした事故のために、とんでもないことに巻き込まれてしまったが、当の弟があの始末では、一体この苦労に何の意味があるのか、という気がしてくる。

しかし、途中で投げ出すことはできない。——誘拐された娘の命が自分にかかっているのだ。どこの、何という娘かも、わからないのだが。

店の自動扉が開いて、ふと目を向けると、若い女と警官が一人、入って来た。

女は二十二、三歳か。ちょっと派手な化粧の、きつい顔立ちの美人である。その女と制服の警官というのは、何とも妙な取り合わせだった。そのせいか、店にいた客たちも、店のウエイトレスたちも、好奇心一杯の視線を二人へ向けている。

その女は、店の中を、誰かを捜しているように見回して、驚いたことに佐知子のほうへと真っ直ぐにやって来たのである。

「この女よ!」

佐知子は、キョトンとしていた。警官がやって来ると、

「失礼」と声をかけ、「この女の人がね、財布をすられたと言ってるんだ」

佐知子は訳がわからなかった。

「何のことですか?」

「白ばっくれて!」

と、若い女が佐知子をにらんだ。

「私がすったとおっしゃるんですか」

「そうよ。ちゃんと憶えてるんだから。私にぶつかってきたじゃないの」

若い女は自信満々である。

「人違いです。私、もう二十分近くもこの店にいるんですよ」

「それぐらい前よ。私、捜し回ってたんだから」

佐知子は苛立ってきた。

「変な言いがかりはやめて下さい！」

「言いがかりとは何よ！　そのバッグを開けてごらんなさいよ」

警官が、

「いいですか？」

と訊いた。佐知子は肩をすくめた。

こんなことにかかずらっている暇はないのだ。

「どうぞ」

とバッグを差し出す。

「赤い革の財布が入ってるはずだわ」

と若い女は言った。「サンローランよ」

警官が佐知子のバッグを開けた。中を探るまでもなく、

「これですか？」

と取り出したのは、赤い革の財布だった。――佐知子は目を疑った。

「それよ！」

と女が勝ち誇ったような声を上げた。「十万円入ってるはずだわ」

警官が中をあらためる。

「確かに。――おい、一緒に来てもらおうかね」

ガラリと口調も変わっている。

「そうだわ……」

佐知子は、やっと思い当たった。「さっき、女がぶつかってきたの。そのときにここへ入れたんだわ」

「言い逃れしようったってむだよ」

と若い女は鼻で笑って、「ちゃんとあんたの顔を憶えてるんですからね」

「さあ、立つんだ」

促されて、佐知子は立ち上がった。――一体これはどういうことだろう？

あまりに思いがけない出来事に、佐知子は混乱していた。弟の不始末に加えて、スリの疑いをかけられたショック。

ここで捕まったらどうなる？　一週間というタイムリミットは、もう二日間もむだに過ぎようとしている。今、警察で取り調べられて、万一留置場にでも入れられたら、誘拐された娘を捜し出すのは、もう絶望的になってしまう。

捕まるわけにはいかない！

いつもの佐知子なら、もっと冷静だろうが、カーッと頭へ血が昇った。佐知子はいきなり店の出口へ向かって突っ走った。

不意をつかれた感じで警官も追うスタートが一瞬遅れた。

だが、自動扉というのは、開くのに時間がかかるのである。佐知子は、勢い余って、扉のガラス板に激しくぶつかった。痛みをこらえて、街路へ転がり出る。

走り出したとたん、目の前に立っていた婦人にぶつかって転倒していた。

起き上がったとき、警官の手ががっしりと佐知子の腕をつかんだ。後ろ手にねじり上げられて、佐知子は痛さに声を上げた。

手首に冷たい金属の食い込む感触があって、カシャリと手錠が鳴った。

三　冷たい檻の中で

冷たい壁にもたれて、佐知子は座っていた。——手首がまだ痛む。

馬鹿なことをしたものだ。逃げようとすれば、罪を認めたと同じではないか。もっと落ち着いていればよかったのだ。

実際、いくら弁明しても、担当の刑事は取り合ってくれなかった。

「無実なら逃げることはないじゃないか、ええ？」

逃げなくてはならない事情があったとはいえ、それを警察に話すわけにはいかないのだ。

「前にやったことは？　素直に白状しろよ」

と、穏やかに言われるかと思うと、

「いい加減にしろ！」

と怒鳴られる。

「コーヒーでも飲むか」

と急にやさしくなる……。

しかし、佐知子はもう自分を取り戻していた。決して落ち着いた態度を崩そうとしなかった。

「私はやっていません。逃げたのは、急に怖くなったからです」

それだけをくり返した。

三時間に及ぶ尋問の後、佐知子は留置場へ入れられた。

妙なものだわ、と佐知子は思った。本当なら自分はもっと重い罪を犯している。交通事故で死んだ男の死体を秘かに処分し、事故をもみ消したのだ。その罪では捕まらず、全く人違いのスリ容疑で捕まるとは、皮肉なものである。

しかし……本当に人違いだろうか？

ふと、佐知子はそう思った。――はっきり憶えてはいないが、店で倒れかかってきた女は、もうかなり中年のように思えた。少なくともあの女と自分が混同されるとは考えられない。

すると、あの若い女は、嘘をついたことになる。

「そうか」

と佐知子は呟いた。

赤い財布を佐知子のバッグへ入れた女と、佐知子が犯人だと言った若い女は、おそらくしめし合わせてあったのだ。

目的は？　佐知子を留置場へ入れておくことだ。――真山一郎のことを、なぜか探られたくない連中がいる。

あのナイフで脅してきた男もその一人だろう。その仕掛けた罠に、佐知子は引っかかったのだ。

佐知子は深く息をついた。これから一体どうなるのだろう？　あの脅迫状は？　バッグの中だったかしら？　警察があれを見付けたらどうなるか。

今度は誘拐犯人にされてしまうかもしれない。何とかして、この危機を脱出する方法はないだろうか？

ともかく、外部に誰一人手助けしてくれる人がいないのが、致命的である、坂本ではとてもそこまで頼りにはできない……。

秀一はもっとだめだ。言ってやっても、何かしてくれるとは、とても思えない。秀一に下手に動かれては、かえってまずい立場へ追い込まれないとも限らない。秀一にはできるだけ知らさずにおこう。

——足音がして、鍵が開いた。

「出ろ」

機械的な声が命令した。夜中に、また取り調べだろうか？

佐知子は元気を奮い起こして、留置場を出た。取調室ではなく、ごく普通の小部屋に佐知子は連れて行かれた。

待っていたのは、五十歳ぐらいの、髪の半分白くなった男で、くたびれた背広に、およそ似合わないネクタイをしている。

「宮川佐知子さんですね」

と、その男は言った。

「はい」

「座って」

佐知子は傍のテーブルに、自分のバッグや腕時計などが置いてあるのに気が付いた。

「スリの容疑を否定しているそうですな」

男は無表情な声で言った。

「どなたですか?」

と佐知子は訊いた。自分でもびっくりするほど、挑みかかるような調子になっていた。

「ああ、これは失礼」

男はちょっと微笑した。「私は警視庁捜査一課の矢野《やの》といいます」

「捜査一課……」

どうしてスリ容疑に捜査一課が出て来るのだろう? 佐知子でも、捜査一課が、殺人事件を担当する課であることは知っていた。

矢野は、笑うと意外に人なつっこい表情を見せたが、むしろ全体に、少し疲れたような暗い雰囲気を持っていた。

「私にどういうご用ですか?」

と佐知子は訊いた。

「本当にスリをやったのですか?」

「やりません」

と佐知子はすぐに答えた。

「なるほど」

佐知子は、その次には、ではなぜ逃げようとしたのかという質問がくるだろうと思っていた。しかし、矢野は、

「では行きましょう」

と席を立った。

「どこへですか?」

と佐知子は驚いて訊いた。

「来ていただければわかります」

佐知子も立ち上がった。矢野が、

「ああ、そこのバッグなどはお持ちになっていいですよ」

「でも――」

「私の用が済んだら帰っていただきますからね」

「帰って……いいんですか？」

佐知子は信じられない思いで訊いた。

「指紋を採りましたね」

「はい」

「あの赤い財布には、あなたの指紋はなかったのです」

矢野はドアを開けて待った。「――さあ、どうぞ」

佐知子は廊下へと歩み出た。

矢野が白い布をめくった。

「――ご存知ですか？」

男の死体だった。佐知子は一瞬よろけそうになった。矢野が急いで支えた。

「大丈夫ですか？」

「ええ……。ちょっと疲れているものですから」

佐知子は息をそっと吐き出した。

「この男をご存知ですか？」

「はい」

と佐知子は言った。――生命の消えた青白い肉体は、K物産の木下のそれであった。

木下が殺された。

佐知子は、その死体を現実に目の前にしながら、信じられない思いだった。

矢野という刑事は白い布で、再び木下の死体を覆った。

「――どうして死んだのですか？」

と、佐知子は訊いた。

「刺し殺されたのです。背中を一突き。心臓まで届く傷でした」

佐知子の脳裏に、あのナイフを持った男の顔が浮かんだ。――あの男がやったのだ、

と直感的に思った。

「あまり居心地のいいところではありませんな。出ましょう」

と、矢野が佐知子を促した。

「犯人は捕まりましたの？」

「いや、まだです」

矢野がドアを開けた。冷え冷えとしたリノリウムの床に、蛍光灯が、筋のように映っている廊下を、二人は歩いて行った。

「――夕食はどうです」

不意に、矢野が言った。

「あの……」

佐知子は返答に窮した。木下の死体を見たばかりでは、食事のことなど考えられなかった。

しかし、いずれにしても、この刑事と話をしなくてはならない。それなら食事をしながらのほうがいいだろう。

「ご一緒させていただきますわ」

と、佐知子は言った。

刑事が入るにしては、割合に高級なレストランだった。きっと公費で落とせるのに違いない。

熱いスープを飲むと、木下の死体を見たショックも少しおさまって、急にお腹が空いてきた。

矢野は、佐知子の気持ちを察しているかのように、食事のあいだは、ほとんど口をきかなかった。ただ、

「どの辺にお住まいですか」

とか、

「ご家族は？」

とかいった、簡単なことだけを訊いてきたのである。

佐知子は、落ち着いて、ゆっくりと食事ができた。食後のデザートになって、やっと矢野が、事件の話を切り出した。

「ラッシュアワーで、混雑している地下鉄の通路で刺し殺されたのです」

「まあ。じゃ、人が大勢いたんですね」

「そうなんです。しかし、誰も見ていないのですよ」

「気の毒に……」

と佐知子は言った。

「犯人は、人に紛れて姿を消してしまった、というわけです」

佐知子はちょっと考えて、

「で、どうして私のことを――」

「手帳にね、あなたのことが書いてあったのです。名前と喫茶店が。そこであの店に行ってみた。しかし、宮川佐知子という人はいない。店の人間にいろいろ訊いてみると、あのスリ騒ぎがわかったというわけです」

「助かりましたわ、おかげさまで」

「いやいや、災難でしたな」

矢野の言葉は、思いがけず、暖かだった。

「ところで、木下さんとは何の用でお待ち合わせだったのです？」

当然予期していた質問である。しかし、佐知子は、どう答えるべきか、まだ思い悩んでいた。

「それは……」

「個人的なお付き合いだったのですか？」

「いいえ」

やはり真山一郎のことを話すわけにはいかない。それを口にすれば、結局あの事故のことまで行き着くことになる。

「あの……木下さんには、就職のお世話をしていただこうと思っていたんです」

と佐知子は言った。

か？」

「ああ、なるほど」

矢野は別に怪しむ様子もなく肯いた。「するとK物産へ就職なさりたかったわけですか？」

「できれば、ですが……。昨日、K物産へ行って、木下さんにお目にかかったんです。それで今日、あの喫茶店で待てと言われまして……」

「そうですか」

と矢野が手帳を取り出してメモを取る。

佐知子は、こんな嘘が、どこまで通じるものだろうか、と思った。——一つ嘘をつけば、それを隠すために、また嘘をつく。雪だるま式にふくれ上がって、やがてはそれが自分を押しつぶすだろう。

この矢野という刑事は、物わかりの良さそうな人だ。……しかし、何もかもを打ち明けて話すことはできない。それは結局、何も話せないということなのだ。

「通り魔みたいな犯行でしょうか」

と佐知子は言ってみた。

「かもしれませんね。しかし、それにしては、手口がいささか鮮やかすぎるのです」

「それじゃ——」

「どうも、その道のプロのやり口らしいのですよ」

「その道、といいますと……」

「殺人の、です」

「でも、そんな——」

佐知子はぎごちなく笑った。「殺し屋なんてテレビにしか出てこないものかと思っていましたわ」

矢野もちょっと微笑んだ。

「まあ、そうざらにいるわけではありませんがね。しかし、決して架空の存在ばかりとも言えないのですよ」

「そうですか」

ナイフがブラウスのボタンを飛ばした、あの感触を、佐知子は思い出して身震いした。

「おや、寒いですか」

「いいえ……何でもありません」

佐知子は急いで言った。「でも、木下さんが、そんな殺し屋なんかに狙われる理由があったんでしょうか?」

「わかりません。それはこれから調べてみませんとね」

矢野は手帳をポケットへ戻した。何となく、佐知子はホッとした。それきり、事件の話は出なかった。

レストランを出ると、矢野は、ふと思い出したように、

「ああ、そうだった。——いや、もしですね、木下という人からの手紙が、あなたのところへ届いたら、ご一報下さい」

「手紙?」

「いや、実は、殺されたとき、木下さんは、ちょうど手近なポストへ何か郵便を出したところだったのです。売店の女の子が見ていたのですよ」

「その手紙って……」

「中身はもちろんわかりません。何でもない仕事の手紙かもしれない。しかし、出した直後に殺されているということは、何か殺された理由にかかわっているとも考えられます」

「わかりますわ」

「ですから、もしそれがあなたあてのものでしたら、恐縮ですが、お知らせいただきたいのです」

「わかりました、必ず」

と佐知子は肯いた。

アパートへ戻ったのは、もう真夜中だった。――佐知子は、部屋へ入ると、そのまま座り込んで、しばらく動けなかった。

最悪の一日だった。スリにでっち上げられて捕まって、留置場入り。木下は殺され、おまけに弟は会社をクビときている。

「もう勝手にしてよ」

ふてくされてそう呟くと、佐知子はそのまま畳にゴロリと横になった。

木下が殺されたことで、もう真山一郎の線を追うことは難しくなった。これ以上追いかければ、どんな目にあうかわからない。

スリに仕立て上げられたのも、相手の警告なのかもしれない。その気になれば、木下のように殺すこともできたのだから……。

佐知子は、

「しっかりして！」

と自分に言い聞かせておいて、起き上がった。

風呂を沸かし、熱い湯に浸ると、沈んでいた気分が、だいぶ引き立てられるようだ。

まあ、下手《へた》をすれば、当分留置場というところを、あの矢野という刑事のおかげで助かったのだから、考えようでは、最悪とも言えない。

それに、真山一郎が、あの誘拐事件にどう関係しているにせよ、ともかく、佐知子に対してあんな手の込んだ工作をするのだ。よほど探られるのを恐れているとみていいだろう。

こうなると用心しなくては。——風呂から上がって、佐知子はパジャマ姿で、息をついた。

佐知子が釈放されたことを、向こうは知っているだろうか？

今は知らなくても、すぐにわかるだろう。そうなると、今度こそ木下のように消されないとも限らない。

何か身を守る物が必要だ。といって、拳銃を持ち歩くというわけにもいかないし。ナイフか何か……。

果物ナイフぐらいならあるが、とても武器になるような物ではない。

ハンドバッグに入れて歩けるような小型のナイフでも一つ買っておこう、と佐知子は思った。使うようなことにならなければいいが……。

電話が鳴って、佐知子はギクリとした。

「——はい」

つい、声をひそめていた。

「あ、姉さん、帰ってたの」

秀一である。「ずっとかけてたんだ。どうしたのかと思ってたよ」

「私のことはいいわよ」

佐知子は少し強い口調になって、「またクビになったのね」

「何だ、知ってたの」

「知ってたの、じゃないわ。いい加減にしてよ、姉さんがいくらあなたのためと思って頑張っても、何にもならないじゃないの」

「ツイてなかったんだよ」

またこれだ。自分の失敗だと認めずに、運が悪かった、というわけである。

「ともかく、今度は自分で職を見付けなさいよ」

「わかってるよ」

と秀一は言って、「ところでさ、何かわかったの?」

「え? ——ああ、さっぱりよ」

「何か手伝うことあるかい?」

「あんたに手伝ってもらったら、かえって迷惑よ」

「厳しいなあ」

「自分がいけないのよ」

と佐知子はピシリと言ってやった。「じゃ、私、へとへとだから、もう寝るわよ」

「ああ。それじゃ――」

「おやすみ」

佐知子は受話器を戻すと、大欠伸をした。本当に、今になって急に疲れで瞼がくっつきそうになってきた。

手早く布団を敷いて、明かりを消すと、カーテンを少し開け、窓の鍵を見る。

ふと、表へ視線が向いた。男が一人、街灯にもたれるように立っていた。

何をしているのか。――佐知子は、カーテンを細く開いたままにして、しばらく様子を見た。

コート姿の、若い男で、顔はよく見えなかった。しかし、ともかく、佐知子の部屋を見張っていることは確かだ。

佐知子は、玄関の鍵とチェーンを、もう一度確かめて、それから布団へ潜り込んだ。

疲れが佐知子を呑み込んで、あっという間に眠り込んでしまっていた。

玄関のドアを叩く音で、目が覚めた。

「宮川さん！」

「はい」

布団に起き上がって、佐知子は返事をした。

「速達です」

布団から出て、カーテンを開けると、もうすっかり陽が高い。

玄関へ出て、ドアを開ける。

「ご苦労さま」

差出人の名を見て、佐知子は目が覚めた。——木下からの手紙だった。

水曜日

一　新しい緒《いとぐち》

これが、昨日、矢野という刑事が言っていた、木下が殺される直前に出した手紙に違いない。

佐知子はドアを閉めて、チェーンをかけると、部屋へ上がった。急いで封を切ろうとしたが、ふと手を止めて、テーブルに手紙を置き、窓のところへ立って行った。

さっきカーテンを開けたときには気付かなかったのだが、昨夜、この窓を見張っていた男は、まだいるだろうか？

そっと覗いてみる。——男はまだそこに立っていた。

昨日の男である。見張りにも交替があるだろうが、まだその時間ではないらしい。

今日はかなりはっきり顔が見える。若い、なかなかの二枚目である。

何者なのか？　真山一郎とつながりのある人間か。それとも……警察かもしれない。

あの、矢野という刑事、人は好さそうだが、佐知子の言葉を鵜呑みにしてくれたかどうかは怪しいものだ。尾行、監視をつけられても不思議はない。

かえって警察が見張っていてくれれば安全には違いないのだが。

佐知子はテーブルのほうへ戻って、封筒を開けてみた。逆さにすると、ヒラリと一枚の切符が落ちてきた。見れば、映画館の指定席券である。

「何なのかしら?」

あの木下が、佐知子を映画に誘うとは思えなかった。

しかし、どう見ても券は本物らしい。

新宿のP劇場で、日付は――

「今日だわ」

と佐知子は呟いた。時間は二時十分の回となっている。

時計を見た。十二時半だ。S席。二、二〇〇円――これは一体どういうことなのだろう?

本当に、ただ映画へ招待しているだけなら、そんな暇などない。

しかし、もし、これに何か意味があるとしたら……。

例えば隣りの席に誰かが来る、とか。

「まるでお見合いね」

と、佐知子は苦笑した。

しかし、今は何の手掛かりも佐知子には残されていないのだ。

身だしなみを整えると、佐知子は窓の外を見た。あの若い男はまだ立っている。

「ご苦労さま」

と佐知子は呟いた。

さて、どうやってあの男に気付かれずにここを出て行くかだ。一時を少し過ぎている。

もう出なくては間に合わない。しかし、ああして頑張っていられては……。

反対側からも道はあるが、階段が男の目にさらされるので、どうしても下へ降りるのを見られることになる。

何かいい方法はないかしら。——佐知子は必死に考えた。

「そうだ」

佐知子の指が鳴った。

佐知子はサンダルを引っかけ、紙のゴミ袋の口をひねったのを持って、部屋を出た。

ドアの鍵をかける。

うまくいけばいいが。——足早に階段を降りて行く。

二階から一階へ降り切ったところであの若い男が、ふっと動くのが見えた。

佐知子はゴミを捨てに行く、という格好で建物の裏側へと回った。

男の目から見えなくなったとみると、素早く袋の口を開け、中から靴とコート、ハンドバッグを取り出す。

靴をはき、コートをはおって、紙袋へサンダルを放り込み、ハンドバッグに腕を通して、サンダルをそのままゴミの箱へと放り込んだ。

振り向いたが、誰も見ている気配はない。佐知子は、細い裏道へと急いで入って行った……。

広い通りに出てタクシーを拾うと、新宿まで、と言って、座席にもたれる。——何とかあの男の目はごまかしたらしい。

ハンドバッグを開け、財布の中の、映画の指定席券を確かめる。

何の意味もない誘いなのかもしれないが、今の佐知子には、これしか残されていないのだ。祈るような気持ちで、佐知子はバッグを抱きしめた。

車は渋滞に巻き込まれて、遅々として進まなかった。下手をすると二時十分に間に合いそうにない。

地下鉄の駅の入口が見えて、佐知子は、

「ここで降りるわ」

とタクシーを停めた。

地下鉄に乗って、やっと二時に新宿へ着いた。急いで地上へ出ると、人の波をかきわけるようにして、指定の映画館へと急ぐ。

歩いて五分ぐらいの距離だが、長い赤信号や、人の合間を縫って歩くので、手間どって、映画館へ着いたときには、ちょうど二時十分だった。

「〈愛と死の手紙〉、間もなく開映になります！」

と、男が声を上げている。

愛はともかく、〈死の手紙〉には違いないわ、と佐知子は思った。

「3番扉へどうぞ」

切符を切ってくれた女性が言った。

〈3〉と書かれた扉を開けると、もう場内は暗くて、広告のスライドが映し出されている。

懐中電灯を手にした案内嬢へ券を渡すと、「どうぞ」と先に立って行く。

場内は、平日の昼間にしては、客のよく入っているほうらしく、指定席の白いカバーをかけた椅子も、三分の一ぐらいは埋まっていた。

「こちらの三番目です」

と、示してくれる。

佐知子は、その席へ座った。——隣りも、前後左右も、誰もいない。

こうなったら、仕方ない。ここに落ち着いているほかはないだろう。

スライドが終わり、コマーシャルの、テレビでよく見るフィルムが映った。そして予告編。やけにうるさいロックががなり立てる青春映画、ポルノまがいの恋愛映画、一八〇度変わって、涙、涙の感動巨編……。

いい加減うんざりしていると、やっと、本編が始まった。

佐知子は失望した。——今まで姿を見せないのは、やはりこの券に、特別の意味がなかったからだろう。

映画なんか見てる場合じゃないのだ。腹が立って、スクリーンに何が映っているのかもわからなかった。

しかし、まだ今から誰か来るかもしれない、というわずかな希望も捨て切れずに、十分ほど、佐知子は座っていた。

同じ列の少し奥に座っていたアベックが、何やらボリボリとかじり始めた。ポップコーンらしい。

「これ、おつり――」

と男のほうが言うのが聞こえた。

何しに来てるのかしら、と佐知子はおかしくなった。

「あ――」

女の子が声を上げた。チャリン、と音がして、お金を落としたらしい。一つが床を転がって、佐知子の足下まできた。

佐知子は前へかがんでそれを拾った。

何か、ブツッという音がした。女の子が、

「危ない!」

と声を上げた。

佐知子は、ハッと立ち上がった。シートの背を貫いて、ナイフが突き出ている。

真後ろの席にいつの間にか誰か来ていたのだ。通路へ素早く立って行く後ろ姿が見えた。佐知子は後を追った。

男が駆け出して、重い扉を開けて出て行く。佐知子もそれに続いた。

ほんの、数秒の差だったはずだが、ロビーに、それらしい姿はなかった。

佐知子は、入口の女性へ、

「今、誰か出て行きました？」

と訊いた。

「いいえ」

と不思議そうに首を振る。

佐知子は諦めて、映画館を出ようとしたが、ふと思い付いて、中へ戻ろうと思った。あのナイフが手掛かりになるかもしれない、と考えたのだ。

「だめだわ」

と思い直す。あの女の子が見ていたから、騒ぎになるだろう。そうなったら、また警察が出て来る。ここは行ってしまったほうがいい。佐知子は外へ出ると、駅のほうへ歩き出した。

どこから現われたのか、全く気付かなかった。あの、ナイフで彼女を脅した男が、ピタリと佐知子の傍へ寄り添った。

佐知子が身を硬くした。冷たいものが背筋を走る。

「運がいいな」

と男は言った。

「あなたが……」

「めったにやりそこなうことはねえんだが……。このまま歩け」

「どこへ？」

「いいから」

「叫ぶわよ」

「好きにしろ」

「もうナイフがないでしょう」

「一本きりだと思ってるのか？」

男が低く笑った。

佐知子は従うことにした。真っ昼間だ。そう簡単に殺すこともあるまい。

「そこを曲がれ」

裏通りの、細い道へと入って行く。バーや小さな飲み屋が並んで、今はまだ開いていない。

殺されるのかしら、と思ったが、奇妙に恐怖はなかった。白昼の繁華街である。少しも現実感がないのだ。

刺されたら、そんなことは言っていられないだろうが。

広い通りへ出た。

「右へ曲がれ」

と男が言った。

車が一台、停まっている。黒塗りの、大型車だ。

「それに乗るんだ」

ここで逃げなくては殺される、と佐知子は思った。だが、足がすくんで、言うことをきかない。

今になって、恐怖が胸に這い上がってきた。

「早くしろ」

と男がせかした。

後部座席のドアが開いた。中から、頭の禿げた、太った中年の男が顔を出した。

「しくじったのか」

「運のいい女で」

とナイフの男が言うと、太った男は、

「いや、運も実力のうちさ。——乗りなさい」

佐知子は、仕方なく、車へ乗り込んだ。ドアを閉める。

ナイフの男が前に乗って、運転席についた。ドアのロックが音を立ててかかった。

「走らせろ」

と太った男が言った。

葉巻を喫うのか、匂いが車内にこもっている。

太った男は、いい背広を着ていたが、どことなくとぼけた、中小企業の社長といった風貌だった。

「あの……あなたは？」

と佐知子は言った。

「私は真山一郎だ」

と、その男が言った。

この男が……。

佐知子は、真山一郎と名乗った男をじっと見つめた。

「君は私のことを調べているようだな」

その太った男は、葉巻型のタバコをくわえて火を点けた。車の中に、くせのある匂いが立ちこめる。

「目的は何だね？」

真山一郎は訊いた。

「それは……」

「私に金を騙し取られたということらしいが、そんなでたらめは通用せんよ」

真山一郎は佐知子の顔を見て、「私は君とかかわりを持ったことはない」と言った。

佐知子は、何が自分を待ち受けているのかわからないという恐怖を、必死に抑えて、どうすればいいのかと考えていた。

確かに、真山一郎の言うとおり、別に金を騙し取られたわけではない。しかし、本当の理由を話したら、どうなるだろう？　見当がつかない。

車で秀一がはねて殺してしまった男が持っていた脅迫状。あの一件に果たして、真山一郎がどうかんでいるのかわからないのだ。

もし、誘拐の共犯なら、それをかぎつけた佐知子は間違いなく消されるだろう。

だが、逆の可能性もありはしないか。――真山一郎に騙された被害者の一人が、恨みをはらそうとして、真山の娘を誘拐したと考えても、筋は通る。

今、どちらとも決めることができない段階で、何と答えたものだろうか……。

「どうなんだ？」

と真山が、促した。

「実は……」

と言いかけて、声がかすれているのに気付いた。一つ深く呼吸をして気持ちを落ち着け、もう一度口を開いた。

「男の人をはねて死なせたんです」

正面切って嘘をつき通す度胸はなかった。ある程度、事実を話すほかはない、と思った。

「ほう」

真山は、ちょっと意外そうに、「君が？　車で人をはねたのか」

「ええ」

「面白い」

真山は興味を持ったらしかった。「それでどうしたんだね」

「怖くなって……警察へは届けなかったんです」

「ふむ。死体はどうした？」

「捨てました。あるところに」

「それで？」

「でも……後になってみると、その人の家族や、お友達がどんなに心配しているだろうと……気になって……」

「私とどこでつながるのかね？」

「その人は、名前や住所のわかる物を何も持っていなかったんです。ただポケットに入っていたのは、〈K物産課長〉という肩書のついた、あなたの名刺でした」

真山はゆっくり肯いた。

「それで私を捜していたのかね」

「そうです」

運転していた、ナイフの男が、

「いい加減な作り話をしやがると、後悔することになるぜ」

と言った。

「いや、嘘だとは思えんな」

と、真山が言った。「自分の不利な立場をあかすような嘘はつかんものだ。――違うかな？」

しばらく沈黙があった。真山は、ふと思い付いた様子で、

「その男をはねた場所を憶えているかね？」

と訊いた。

「――大体は。近くへ行けばわかる、と思いますけど」

「いいだろう。ではそこへ行ってみようじゃないか」

真山はちょっと楽しげに、微笑すら浮かべていた。

「どうだね？」

佐知子は黙って肩をすくめた。

「よし。場所を彼に言いたまえ」

真山はゆったりとシートにもたれた。「ドライブにはいい日だよ」


車は奥多摩へと向かっていた。

これからどうなるのか、佐知子にはまるでわからない。もしかしたら、殺されて、自分があの死体を捨てたように、湖へ投げ込まれるかもしれないのだ。

そうなったら、秀一は、ちゃんと暮らしていくだろうか？——荒《すさ》んで、身を持ち崩していくのが目に見えている。

まだ死ぬわけにはいかないのだ。

「——どの辺かね？」

と、真山が訊いた。

「もう少し先……だと思いますけど」

「いい加減なことぬかしやがって」

と、ナイフの男が言った。

「夜だったんですもの」

と、佐知子は言い返した。

恐れていても仕方ない。ここまで来てしまったのだ。なるようになると度胸をつけるほかはない、と自分へ言い聞かせる。

「――待って。停めて」

と、佐知子は言った。

車は道路の端へ寄って停まった。

「ここか?」

「たぶん。――降りてみないと、わかりませんけども」

「よし、表へ出よう」

「逃げてもむだだぜ」

ナイフの男が先に車を降りて、ドアを開ける。「ブスリとやられたくなきゃ、逃げようなんて気は起こさねえことだ」

「わかってるわ」

と、佐知子は硬い表情で言った。

場所に間違いはなさそうだった。よく見ると、秀一の車の、スリップした跡がまだ残っている。

「ここだわ。間違いありません」

と、佐知子は言いながら、真山と、ナイフの男の様子に用心していた。少しでも何か危険を感じたら、思い切り走って、林の中へ逃げ込もう、と考えていたのだ。

「ふむ」

真山は、周囲を見回した。「――死体はどこへ捨てたんだね？」

佐知子はためらった。

「言いたくありません」

「貴様――」

と、ナイフの男が寄って来る。佐知子は素早く身構えて後ずさった。

「待て」

真山が止めた。「言いたくないのが当たり前だ。すぐにしゃべるほうがおかしい。そう苛々するな」

「はあ……」

ナイフの男は不服そうに舌打ちした。

「若い男だった、と言ったな」

真山が佐知子へ訊く。

「ええ」

「車は?」

「え?」

「その男のさ。車はなかったのか」

佐知子は、ちょっと言葉に詰まった。——そう言えばそうだ。今まで、そんなことは考えてもみなかったが、あの男は、どうやってここへ来たのだろう?

「ありません」

と、佐知子は答えた。

「不思議だな。それに、こんなところで何をしていたんだ?」

佐知子は黙って肩をすくめる。

「私の名刺を持っていたのか。しかし——名刺などいくらでも作れるからな。それだけじゃ私の知っている男かどうか、わからんよ」

そうだ。それになぜ茂みから飛び出して来たりしたのか。

茂みの奥に、何かがあったのだろうか？

佐知子は、自分の調査が、ここから始められなければならなかったのだ、とやっと気付いた。しかし、今はだめだ。今はともかく、無事にこの二人から解放されることである。

「まだ何か隠していることがあるんじゃないのかね」

と、真山が言った。

「いいえ」

と、佐知子は、真っ直ぐに真山の顔を見ながら言った。

「いや、あるはずだ。どうもかなり複雑な事情らしいな。——話してみんか？」

「何も隠してなんかいないわ」

ナイフの男が、音もなく動いて、佐知子の背後へ回った。

「正直に言いな」

と、男は言った。——冷たいナイフの刃が頬へ当たって、佐知子は身震いした。

「本当よ！ 何も隠してなんかいないわ！」

と、必死で言った。

佐知子は、奥多摩のほうから、車が一台やって来るのに目を止めた。——やれるだろうか？

大丈夫！ 思い切ってやらなくては、殺されるかもしれないのだ。

佐知子は目の前の真山のわきをすり抜けるようにして、道路の真ん中へ飛び出すと、走って来る車へ向かって手を振った。

「おい！」

と男が追おうとするのを、

「待て！」

と真山が止める。「見られるぞ！ ナイフをしまえ」

車は、佐知子の前で停まった。ごく普通の乗用車で、家族連れが乗っている。

「どうかしましたか？」

と、運転していた父親が顔を出す。

「すみません、手近な駅の近くまで乗せていただけませんでしょうか？」

と、佐知子は言った。

「いいですよ。――あの人たちは？」

と、真山たちのほうを指さす。

「ええ、そこまで乗せていただいたんですけど、向こうの方が急に用で戻らないといけなくなったんです」

「じゃ、あなた一人？　いいでしょう。乗って下さい」

「すみません」

と、佐知子は乗りかけたが、「ちょっとお礼を言って来ます」

と、真山たちのほうへと歩いて行った。

「じゃ、ここで失礼しますわ」

と言うと、ナイフの男が、

「うまく逃げやがったな。また会おうぜ」

と、いまいましげに言った。

真山のほうはニヤニヤと笑っている。

「君はいい度胸をしているな」

「一つ伺っていいですか」

「何だね？」

「女の子がいますか？」

「私に？」

真山は面食らったらしい。「私にはいない。娘はいるにはいるが、〈女の子〉とはとても言えない年齢だよ」

「そうですか」

娘がいるのは事実なのだ。もちろん真山の娘が、あの脅迫状にある娘のことかどうかはわからない……。

佐知子は、両親と娘一人の、その車へ乗り込んだ。

車が走り出す。――佐知子は、やっと助かったという気持ちがした。振り向くと、真山たちの車が、ずっと遅れて走り出していた。

途中、駅の前で降ろしてもらうと、佐知子は、急いで電車へ乗った。

真山たちの車も、全く姿は見えなかった。――佐知子は、やっと心から安堵の息をついた。アパートへ帰りつくと、もう夕方である。

佐知子は、急いで仕度をした。大きめの懐中電灯、ナイフ、その他……。レンタカーを借りて、あの場所へ戻ってみるつもりだったのである。

真山という男、見かけほど馬鹿ではなさそうだ。あの周辺を調べてみよう。例の人質も、あの近くにいるのかもしれない。しかし〈一週間〉という期間は何のことか。

事態は少しも良くなっていない。

しかし、ともかく調べることができて、佐知子は張り切っていた。

何もない辛さに比べれば楽なものである。

「きっと何かが見付かるわ」

と、佐知子は呟くように言った。

二　林の中の暗闇

アパートを出ようとしたとき、電話が鳴った。

「姉さん？」

秀一である。「ずっと電話してたんだぜ」

「何か用なの？」

「姉さんの会社へかけたらさ、姉さん、辞めたって言われてびっくりしちまったんだ。本当？」

「辞めた？　私が？――会社のほうで、そう言ったの？」

「うん。何度も念押したんだけど」

そうか。スリの容疑で捕まったことが伝わったのに違いない。

それにしても、容疑は晴れたというのに、クビにするとはひどい！

「いろいろあったのよ」

説明しているひまはなかった。「私、出かけるから、またかけて」

「待ってよ、姉さん!」

と秀一が急いで言った。「俺にも何かやらせてよ」

「あんたはいいのよ」

「そうはいかないさ。全部俺のせいなんだもの——。ね、俺だってできることが一つや二つはあるだろう?」

秀一も、いつになく神妙である。さすがに申し訳ないと思っているのだろう。

佐知子は、ちょっと迷ってから、ああいう場所を調べるのには、一人より二人のほうがいい。それに、秀一もそれぐらいやらせたほうが、ためになるかもしれない。

「わかったわ。じゃ、一緒に来て」

と佐知子は言った。

「OK。どこへ行くの?」

「現場よ。あのはねたところ」

「どうして?」

「いいから来ればいいの。レンタカーを借りられる?」

「ああ、いいよ」

「じゃアパートへ来て。待ってるから」

「わかった。三十分で行く」

秀一が張り切った声で言うと電話を切った。

佐知子は、窓の外を見た。

あの、見張っていた男の姿はない。そういえば帰って来たときも見えなかったようだ。

もう諦めたのか。それとも、どこかに隠れて見ているのだろうか？

佐知子は時計を見て、それから、窓のカーテンをきっちりと閉めた。


「何かありそうじゃない？」

奈美江が言った。秀一は、奈美江のアパートから電話していたのである。

「何か知らねえけど行ってくる」

と秀一は仕度をした。

「待って、私も行く」

「ええ？　だめだよ。姉さん、お前のこと知らねえんだぞ」

「一緒に行くったって、そのお姉さんのアパートまでよ」

「どうするんだ？」

「お姉さんのアパートの鍵、持ってる？」

「ああ、もちろん」

「出かければしばらく戻らないでしょ。その間に部屋を調べるのよ」

「何だって？」

「お姉さん、もう手掛かりをつかんでるのかもしれないじゃない。あんたには黙っててもさ」

「そりゃまあ……」

「だから、こっちが調べてやるのよ。——わかる？」

「ああ。でも、ちょいと気がとがめるな」

「大丈夫。気付かれないようにやるから。それにさ、当座の食費だっているのよ」

秀一はびっくりして、

「おい、金、盗むのか？」

と訊いた。

「人聞き悪いなあ。あんたが言やあどうせくれるんでしょ。同じことじゃないの」

「そうかあ……。ま、いいや」

秀一は肩をすくめた。

「そうと決まったら、早く行きましょ！」

奈美江が秀一の背中をポンと叩いた。

二十分後には、秀一はレンタカーを佐知子のアパートの少し手前へ停めた。

「あのアパートさ。三階建ての。わかるだろ？」

「じゃ、私、ここで降りるわ。鍵、ちょうだい」

「これだ。——おい、後でわからないようにしろよ」

「任せといて。大丈夫よ」

奈美江が降りると、秀一は車を進めて、アパートの前に停めた。表へ出ると、車が来るのを見ていたのか、佐知子が階段を降りてやって来る。

「早かったわね」

「仕度はいいの？　じゃ、行こうか」

佐知子は車へ乗る前に、周囲を見回した。秀一が、

「どうしたのさ？」

と訊く。

「何でもないわ」

佐知子は助手席へ乗った。もうすっかり暗くなっている。

「どこかで夕食を食べてから行きましょう」

「OK。じゃ、駅のところへ出るか。——何をやるのさ?」

車を夜の道へと出しながら秀一は訊いた。

「今夜一晩かけて、あの辺を捜し回るのよ。明日の朝までかかってもいいわ」

佐知子は、ゆっくりとシートにもたれた。

「今日は事故を起こさないでよ」

秀一は、渋い顔で、ハンドルを握り直した。


奈美江は、秀一の運転する車が遠ざかると、五分待ってから、アパートへ入って行った。二階。——〈宮川〉というドアを捜す。

「ここか」

素早く周囲を見回して、鍵をあけ、中へ入った。明かりをつけて、部屋の中を見回した。

「へえ、いいところに住んでんのね」

上がり込んで、居間の明かりをつける。

カーテンは閉まっていたが、光は多少洩れていた。

佐知子のアパートの窓を見上げる電話ボックスで、男の指が、ダイヤルを回していた。

「――私です。今、宮川佐知子は誰かと車で出て行きました。――そうです。尾行するにも車が……はい。――それで、誰か女が一人、その留守の部屋へ入って行ったんです。――わかりません」

男は、明かりの洩れる窓を見上げた。「はい。――わかりました。そうします」

若い男は、受話器を置いた。十円玉が戻って、チリンと鳴った。

奈美江は、のんびりと洋服ダンスを開いたりしていた。

「へん、年寄りじみた服ばっかだね。――こいつは高そうだな。――宝石はないのかしら？」

と細かい引出しを開けてみる。口笛なんか吹きながら、

「一つ二つもらってもわからないかしら」

などとやっている。「あ、そうだ。肝心のもの……」

要するに少し金を持っていこうというのが目当てである。あちこち捜して、革の財布を見付けた。一万円札が十何枚か入れてある。

「全部じゃまずいなあ。――三枚なら――」

と、三枚抜き取って、「まあいいや。五枚だ！」

五枚取って、財布を元へ戻すと、素早くジーパンのポケットへねじ込んだ。

「さて、と……。どこを捜すかな」

一応、来た以上は、何かないか、というわけである。

台所を見回していると、玄関のチャイムが鳴った。奈美江はギクリとして振り返った。


「ここね。さ、車を端へ寄せて」

佐知子は表へ出た。

秀一が車を少し道からはみ出させて停める。

「あのはねられた男は、どっちから出て来たの？」

「林のほうから出て来たんだよ」

「そう」

と肯いた。「じゃ、ともかく、捜してみましょう」

懐中電灯をつけて、佐知子は、林の中へ入って行った。

「何か見付かると思う？」

「わかってりゃ苦労はないわよ」

と佐知子は素っ気なく言った。「ともかく、あの男だって、ここまで車で来たに違いないと思うのよ。だとすれば、まだどこかに車があるかもしれないわ」

「どこかに隠してあるってこと？」

「でもこんな林の奥へ入って来ることができるかしら」

「あっちに間道があるよ」

「間道？」

「うん。舗装してない道さ、回り道で、結局同じ道へ戻るから、誰も通らない」

「それかもしれないわ。遠いの？」

「いや、百メートルぐらい先から入るのさ」

「行ってみましょう」

二人は道路へ戻ると、車で少し先まで進んだ。

「ほら、ここだよ」

一見したところ、林の木々の間に、ちょっと広い隙間ができている、という程度にしか見えない。

「これが道になってるの？」

「そう。ぐるっと林の中を回って、結局またこの道へ戻るのさ」

「入ってみて」

車は大きくカーブして、その狭い道へと入って行った。ガタンガタンと揺れて、タイヤの下でバリバリと枝が折れる。

「ノロノロしか走れないぜ」

「いいわよ、そのほうが」

佐知子は窓を下げて、暗い林の中をじっと見つめた。

「あんた、反対側のほうを気を付けて見てね」

「――姉さん」

「何よ？」

「何かあったのかい？」

「何か、って？」

「会社さ」

「ちょっとね。――いいから、今は目のほうに注意を集中させて」

佐知子は言った。

車は、ノロノロと、曲がりくねった狭い道を辿って行く。

玄関のチャイムが、また鳴った。

「しつこいわねえ」

奈美江は苛々して呟いた。いい加減に諦めて帰りゃいいのに。

──チャイムが鳴り止んだ。ホッとすると、今度はドンドンと叩く音。

「佐知子さん」

と男の声がした。「坂本です。いないんですか?」

いないわよ、と言ってやろうかと思った。しかし、男は、それで諦めたらしい。靴音が遠ざかって行った。

「やれやれ」

奈美江は肩をすくめて、また引出しを開けて中を調べ始めた。

結局、大したものは見付からなかった。もともと、お金のほうが目的だったのである。

さっきの男がうろついているといけない。もう十分ほど待って、奈美江は明かりを消し、部屋を出た。

廊下に人影はない。奈美江は足早に階段を降りて行った。

表へ出たとき、

「ちょっと待ちたまえ」

と突然、呼びかけられて、奈美江はギョッとして立ち止まった。

車は、林の中の道を、ゆっくりと走って行く。走るというより、のそのそと這うようなスピードである。

「何もなさそうだぜ」

と秀一が言った。

「最後まで捜してみなきゃわからないでしょ!」

と佐知子は厳しい口調で言った。「あなたは何でもすぐに諦めてしまうのが悪い癖よ」

「へい、ごめんよ」

と、秀一はおどけた調子で、「姉さんのしぶとさには感心するよ、いつも」

と言った。佐知子は相手にしないことに決めた。

「――あの野郎、こんな林で何をやってたのかなあ。女とでも会ってたのか」

「まさか。逢引きするにはいい場所じゃないでしょ。でも、その方面はあんたのほうが詳しいわね」

「自慢じゃないけどね」

「本当に自慢じゃないわ」

二人は一緒に笑った。——姉弟なのである。

「あっと！」

秀一がブレーキを踏んだ。佐知子は危うく頭をぶつけるところだった。

「姉さん、ほら——」

目の前に、白い乗用車が停まっていた。

「まあ」

と佐知子は言ったきり、ポカンとして、しばらく、その車に見入っていた。

捜していた物が、あまりスンナリと思いどおりに見付かると、かえって面食らってしまう。——そんな心境であった。

「この車かな？」

「らしいわね」

秀一の運転する車のライトに浮かび上がったのは、白い小型車で、ごくありふれた車だった。ともかく、二人は車から降りて、白い小型車の中を覗いてみた。

「暗くて見えない。懐中電灯」

と佐知子が言った。秀一が取ってきて、中を照らす。——荷物らしいものは残っていなかった。

「何もないわね」

と、ドアへ手をかけると、ドアが開いてきた。「ロックしてないんだわ」

車はもちろん二ドアだった。

「キーも差しっ放しだぜ」

と秀一が言った。

「どうやら間違いなく、あの死んだ人の乗っていた車ね。あの人はキーホルダーを持っていなかったわ」

「でも、ロックもしないで、どうして道へ出て行ったのかな」

「すぐに戻るつもりだったのよ。そうでなきゃ、追われていたのか……」

「他に誰かいたっていうのかい？」

「ただの推測よ。ともかく、ナンバーを控えて――」

「そんな必要ないさ」

と秀一が言って、ボディをポンと叩いた。

「え？」

「ガソリンも充分残ってる。こいつを姉さん、運転して帰りゃいいじゃないか」

秀一の言葉はもっともだが、佐知子にはためらいもあった。

「やめときましょ」

「どうしてさ？」

「いいこと、もしこれが誘拐に関連して使われた車だとしたら、盗んだ車だって公算が大きくなるのよ」

「そうか」

「途中で捕まってごらんなさいよ。何もかも白状しなきゃならなくなるわ」

佐知子としては、留置場体験は一度でたくさんというところであった。やってもいない罪で、しかもスリどころじゃない、誘拐犯にされるなんてとんでもない！

佐知子はダッシュボードの中を調べてみた。ロードマップなどは入っているが、免許証がない。

「変ね。――あの人は持っていなかったわ」

「うん。それでここにもない、ってことは……」

「無免許だったのか、それとも他に誰かがいたのかってことね」

「どっちかな？」

「他にいたんだと思うわ」

「どうして？」

「無免許運転なんて無茶をやるはずがないでしょう、誘拐犯が。あの人はきっと免許を持っていたのよ。そして残った誰かが、免許証を持って姿を消したんだわ」

と、佐知子は言った。「でなきゃ、残ったほうの誰かが運転して帰ったでしょうからね」

「あ、そうか。姉さんって意外に冴えてんだね」

「意外には、余計よ」

と佐知子は苦笑い。「さ、後ろのトランクを開けてみましょう」エンジンのところに差し込んであったキーホルダーを抜き取って、トランクを開けてみる。

「何もないぜ」

と秀一が肩をすくめる。

「待って！　毛布が敷いてあるじゃないの」

「ああ。でも毛布ぐらい――」

佐知子は毛布を手に取って、

「懐中電灯で照らして！」

と言った。

光を近づけて、毛布を隅々まで調べる。

「見なさいよ」

と、一部を見せて、「髪の毛だわ。たぶんこれに誘拐した娘が包んであったのよ」

秀一も覗き込んで、

「本当だ」

と言った。

何となく——二人とも黙り込んでしまう。髪の毛などという生々しいものを見て、急に、誘拐という犯罪が、肌へ感じられるようになったのである。

「きっと、この近くにいるわ」

と、佐知子は言った。「捜すのよ」

佐知子のアパートを出たところで呼び止められた奈美江は、振り向いて、

「私に用?」と言った。

「君が出て来たのは、宮川佐知子さんの部屋だろう」

さっき、部屋へやって来て、しつこくチャイムを鳴らしていた男だわ、と奈美江は気付いた。

見たところ、あまりしっかりした男でもないらしい。大丈夫、これなら丸め込めるわ、

と奈美江は思った。

「ええ、そうよ」

「何してたんだ？」

「何だっていいでしょ。それよりあなた失礼じゃない。自分が誰か言いなさいよ」

「僕か？　僕は坂本っていうんだ」

「それで？」

「佐知子さんとは――その――ちょっとお付き合いしてる」

「こんな時間に訪ねて来るような仲だったの、へえ！」

「変に勘ぐらないでくれ」

と、坂本は言った。「それより君は？」

「私は奈美江。佐知子さんの弟のフィアンセよ」

いつの間にやらフィアンセになってしまっている。

「弟さんの？」

「ええ、だから鍵を持ってるの」

と、キーホルダーについた鍵を見せて、「ほらね。怪しい者じゃないわ。何なら身体検査でもする？」

「いや、別に……それならいいんだ」

と坂本はあわてて言った。「さっき、訪ねて行ったのに、どうして出て来なかったんだ？」

「あら、あなただったの？　ごめんなさい。言われてたのよ、ここ、最近物騒だから、知らない人が来てもドアを開けちゃいけない、って」

「そうか……」

坂本のほうは肩すかしを食ったという様子で、「それじゃわかったよ。でも、佐知子さん、どこへ出かけたんだい？」

「弟と一緒にお出かけ。どこへ行ったのかは知らないわ」

「君は留守番？」

「そういうわけじゃないけど、たまたま寄ってみたの」

「そうか。――いや、ありがとう」

と行きかける坂本へ、

「ねえ、どこかで一杯おごってくれないかしら？」

と、奈美江は精一杯の愛想を込めた笑顔で言った。

大体、女の子に愛想良くされて面白くないという男はあまりいない。

「い、いいよ」

ちょっとためらいながら、坂本は肯いて、「どこにする？」

と訊いていた。

一口に林の中を捜す、とは言っても、全くあても何もないのだから、無茶な話である。

右へ左へ、交互に手分けして捜し回ったが、一時間後にはすっかりばててしまった。

「明るいときでもないと無理だよ」

と秀一が言った。

「私もそう思ったわ」

と、佐知子は呟いた。「でも、ともかく、この車のナンバーで、持ち主が違うとしても、手掛かりになるわ」

「じゃ、今夜は引き揚げるの？」

「そうね。そういうことになりそう」

佐知子は、「夜が明けたら、いったん戻って、車のナンバーから持ち主がわかるかどうか、試みてみなきゃね」

「それから?」

「またここへ戻るわ。——そうだ」

と、佐知子は思い付いた様子で、「今度は昼間だから、双眼鏡を持って来ましょうよ」

「双眼鏡?」

「バード・ウォッチングのふりができるわ」

「なるほどね。さすが、頭がいいなあ」

と、秀一は笑って、佐知子ににらまれた。

「のんびりしてる時間はないのよ!」

「わかってるよ」

秀一は真面目な顔をして肯いた。

アパートの前で、秀一の車から降りると、佐知子は階段を上がって行こうとした。

「失礼」

と、暗がりから声がして、びっくりして振り向く。あの、見張っていた若い男である。

「何でしょうか?」

「私は梅井《うめい》といいます。矢野の部下です」

「ああ、そうですか」

やはり刑事だったのか。「——何かご用でしょうか?」

「留守の間にお客がありましたよ」

「客? 私の部屋にですか?」

「ええ。しばらくいましたね。そのうち、帰って行きました」

「中へ入っていたんですか?」

「鍵を開けていましたけどね」

変だわ、と佐知子は思った。あそこの鍵は私と秀一しか持っていないはずなのに……。

梅井刑事は、

「ちょっとお話ししたいことがあるのですがね——」

と言った。

佐知子は迷った。たった今、どこへ行っていたかと問われれば言い逃れる自信はない。

しかし、相手は刑事である。拒むことはできまい。

「結構ですわ」

「ともかく、お部屋をご覧になったらいかがですか」

と梅井は言った。

「ええ……」

いくら刑事とはいえ、若い男を入れるのはためらわれる、しかし、本当に誰かが留守中に入っていったとすれば、空巣か何かかとも考えられる。盗まれた物がないかどうか、確かめる必要はある。

「じゃ、ご一緒にどうぞ」

佐知子は階段を上がった。梅井がそれに続く。――佐知子は混乱していた。

いろいろなことが一度に起こりすぎた。

乗り捨てられた車を見付けたこと、刑事に話があると言われたこと、そして留守中のアパートへ誰かが入って行ったという刑事の話……。

「刑事さん」

階段を上がりながら、佐知子は言った。「その、留守の間にここへ来たというのは、どんな男でした？」

「女ですよ」

「女？」

「ええ、若い女です。――男も後から来ましたがね」

「というと……」

「女は一時間近く部屋へ入りきりでした。男は後から来てドアを叩いたりしていましたが、入れてもらえなかったのか、下へ降りて来ました。少しして女が出て来ると、隠れて待っていた男が声をかけて、二人でどこかへ行きましたよ」

「その男の人は……」

「ごく普通のサラリーマン風でしたがね」

男は坂本かもしれない。しかし、女のほうは誰だろう？

「ここのドアですね」

と部屋の入口の前で、梅井が言った。

「そうです」

「ちょっと待って」

梅井はポケットから、ペンシルライトを出して、鍵穴の周囲を照らしながら、ていねいに調べた。

「あの――」

「いや、傷はないですね。こじ開けてはいません」

「というと……」

「鍵を持っていたということですね。合鍵かもしれない」

梅井はわきに退《ど》いて、「さ、開けて下さい、どうぞ」と促した。

佐知子は鍵を出して開けた。こわごわ明かりを点ける。別に部屋の中は荒らされてはいないようである。

「よく調べて下さい。ベテランの泥棒は、不必要に室内を荒らしはしません」

「はい」

真っ先に、佐知子は現金を調べた。「——お金を盗られています」

「いくらぐらい?」

「五万円です」

そういう記憶は確かである。

「全部ではないんですか?」

「ええ。——五枚だけです」

「妙な泥棒だな」

と、梅井は首をひねった。

それはそうだ。どうせ盗むなら、全部持って行けばよさそうなものである。

「どなたか、ここの鍵を持っている人はいませんか?」

「私の他は弟だけです」

「弟さん。――どうです、ときどき小遣いをもらいにくるようなことは、ありませんかね?」

「まさか。だって――」

言いかけて、佐知子は口をつぐんだ。

もちろん秀一ではない。今の今まで一緒にいたのだから、そんなことができるはずはない。

しかし、それを刑事へ言ったら、こんな夜中に何をしていたのかということになるだろう。それは言えない。

それに、その女が秀一の恋人か何かだったら? やりかねないことだ。

秀一もクビになって、小遣い不足だろう。二人で出かけている間に、女に鍵を預けて……。

「どうしました?」

梅井が訊いた。

「いえ……。あの……」

「届けを出しますか? 窃盗事件ですからね、これは」

「ちょっと待って下さい」

と佐知子は急いで言った。「きっと弟ですわ。彼女に言って、お金を取りに来させたんです。だらしのない子で、困るんですよ、本当に」

「しかし、それが確かかどうか、わからないでしょう」

「いえ、そうだと思います。だから遠慮して全部は持って行かなかったんですわ」

とっさに思い付いてそう言った。

「そうかもしれませんね」

と、梅井は肩をすくめた。「それじゃ――届けは出さないんですか？」

「ええ。後で面倒になると困りますから……」

「それなら結構です」

と梅井は言った。「では、私のほうの用をちょっと」

「どうぞおかけ下さい」

「いや、外へ出ましょう」

「表にですか？」

「夜中に女性の部屋へ入り込むのは、少々問題がありますからね」

梅井は微笑んだ。

思いがけず暖かい笑顔で、佐知子は驚いた。いつの間にか、ぎこちない笑みを返していた……。

三　凶悪な仲間

「どこへ行ってたんだよ」

　秀一は、帰って来た奈美江へ文句を言ってやった。

「姉さんのところで捕まったんじゃないかと思って気が気じゃなかったぜ」

「そんなドジしないわよ」

　と奈美江はペタンと座り込んだ。

「酔ってるのか？」

「男の人と飲んでたの」

「男？」

「お姉さんの彼氏よ」

　秀一は面食らって、

「何の話だ？」

　奈美江はざっと事情を説明した。秀一は、

「ふーん」

と、大して面白くもなさそうに、「どうしてその坂本って奴と飲んだりしたんだ？」

「少しは貸しを作っといたほうがいいと思ったのよ」

「姉さんの恋人かあ」

と、秀一が、面白くなさそうに言った。

「あら、何をふくれてんの？」

「別に」

「いやだ、姉さんを盗られて面白くないのね？」

「よせよ！」

秀一がむきになって言った。

「すっかりやられましたねえ」

と、梅井はコーヒーをすすりながら、愉快そうに言った。

「すみません」

「いや、逃げられた私のほうが悪かったんですよ」

と言って、「しかし、なぜ逃げたんです？」

——深夜営業の喫茶店である。

「あの……刑事さんか、それとも悪い人かわからないでしょ」

と佐知子は言った。苦しい言い訳である。

「そりゃそうですね。人相が悪いかなあ」

佐知子は微笑んで、

「顔が見えなかったんですもの」

「あなたは殺人事件に巻き込まれている」

と、梅井は真面目な口調になって、「よほど用心して下さい。無用なけがをしてほしくないのです」

「ええ」

梅井はしばらく黙って佐知子を見つめていたが、

「——どうです。一つ、包み隠さずに話してくれませんか」

と言った。

「何のことでしょう?」

「おわかりのはずです」

にわかに、二人の間に緊張が漲《みなぎ》った。——いくらいい人でも、刑事は刑事だ。話してしまうわけにはいかない。

「わかりませんわ」

「あなたは何か隠している」

「いいえ」

「今夜はどこへ行っていました？」

「それが何の関係がありますの？」

「言えないのですか」

「言う必要はないと思います」

梅井は、しばらくして、諦めたように息をついた。

「わかりました。ではそういうことにしましょう」

と立ち上がって、「でも、護衛は続けさせていただきますよ」

「監視でしょう」

「護衛です。表向きは」

そう言って、元のとおりの微笑を浮かべた……。

アパートの前へ来ると、梅井が、

「明朝から他の者と交替します」

と言った。

「ご苦労さま」

「伝えておきますから同じ手は食いませんよ」

佐知子は軽く笑った。

「では」

「おやすみなさい」

佐知子は階段を上がって行った。

本当なら、いてもらっては困る存在のはずだが、どういうわけか、梅井というあの刑事は、佐知子の心を和ませてくれた。

部屋の前へ着いて、下を覗くと、梅井が相変わらず所在なげに立っているのが見えていた。

鍵を開けて中へ入る。明かりをつけて、佐知子は、思わず声を上げそうになった。

「声を出すな」

あの、ナイフを使う男が、目の前に立っていたのだ。

「——何の用？」

佐知子は、声の震えを押し隠して、言った。

「お前とゆっくり話がしたくてな」

男はそう言って、ニヤリと笑った。「鍵をかけて中へ入れ。そんな鍵じゃ、俺をしめ出せないぜ」

佐知子は、言われるとおりにした。――梅井は下にいる。

しかし、助けを呼ぶこともできないのだ。佐知子は、じっとナイフの男の目を見返した。

「まあ座れよ」

ナイフの男は、食堂の椅子を一つ持って来ると、佐知子をそこへ座らせた。

「話があるなら早く言いなさいよ」

佐知子は恐怖を押し殺して、男をにらみ返した。

「その度胸だけは大したもんだ」

と、男は軽く笑った。

「妙なことしたら……表に刑事さんがいるのよ」

「出まかせはよしな」

「本当よ」

男は、佐知子から目を離さずに、そっと窓のほうへと寄って行った。

「反対側よ」

と、佐知子は言った。

「ほう。——どうやら本当らしいな、その言い方は」

「当たり前でしょ」

「しかしな、お前だって困るんじゃないのか。人をはねて殺したってことがわかっちまったら」

佐知子は黙っていた。その点は確かにこの男の言うとおりなのである。

しかし、男のほうとしても、刑事がいるということで、ブレーキにはなるだろう。

「まあ、お互いに、刑事とはあまり会いたくねえ仲だってわけだ。和やかに話し合おうじゃないか」

「ナイフ突きつけられて和やかに？」

「引っ込めると、お前のことだ、フライパンででもぶん殴りかねないからな」

と男は笑った。

「じゃいいわ。早くしゃべって」

男はしばらくナイフを弄びながら、佐知子のほうをチラチラと見ていたが、やがて思い切ったように息をついて、

「いいだろう。——遠回りしてちゃ、いつまでも終わらない。お前、娘がどこにいるか、知っているのか？」

「娘……」

「真山の娘さ。——まさかと思ってたが、お前が真山に訊いたろう。『娘はいるか』ってな」

「それじゃ——」

「娘はいる。そして今はどこにいるかわからねえ」

と、男は舌打ちした。「全くドジな話さ」

「真山って人の娘さんが誘拐されたのね。でもあなたは——」

「親分の娘をかっさらうぐらい、珍しいことじゃないさ」

「あなたが誘拐したの！」

思いがけない成り行きに、佐知子は啞然とした。

「あいつに雇われちゃいるが、何の義理もないからな」

男はニヤリと笑った。「それに真山の奴、人使いは荒いが、金払いは渋いんだ。これくらいの貸しはある」

佐知子は素早く計算をめぐらした。誘拐された娘は真山一郎の娘とわかった。しかし、この男も娘の居所を知らないという……。

「さて、正直に話してもらおうか」

と男は言った。

「何をよ？」

「お前がはねた男は、俺の弟分だった奴に違いない。俺が真山の娘をおびき出して、奴がかっさらう段取りだったんだ」

と男は言った。「ところが、その段になって、急な用を言いつかった。断わりゃ怪しまれると思って、手はずだけは整えておいたんだ」

「じゃ、その弟分っていう人が一人でやったわけね」

「そいつがわからねえ」

男はいまいましげに、「誰かを相棒に使うと言っていたんだ。だが、それが誰なのか、俺は聞いていない」

男は佐知子のほうへ身をかがめた。

「――さて、お前、はねた奴のポケットから、真山の名刺を見付けたと言ったな」

「ええ、そうよ」

「それだけか？」

「それだけよ」

いきなり、男が左手の甲で佐知子の頬を打った。短い声を上げて、佐知子は床へ倒れ込んだ。左の頬が、焼けるように痛んで、目がくらんだ。

そっと手を触れると、頬に傷が走って、血が出ている。

男は左手に指環をはめていた。それが頬を切ったらしい。

「俺をなめるなよ」

と、男は低い声で言った。「今度はナイフでその顔へサインしてやろうか」

本気だ。佐知子は体が震え出すのを、止めることができなかった。

男は、怒っている様子はなかった。むしろ楽しげですらある。

「それとも裸にして胸にでも刺青を彫るか。どっちがいいかな?」

サディストなのだろう。ナイフが、手の中で、生き物のように動いた。

「何を……言えばいいのよ」

声は震えていた。

「死んだ男のポケットから、何を見付けたんだ?」

隠してはおけない。佐知子は諦めた。

「脅迫状よ」

「見せろ」

佐知子は、そろそろと立ち上がった。

佐知子は机の引出しを開けた。バッグへ入れたかと思っていたのだが、こうしてしまっておいたのがよかった。留置場へ入れられたとき、バッグの中を調べられているのだから。

引出しに敷いた布の下から、手紙を取り出す。

「これよ」

男が、引ったくるように手紙を取った。そして、素早く目を走らせた。

それから、佐知子をじっと見た。そして、不意にふっと笑みを浮かべた。

「お前もなかなかの女じゃねえか」

佐知子は、意味がわからずに黙っていた。

「奴をはねて、こいつを見付けた。そこでこの身代金をせしめてやろうと思ったんだな、ええ？」

とんでもない、と言いかけて、佐知子は思い直した。ここは、この男に調子を合わせておくほうがいいかもしれない、と思ったのである。

「それならどうなのよ」

と、少し強がって見せる。

「他に何か見付けなかったのか？」

「何も」

「娘の居場所は？」

「知るもんですか」

「そうだろうな。知ってりゃ、真山の娘だってことはわかるはずだ」

「あなたは？」

「知ってりゃ、お前なんかに訊くはずはあるまい」

「計画したのに、わからないの」

「あの弟分はな、なかなか頭が良かったんだ。細かいことは全部任せておいた」

「もう一人の仲間が、知ってるでしょう」

「そうだ。しかし、そいつが真山を脅迫してくる様子はない」

「黙ってるだけじゃないの？」

「真山が、娘を誘拐されたと知ったら、あんなに落ち着いちゃいられねえさ」

男は軽く笑った。「一人娘で、そりゃもう可愛がってるんだ」

「いくつぐらいの人なの」

「さあ、もう二十歳にはなってるだろう。親父に似ず、美人だぜ」

「その人が行方不明になって、どうして、真山さんは気が付かないの？」

「あの娘の行方不明は年中さ」

と男は、少しリラックスした様子で、自分も椅子に座った。「何しろ男出入りの派手な娘でな。年中ふらっと旅行へ出ちまう。金持ちのわがまま娘ってやつさ」

「それじゃ――一週間ぐらいいなくても、気が付かない……」

「脅迫状がいかなきゃな」

佐知子は一つ深呼吸をして、気を落ち着けた。恐怖も去りつつある。

「その一週間という期限は何の意味？」

男は肩をすくめて、

「知らねえな」

「じゃ、どうするつもり？」

「このまま、娘の居所も知らずに脅迫状を出したって、真山の奴は乗っちゃこないぜ」

「どうして？」

「奴はそういう点はぬかりがない。本当に娘をこっちの手に握ってるって証拠を見せなきゃ、決して信じない」

「じゃ、何とかして、見付けなきゃ」

「そうだ」

男は佐知子をじっと眺めて、「お前、なかなか度胸がいいぜ。——どうだ、一緒にやるか？」

佐知子は決心した。今は、この男と手を組んだほうがいい。その娘を見付けるのにも役に立とう。

「いいわ」

「よし。他に何かわかってることがあるか？」

「車を見付けたわ」

「どの車だ？」

「たぶん、娘さんを運んだ車よ」

佐知子は、林の中の道で見付けた車のことを教えてやった。

「そいつはいい手掛かりだ」

「その近くを捜したけど、見付けられなかったわ」

「その車は？」

「そのまま置いてきたわ」

「ナンバーはわかるか？」

「ええ」

「メモしてよこしな」

佐知子は言われるままにメモを書いて渡した。男はそれをポケットへねじ込んだ。

「明日はどうする？　また捜しに行くのか？」

「そのつもりよ」

「よし。昼前にここへ寄る。俺も行ってみよう」

ありがたくはないが、仕方あるまい。「それじゃ、今夜のところは帰らせてもらうぜ」

「どうぞご遠慮なく」

「冷たいな。組むんじゃねえか」

男が佐知子へ近付いた。佐知子は後ずさりしたが、壁へ追い詰められた。

ナイフが首筋へピタリと当てられる。

「動くなよ。——よく切れるからな、こいつは」

男が佐知子の唇へ、唇を押しつけた。佐知子は身震いした。

「——またな、相棒」

男が出て行こうとして、振り返った。「俺は辰巳《たつみ》だ。憶えときな」
玄関のドアが閉まると、佐知子はその場に座り込んでしまった。

木曜日

一　林の中の家

遠くでベルが鳴っていた。

目覚まし時計かしら？　それとも学校の始業のベルか。会社の始業かな……。

「もう少し寝かせてよ」

と呟いた自分の声で、ふと目が覚める。

電話が鳴っていた。佐知子は枕元の時計を見た。十時半である。目覚ましを九時にかけておいたのだが、止めてまた眠ってしまったらしい。

布団から起き出して、電話へと急ぐ。

「はい、宮川です」

「あ、姉さん？」

われながらひどい声だ。

「秀一なの。珍しく早起きじゃない」

「ちえっ、皮肉かい」

「本当のことを言っているだけよ」

佐知子はそう言って、大欠伸をした。

「今日はどうするの？」

「え？　――ああ、捜索のことね。今日は……」

佐知子はためらった。あの辰巳と名乗ったナイフの男が一緒に来ると言っていた。あの手の男と、秀一を、できるだけ会わせたくないのである。もともとそういう世界へ入りやすい性格の秀一だから、下手をすれば辰巳のような男に憧れないとも限らない。

「今日は他に調べたいことがあるの」

「じゃ、僕は？」

「連絡するまで待ってて。――今、どこなの？」

秀一はちょっとためらって、

「友達のところだよ」

「女の子ね？」

「まあ……そうだ」

「電話を教えて。ともかく連絡するから」

金を持っていったのが、その彼女なのか訊いてやりたかったが、今はそんなことでもめていても仕方ない、と思い直した。

秀一の言う番号を書き止めると、

「わかったわ。ともかく、そこにいてね、わかった？」

佐知子は電話を切ると、手早く布団を上げ、顔を洗った。体がだるい。

「年なのかなあ……」

疲れがまだ淀んでいる感じだ。「シャワーでも浴びよう」

いったん開けたカーテンをもう一度きっちりと閉めると、佐知子は風呂の火を点け、裸になった。シャワーのコックをひねると、水が勢いよく飛び出してくる。

「怪しいわね」と奈美江が言った。

「何が？」

「あんたに、ここにいろと言ったことよ」

「それのどこが怪しいんだ？」

と秀一は呑気なものである。

「弟が女のアパートにいるっていうのに、どんな女かも訊かないなんて変よ」

「うん……。そうかなあ」

「それに、昨日は一緒に連れて行ったくせに、今日はだめだなんて、おかしいと思わないの？」

「じゃ、何だっていうんだ？」

「あんたを近付けたくないのよ」

「どうして？」

「信用してないんじゃない？」

「弟だぜ」

「関係ないわ。昨日、お金を持ってきたのに気付いて、薄々察してるのかもしれないわよ」

「じゃ、どうするんだよ？」

「だめと言われてもついて行くのよ！」

奈美江は、秀一の背中をポンと叩いた。早く出世しろと夫の尻を叩く女房の素質充分である。

「だって――」

「いいこと。よく憶えときなさいよ」と、奈美江は言った。「五千万円を手に入れようと思えばね、それなりに苦労しなくちゃ」

「わかってるよ」

半ばふくれ気味で、秀一は言った。「まるで、姉さんが二人いるみたいだ」

秀一はブツブツ言いながら、出かける仕度を始めた。

シャワーを思い切り熱くして浴びているうちに、佐知子はやっと目が覚めてきた。

頭だけ目覚めても、体のほうがついてこない間は、どことなくぼんやりした感じである。やっと両方のバランスが取れて、すっきりした。

シャワーを止めて、バスタオルで濡れた髪を拭う。体を拭きながら、浴室を出た佐知子は短い悲鳴を上げた。

「いい眺めだな」

辰巳がニヤつきながら、立っていた。

佐知子はバスタオルを急いで体へ巻きつけた。

「何してるのよ!」

「約束どおりやって来たのさ」

辰巳は平然と言った。「――ああ、玄関はちゃんと鍵もチェーンもかけてあった。でもな、あれぐらいで戸締まりした気になってちゃ、命がいくつあっても足りないぜ」

「出て行ってよ！」

「遠慮するなよ。仲間じゃねえか」

辰巳が近付いて来た。佐知子は後ずさった。

「近寄らないで！」

「何だ、昨日はキスさせてくれたぜ。仕事へ出かける前にちょいと準備運動ってのはどうだ？」

「あっちへ行って！」

佐知子は必死で辰巳をにらみつけた。

「おとなしくしてりゃ、いい気分にさせてやるのによ」

辰巳の手がナイフを握っていた。全く手品のように素早い手の動きだ。

「頬っぺたの傷ぐらいじゃすまないぜ」

佐知子は壁に背をつけた。――こんな男に！　とんでもないわ！

「それ以上近付かないで」

と佐知子は低い声で言った。

「近付いたらどうする？」

辰巳は愉快そうに、「悲鳴を上げるか？」

「ナイフに体をぶつけて死んでやるわ」

辰巳はちょっと目を見開いた。

「冗談言うな」

「冗談かどうか。やってごらんなさいよ」

佐知子は全身を硬くこわばらせて、じっと辰巳に相対していた。

辰巳はしばらく佐知子を眺めていたが、やがてふっと笑みを洩らすと、

「ＯＫ」

と言った。ナイフが上衣の下へ消える。

「お前も変わってるぜ。男を知らねえのか？」

「嫌いな男はごめんだわ」

「まあいいさ。そのうち気も変わる。――よし、表へ出てるぜ。五分したら入って来る」

「わかったわ」

辰巳は出て行った。

佐知子は、壁にもたれて、何度も大きく息をついた。体の震えが止まらない。また全身に汗が吹き出ている。

もう一度鍵をかけると——チェーンは切断されていた——椅子を一つ持って来て、ドアを押えた。また軽くシャワーを浴びて、急いで体を拭い、服を着た。

ぴったり五分後にチャイムが鳴った。椅子をどけて、覗き穴から見る。辰巳である。

「——今度は礼儀正しくやって来たろう」

ドアを開けると、辰巳が言った。「出かけようぜ」

「表に人は？」

「いない」

「いない？」

そんなはずはない。梅井という刑事が、ちゃんと交替が来ると言っていたのだ。

「変だわ」

「大丈夫。確かめたよ。気が変わったんだろうぜ」

「まさか」

「俺は二時間前に来て見ていたんだ。周囲も調べた。ここを見張ってる奴はいない」

どうしたのだろう？　何か急な事件でもあって呼び戻されたのか。

佐知子は、警察の監視なしで動けると思うとほッとしたが、逆に、この辰巳から自分を守ってくれる者がいないと思うと、心細い気分でもあった。

「わかったわ。じゃ出かけましょう」

と佐知子は言った。

「車を裏のほうへ置いてある」

佐知子は辰巳の後について、アパートを出ると、裏手へ回った。ごく目立たない、少し古い型の乗用車が停めてあった。

「こういう商売じゃ、目に付かないことが第一だからな」

辰巳がドアを開けながら言った。「運転だって模範的だぜ」

「そう願いたいわ。あなたと心中なんてごめんですものね」

辰巳が軽く笑って、

「気に入ったぜ。いい度胸だ」

と、車をスタートさせた。

「ともかく、あの場所まで行って。すぐ近くだから」

車が郊外へ出ると、佐知子が言った。

「了解。——お前、会社をクビになったそうだな」

「どうでもいいわ」

「それもそうだ。五千万入りゃ、会社なんかに行くこともねえ」

「気が早いのね」

「常にいいことだけを考える主義さ」

辰巳は、ふと真顔になった。「——尾けられてるな」

「え？」

「派手な車でついて来やがる。ありゃ素人だぜ」

佐知子が振り向こうとする。

「振り向くな！」

と辰巳が一喝した。「お前も素人だな、やっぱり」

「そりゃそうよ」

「よし。次の角を入るぞ」

辰巳は車のスピードを落とすと、細いわき道へとカーブした。

「どうするの？」

「任せとけ」

辰巳はよく知っている道と見えて、右へ左へ、細い道を巧みに辿って行く。そして急なカーブを曲がると急ブレーキをかけた。

「頭を低くしてろ」

辰巳は素早く車を降りて姿を消した。

一体何が始まるのか？　佐知子は座席に伏せたまま、気が気ではなかった。車の音が近付いて来る。カーブを曲がって来たところで、キーッとブレーキがきしんだ。

同時にバタバタと足音。

「出て来い！」

と辰巳の声がする。

「待ってくれよ！　何も別に――」

あの声は……。

佐知子は、あわてて顔を上げた。車から引きずり出されてナイフを突きつけられているのは秀一だった。

「待って！」

佐知子は車から飛び出した。「殺さないで！　弟なのよ！」

「姉さん……」

辰巳は呆れ顔で、

「これがお前の弟か？」

と笑った。「姉に似ねえ馬鹿顔《ばかづら》だな」

「何してるのよ！」

佐知子は秀一を叱りつけた。「アパートにいろと言ったでしょう！」

秀一は頭をかいて、

「だってこいつが……」

と車を見た。

「私も仲間に入れてよ」

奈美江が窓から顔を出した。

「こんな子分がいたとは知らなかったぜ」

辰巳がニヤニヤしながら腕組みをして、佐知子と、秀一、奈美江の二人組を交互に眺めている。

佐知子は苦り切った表情で、弟をにらみつけていた。せっかく自分が命がけで真相を探ろうとしているのに、こんな女にたきつけられてノコノコやって来るとは……。

秀一はさすがにきまり悪そうに上目づかいに姉のほうを盗み見ているが、奈美江という女はいっこうに悪びれたふうでもなく、

「ここまで来たんだもの。仲間にしてもらうわよ」

と挑みかかるような調子。

佐知子は、辰巳がいなければひっぱたいてやりたい気分だった。

「すると、車で俺の弟分をはねて死なせてくれたのは、お前たちか」

辰巳は言った。秀一がしゃべってしまったのだ。

「なるほどな。——どうも、お前の姉さんが人をはねて、そいつを隠そうとするってのがピンとこなかったんだ。これでやっとわかったぜ」

「仕方なかったんだよ……」

秀一が弱々しく言った。

「済んじまったことは仕方ねえさ」

辰巳はそう言って、佐知子のほうを向いた。

「おい、もう隠してることはねえのか?」

佐知子は肩をすくめた。

「残念ながらないわよ」

「お前が、誘拐された娘を捜しているのは、金のためじゃなくて、弟のためなんだな?」

「だったらどうなの」

「いや、そのほうがお前らしいぜ」

辰巳は愉しげに言った。「しかし、娘を見付けても、俺の言うとおりにするんだ。そうしないと弟はただじゃ済まねえぞ」

「わかってるわ」

佐知子はもう諦め切っていた。ここまできては、手の施しようもない。この辰巳の言うなりになっているほかはないのだ。

「ちょっと」

奈美江が口を挟んだ。「こんなところでいつまでぐずぐずしてる気? 五千万よ。早く捜しに行きましょう」

「あんたは……」

佐知子はさすがにムッとして、「人質の女性が札束にしか見えないの?」

と進み出た。

「フン、何よ。そっちだって、いざ金を目の前にしたら、よだれ垂らすに決まってるんだから」

「何ですって、もう一ぺん——」

「ねえ、よせよ」

秀一が困ったように割って入った。

「まあいいじゃねえか」

辰巳が三人を眺め回して、「家庭争議は後にしてくれ。ともかくこっちは急ぐんだ。早く車へ乗れ！」

と命令した。いわゆるドスの利いた声というわけではないが、いやでも従わざるを得ないような迫力があって、秀一と奈美江はあわてて車へ戻った。

「よし、お前も戻れ」

促されるままに、佐知子は辰巳の車へ乗った。辰巳が車をスタートさせる。秀一たちの車が少し遅れてついて来るのがバックミラーに見えた。

「いい弟を持って幸せだろう」

辰巳が愉快そうに言った。

「大きなお世話よ」

佐知子は外を見ながら言い返した。辰巳は軽く笑って、

「ああいうのはチンピラに多い。使い走りに便利だぜ」

佐知子はキッと辰巳をにらんで、

「弟をそんな世界には入れないわよ。もし弟に手を出したら殺してやるから!」

とかみつきそうな顔で言った。

「こりゃ、おっかねえ」

辰巳はおどけて肩をすぼめると、「代わりにお前でもいいぜ」

と言った。

「黙って運転しなさいよ」

佐知子は真っ直ぐ前方へと目を向けて、口をつぐんだ。

ますます事態はややこしくなってきてしまった。もう成り行きに任せるほかはない、
というところである。

それにしても、秀一も何とだらしのないことか。あんな女の言うなりになっているなんて!――自分はともかく、秀一だけは、こんなことにかかわらせてはいけない。

しかし、どうすればいいのだろう? 意見して、聞くような秀一ではないのだから……。

二台の車を、細い間道へ乗り入れると、すぐに、昨夜見つけた白い乗用車が見えた。

「――なるほど、こいつか」

辰巳が降りて、白い車の中やトランクを調べる。秀一と奈美江も出て来た。

「この近くにいるのね」

奈美江はもう目をギラつかせている。

「姉さんとさんざん林の中を捜したんだぜ」

秀一は言った。「夜だったけど、見落とすことはないと思うよ」

「よし、同じところを捜しても意味がない」

と、辰巳が言った。「林の奥を調べるんだ」

「もっと奥へ入るの？」

「当たり前だ。いいか、この車はたぶん間違いなく、誘拐に使った車だ。そうなると、例の娘はこの近くにいる」

「どこかに監禁されてるんだろうな」

奈美江が、

「もう殺されちゃってんじゃないの？」

と言い出した。

「それほど馬鹿じゃないぜ」

と、辰巳は冷ややかに言った。「殺すにしても、金を受け取ってからだ。生きているという証拠を要求されるに決まってるからな」

辰巳は他の三人を促して、木々の間を抜けて歩き出した。

「――できるだけ広がれ。何か見えたら声を上げろよ」

四人の間隔は少しずつ広がって、やがて、互いに木々に遮られて、ほとんど見えなくなった。

佐知子は一息ついて足を止め、周囲を見回した。――静かだった。東京にも、こんな深い林があったんだなあ、と感心した。今はそれどころではないのだが。

「姉さん」

足音がして、秀一が顔を出した。

「どうしたの？　何か見付けた？」

「いいや。ただ……ちょっと……」

と頭をかいている。

「あの女とは手を切りなさい」

と佐知子は言った。

「え？」

「ろくなことにならないわよ、あんな女と付き合ってると」

「うん……」

「私の部屋からお金を盗ったのもあの女でしょう」

「知ってたの？」

「当たり前よ。コソ泥じゃないの、まるっきり。——ああいう女は、危ないことはみんなあんたにやらせて、自分は得をしようっていうのよ。今度だって、もし身代金が入ったら、まずあんたなんか相手にしないわ」

「うん……」

「少ししっかりしてよ。あんた自身の破滅よ」

そこへ、

「言ってくれるじゃないの」

と、声がして、当の奈美江が二人を眺めていた。

「この人が急に見えなくなったんで、捜しに来たのよ。そしたら、えらくご立派なお話の最中じゃない」

「聞いてたのならわかるでしょ。弟に手を出さないで」

「余計なお世話よ。引っ込んでな」

二人の視線はまさに火花が散るようにぶつかり合った。

「ともかく捜すのが先よ」

佐知子は、思い切り暴れてやりたいという気持ちを抑えて歩き出した。

「――待ちなさいよ！」

と、奈美江が追って歩き出す。

「おい、やめろよ」

秀一は奈美江を止めた。「今はそれどころじゃねえだろ」

佐知子は構わずに歩いて行った。

そして――突然、目の前に家があった。佐知子はギョッとして立ち止まった。急に林が切れて、少し広い窪地になっている。

そこに、古びた木造の家が建っていた。別荘風の造りで、二階建てである。――人の住んでいる様子はなかった。

「ここだわ、きっと……」

と佐知子は呟いた。

人を隠しておくには、ここは最高の場所だろう。ここまでやって来る者はまずあるまい。

そこへ、佐知子を追って、奈美江が、

「逃げる気？」

と現われたが、「あら！」

と、やはりその別荘を見て足を止め、

「これ……何なの？」

とポカンとしている。秀一も出て来て、目を丸くした。

「こんなところに家が！　びっくりしたなあ！」

「ここよ！　きっとここにいるんだわ。おーい！　こっちよ！」

と、奈美江が叫ぶ。

辰巳が走って来た。別荘を見上げると、

「へえ、こいつはどうやら本命らしいな」

とニヤリと笑った。

「早く中を調べましょうよ」

と、奈美江がせかせる。

「よし。入ってみよう」

辰巳は玄関のほうへと歩いて行った。「──鍵がかけてないぜ」

玄関のドアは静かに開いた。きしむ音がしないのは、油がさしてあるからだ、と佐知子は思った。

中は、ガランとして、静かだった。

「おーい！」

辰巳が声を上げる。「誰かいるのか！」

声はガランとした暗い空間へと広がっていく。

「返事がないわ」

と、佐知子は言った。

「返事ができないのかもしれねえな」

辰巳はぐるりと見回して、「よし、中をしらみつぶしに捜すんだ！」

と言った。

「――畜生！」

辰巳は腰に手を当てて言った。

「むだだったわね」

と佐知子は言った。

結局、この別荘内には誰もいなかったのである。

「てっきりここだと思ったのに……」

奈美江が諦め切れない様子で言った。

「ここでないとすると……」

「手掛かりは〈月曜日〉という一言だけよ」

と、佐知子は言った。「何か、そこにあるはずだわ」

「うむ……」

辰巳は考え込んだ。「ＯＫ。ともかく、もう少し捜すんだ」

「これ以上捜したって——」

と秀一が言い出したが、姉ににらまれ、口をつぐんだ。

「よし、じゃまた手分けして」

と、辰巳が言いかけたときだった。

「シッ！」

と佐知子がそれを抑えた。「誰か、来る！」

林の奥から、人の声らしいものが、近付いて来た。辰巳が、

「おい、林の中へ隠れろ」

と低い声で言って、声のしたほうとは逆の林の中へと走った。

四人が思い思いに身を潜める。

一体誰かしら？　佐知子は、そっと草をかき分け、覗いて見た。

見るからに、一見してまともな連中でないとわかる、背広姿の男たちが数人、古びた、その別荘へと入って行った。

二　闇への招待

あれは一体何かしら？

佐知子は、古ぼけた別荘を、そっと草の間から覗きながら首をひねった。

「——こいつは面白いぜ」

すぐ近くで辰巳の声がして、佐知子はびっくりした。そんなそばにいるとは思っていなかったのである。

さすがに仕事柄か、人に気付かれずに身を潜めていられるのだろう。

「あの連中を知ってるの？」

と佐知子は訊いた。

「真山と争ってる商売敵《がたき》の連中だ」

「どうしてこんなところに……」

「さて、そいつはわからねえな」

と、辰巳は肩をすくめた。

「ここにいたら見付かるかもしれないわ」

「そうだな。しようがねえ、引き揚げるとするか。――どうする？　後の二人は放っていくか」

「あの女はいいけど、弟は連れて行くわ」

「そう言うと思ったぜ。よし、ここにいろ」

辰巳が、素早く姿を消した。実際、不思議なくらい、音をたてない。まるで蛇か何かのようである。

すぐに、また、辰巳の顔が覗いて、「行くぞ」と声をかけてきた。秀一と奈美江も一緒だ。

四人は、林の中を大きく迂回しながら、抜けて行った。

「――ねえ、あいつらは何なの？」

途中で奈美江が辰巳に訊いた。

「静かにしろ」

と辰巳は低い声で言った。「あいつらの子分たちが近くにいるかもしれねえ。口をつぐんでろ」

「フン、ケチ！」

奈美江が鼻を鳴らした。四人は黙々と進んで行った。——急に奈美江が、

「キャッ！」

と悲鳴を上げた。

「どうした？」

「足首をねじっちゃった……。痛いよ！」

と涙声になる。

「馬鹿野郎！　黙れ！　おい、お前の恋人だろう。かついで行け」

「だって……」

秀一が不満顔ながら、渋々奈美江に肩を貸して歩き出す。

「痛いじゃないの！　そっとやってよ！」

と奈美江が声を上げる。

「馬鹿！　静かにしろ！　死にてえのか！」

と辰巳が苛々と叱りつけた。

そのとき、背後から、突然、

「おい、待て！」

と男の声がかかった。四人がギョッと立ちすくむ。

「何をしてやがるんだ？」

振り向くと、黒背広の男が立っていた。手は上衣の下へ入っている。

アッと思う間もなかった。気が付いたときは、男の腕にナイフが突き立っていて、男が苦悶に顔を歪めながら、その場にくずおれた。

「早く走れ！」

と辰巳が怒鳴った。


「全く世話のかかる野郎たちだ」

と辰巳は、ハンドルを握りながら言った。

佐知子は後からついて来る秀一の車を振り返って、

「本当に困りものだわ」

と言った。

「今度は後ろの二人を入れずにやろう」

佐知子も同感だった。

辰巳は佐知子をいったんアパートで降ろした。

「後で電話する。部屋にいるんだ」

「わかったわ」

秀一の車がすぐ後ろへ停まる。佐知子は、「あんたは帰っておとなしくしていなさい！　わかった？」

と強い口調で言った。

「うん、わかったよ」

秀一は素直に肯いた。奈美江は、足をくじいてしまっては動くわけにもいかず、口を尖らして座っている。

秀一の車も行ってしまうと、佐知子はホッと息をついた。まるで毎日が別世界の間を往復しているような気分だ。

見回したが、あの梅井という刑事の姿も、見えなかった。交替すると言っていたが、他にも刑事らしい人影はない。もっとも、刑事らしくては困るのかもしれないが。

二階までが、えらく遠い感じである。足が重い。

まあ進歩がないわけではない。——ともかくも、真山一郎の娘が誘拐されたらしいということはわかった。

しかし、どこにいるのか？　そして、生きているのかどうか……。

辰巳のペースに引きずられている自分も、怖かった。知らず知らず自分も誘拐の本当の共犯者になっているのではないか……。

部屋へ入って、ゴロリと横になる。——自分の無力さをつくづく感じさせられてしまうのだ。

最初、秀一の事故を隠そうと決心したときから、底なしの泥沼に足を踏み入れたのだ。自分でそう決めたのだから、グチっても仕方あるまい……。

電話が鳴った。

「——はい」

「やっといたか」

と、太い男の声。

「どなたでしょう？」

「真山一郎だよ」

「あ……」

佐知子は息を呑んだ。「あの——何か用ですか」

「昨日は失礼したね」

「いいえ……」

「実は君に話がある。私の家へ来てくれないかね」

「お宅へですか」

「そうだ」

佐知子は迷った。辰巳は知っているのだろうか？

「断わらないでくれよ」

と真山は言った。「もう車がそっちへ出ている」

「――わかりました」

「三十分ぐらいのうちには着くだろう。では後で会おう」

電話は切れた。

受話器を置く手が震えた。――真山の口調は平坦で、捉えどころがなかった。一体何の用なのか？

自分は辰巳の話を信じ切っているが、果たしてあんな男の言うことを、信じてもいいものかどうか……。

真山がもし、娘が誘拐されたことに気付いたのだとしたらどうなるか。予測はつかないが、といってここで逃げ出すこともできない。佐知子は半ばやけ気味に窓の外を眺めてため息をついた。

車は約二十分でやって来た。

昨日、辰巳が運転していたのと同じ車だが、もちろん運転は別の男である。車のドアを開けて乗せてくれる。一応は丁重な扱いである。

車は三十分ほど走って、閑静な住宅街へやって来た。ずいぶんいいところに住んでるんだな、と変なことに感心する。

「——ここです」

それまで口をきかなかった運転手が、急にそう言ったので、佐知子はびっくりした。

車はスピードを落とすと、ぐっとカーブして、門の中へと入って行く。

立派な邸宅だが、そうだだっ広くはない。高級住宅地なので、静かである。

何かあっても悲鳴を上げれば外へ聞こえるだろう。そう思うと少し気持ちが落ち着く。

割合とロマンチックな雰囲気の、洋風の建物である。車が停まり、運転手がすぐに降りて後ろのドアも開けてくれる。

玄関のドアが開いて、真山一郎本人が出て来た。

「よく来てくれたね」

真山の口調は静かだった。「入ってくれたまえ」

通されたのは、庭へ面した、アンチック趣味の居間らしい部屋だ。

「何か飲むかね。アルコール類でも」

とソファへかけて、真山が言った。

「いえ……。じゃ、紅茶か何かを」

「わかった」

真山は、ちょうど入って来た若いメイドへ言いつけると、「――さて、話はわかっているかと思うが」

「え？」

「呼んだときからわかっていたんじゃないかね？」

「いいえ。何のお話でしょう？」

真山は立ち上がると、庭のほうへ向いて立った。

「君は昨日、私に娘がいるかと訊いたね」

「ええ」

「その娘が行方不明になっているという連絡が入った」

真山は佐知子のほうを振り向いた。「あれはどこにいる？」

佐知子はゆっくり首を振った。

「知りません」

「答えないつもりか」

「知らないんです。お答えしたくてもできません」

真山はゆっくりと佐知子のほうへ近付いて来る。佐知子は思わず身をひいた。

「――私にとっては大事な娘だ。金は払う」

「私が誘拐したとおっしゃるんですか？」

「違うと言うつもりかね」

佐知子は、恐れの色を少しでも見せまいとして、ピンと背筋をのばした。

「私はそんなことしません」

「しかしね――」

「身代金の請求でもあったんですか」

「いや、まだだ」

「じゃ、どうして、誘拐とわかるんです？」

真山は、ソファに戻った。

「君は頭がいい」

と真山は言った。「だから、知っていることがあれば早くしゃべったほうがいいということもわかるだろう」

佐知子は、その穏やかな口調に、かえってぞっとした。ドアが開いて、メイドが紅茶の盆を運んで入って来た。

「お電話でございます」

紅茶を置きながら、言った。

「私に?」

真山はためらったが「どこだ?」

「廊下のお電話です」

「わかった。ちょっと失礼するよ」

と真山が出て行く。

紅茶のカップを置いたメイドも続いて出て行った。佐知子は額の汗を拭った。

逃げるべきだと思ってはいたが、庭へは出られるとしても、そこからどこへ行けばいいのか。どうせすぐに見付かってしまうだろう。

佐知子は、ふとティーカップへ目を向けた。急いで、自分のカップと真山のそれを取りかえる。とたんにドアが開いて、真山が戻って来た。

「考えは決まったかね？」

真山がカップを取り上げる。佐知子もそれにならった。

「知らないのですから、どうにもしようがありません」

「そうか、では、なぜ昨日私に娘がいるかと訊いたんだね？」

この質問へどう答えればいいか、佐知子はずっと考えていた。しかし、どうにも答えようがないのである。

佐知子は黙っていた。

「――黙っているということは、つまり、何かを知っていると認めたことだ」

「私は――」

言いかけて、急に、佐知子はめまいに襲われた。部屋が揺れる。

「君がカップを取りかえることぐらい、わからないと思うのかね」

真山の声は、もうずっと遠くから聞こえてくるようだった。佐知子は滑り落ちるようにして床へと崩れた。

熱にうなされているような、そんな気分だった。頭がぼんやりとしびれて、体中に、だるい感覚が重く淀んでいる。

「病院かしら……」

と呟いた。いや呟いたつもりだが、声にはならなかったかもしれない。

病院、という印象を受けたのは、まず、真っ白な天井が目に入ったからだ。白熱灯の白い光が目を刺すようだった。

ゆっくりと頭をめぐらしてみる。――病院ではない。白い、小さな部屋だった。まるで実験室か何かのように、のっぺりとした壁、およそ人の住むところとも思えない、殺風景な部屋である。

佐知子は、少し体を動かしてみた。一体どうしたというんだろう？　何かあったのか？

「そうか……」

ここは真山一郎の屋敷だ。いや、ここがそうかどうかはわからないが、ともかく、真山一郎の屋敷で意識を失ったことは確かである。

そしてこの部屋へ運ばれたのだろう。頭の重いのは、紅茶に入っていた薬のせいに違いない。

どれぐらい眠っていたのだろう？——一応、寝心地は最低ながら、ベッドに寝かせてくれていたし、手足も縛られてはいない。

だが、閉じ込められてしまったのは確かなようだ。四角い部屋で、ドアは一つ。ベッドから降り立つと、少しめまいがしたが、何とか歩ける。

ドアまで行って、ノブを回してみる。やはり鍵はかかっていた。

佐知子は部屋の中を見回した。——こんなところへ入れて、どうするつもりなのだろう。

仕方なく、佐知子はベッドに座り込んで、頭をすっきりさせようとした。ここには辰巳もやって来るはずである。いや、そうと限ったわけではないが、来る可能性はある。

真山の話から察すると、辰巳のしたこととは、全く気付いていない。辰巳は、佐知子がここへ閉じ込められたことを知っているのだろうか？

一体どうすればいいのか。佐知子は考え込んだ。真山に真実を打ち明けてもいいが、それを果たして信じてくれるかどうか。それに、辰巳のことを言うべきかどうか。

どっちにしても、ここから生きて出ることを考えなくてはならない。

じっと考え込んでいると、足音がした。

ドアの外を、こっちへと近付いて来る。一人ではない。足音は大きく反響した。

たぶんコンクリートの通路か何かなのだろう。足音がドアの前で止まった。ドアが開くと、真山が立っていた。そしてその後ろに辰巳の姿がある。

佐知子は辰巳をチラリと見たが、辰巳のほうは全く無表情に見返すばかりだった。

「目が覚めたか」

と真山が言った。

「ここはどこです？」

「地下室だ。私の屋敷のね。いくら叫んでも外へは聞こえない」

真山はゆっくりと歩いて来た。

「まだ頭がぼんやりしているようだな」

「薬のせいだわ」

「そう。——何を服《の》ませようかと迷ったんだがね」

「何を……？」

「麻薬を射って中毒にすれば、薬《ヤク》欲しさに何でもしゃべるだろう」

佐知子は青ざめた。真山は微笑んで、

「いや、そんなことをしている暇はない。今は一刻を争うときだからね」

と言った。

ごく、穏やかな口調なのが、かえって無気味である。

「私は何も知りません」と佐知子は言った。

「そんなはずはない。何か知っているはずだ」

佐知子は黙っていた。

「思い出させてやろうか」

真山の声に、何とも言えない凄味が加わっている。佐知子は後ずさった。

「辰巳のナイフは外科医のメスのようなものだ。耳の一つぐらいそぎ落とすのは、わけないよ」

顔から血の気がひいた。

「やめて……」

「辰巳」

と、真山が顎でしゃくって見せる。辰巳がナイフを手に、進んで来る。

「いやよ！　やめて！」

辰巳の動きは素早かった。逃げようと体を動かす前に、辰巳の手が佐知子の手首をつかんでいた。

アッという間もなく、ベッドへうつ伏せに押えつけられる。銀色の刃が、目の前に光った。

「どうする？　しゃべるか？」

と真山が言った。

佐知子は言葉が出てこなかった。

「強情な女だな、全く」

辰巳はそう言うと、佐知子の上へのしかかってきた。そして、佐知子の耳へ口を寄せると、低く囁いた。

「いいか、俺のことをしゃべったら、弟の奴の命はないぞ」

それから顔を上げて、真山のほうを振り向き、「どうします？」

と大きな声で訊いた。

「やむを得んな」

真山は静かに肯いた。「少しは痛い思いをしないとわからんようだ」

佐知子の額から汗が吹き出してくる。辰巳のことをしゃべれば、秀一が殺される！

この男のことだ、きっとやるに違いない。佐知子は、冷たい刃が、まるで焼けるように熱く、頬へ触れるのを感じて、声にならない悲鳴を上げた。

「君のせいだよ」

と真山は言った。「——辰巳、耳を切り落とせ」

「待って」

佐知子は必死だった。「言うわ。言うから待って……」

「聞こうか。辰巳、離してやれ」

自由になっても、体が小刻みに震えた。

「私の……はねた男が、脅迫状を持っていたの。あなたの名刺と一緒に」

言葉を押し出すようにしなければならなかった。

「文面は？」

真山は無表情に訊いた。佐知子は諳《そら》んじていた脅迫状の文章をくり返し、

「それだけです。私は……ただ……」

と言いかけて、顔を伏せた。辰巳のことは言えない。

「嘘はないだろうな」

佐知子は黙って首を振った。

「失礼します」

と、ドアのところで声がした。

「何だ？」

真山が振り向く。

「ちょっと――」

男の声である。真山が部屋の外へ出て、低い声で話が続いた。

辰巳はまた、そっと顔を寄せてきた。

「悪く思うなよ。うまく行けば逃げられる」

佐知子はちょっと肯いて見せた。

「――急用だ」

真山が言った。「行かねばならん、辰巳、その女を見ていろ」

「はい」

真山は、もう一人の男と一緒に歩いて行った。足音が遠ざかる。

「やれやれ」

辰巳は息をついた。「お前の耳を切っても面白くも何ともないからな」

「本当にやる気だったんでしょう?」

と、佐知子は言った。

「そりゃそうさ」

辰巳は平然と言った。「わが身は可愛いからな」

「ひどい人ね」

辰巳は笑って、

「人殺しをつかまえて〈ひどい人〉もあるまいぜ」

「逃がしてくれるんでしょう？」

「逃がすと、今度は俺がやばくなる」

「そんな――」

「落ち着け。俺がうまく話をする」

「うまくって？」

「任せておけ」

と辰巳が言った。「いいか、真山に言って、お前を逃がして尾行したほうが、手っ取り早いと納得させる。そして、お前を逃がす。当然尾行は俺がやる」

「うまくいく？」

「わかるもんか」

辰巳は振り返った。「また来たらしい」

足音が近付いて来る。

「いいか、派手に悲鳴を上げろ」

「え？」

「少しは痛めつけておかないとな」

目にも止まらぬ早さでナイフが走った。ブラウスの胸を一文字に真横に切り裂き、鋭い痛みが胸を刺した。

「アッ！」

と短い悲鳴を上げる。

ブラウスに血がしみ出してきた。

「心配するな、派手に見えるがほんのかすり傷だ。——苦しそうにベッドへ倒れてろ」

佐知子はベッドへ転がり込んで、呻いてみせた。真山が顔を出す。

「どうした」

「生意気を言いやがったんで」

辰巳は、ナイフをポケットへ納めて、

「ちょっとご相談が」

と、部屋の外へ出た。

佐知子はじっと傷ついた胸を押えていたが、恐る恐る手を離してみた。

乳房の下を、線を引いたように、傷が走っていて、確かに、辰巳の言うとおり、大変な傷のように見えるが、その実、痛みも軽い、ごく浅いかすり傷らしい。

恐ろしいような腕前である。

「――また後で来るよ」

真山が声をかけると、辰巳と一緒に歩いて行った。ドアは閉めていったが、鍵はかけていない。

逃げろということなのだろうか？

十五分か二十分か。――佐知子は、じっと動かなかった。

それからソロソロと立ち上がり、ドアのほうへ足音を忍ばせて歩いて行く。ドアは開いた。

真っ直ぐに廊下が伸びていて、突き当たりに、階段が見える。佐知子は、思い切って歩き出した。

階段は、たっぷり二階分ぐらいの高さがあった。上がって行くと、また廊下があり、そこの先にドアがあった。重い、木のドアをゆっくりと押し開くと、目の前は深い茂みだった。

庭だ。ほとんど闇夜に近い。茂みを通して、真山の屋敷の明かりが見えた。

裏庭に、地下室を造っているらしい。――庭へと出たものの、さて、外へ出なくてはならない。

塀はとてもよじ登れるような高さではないし、といって、庭の芝生へ出れば目につく。向こうも逃がすつもりだとはいっても、そこはこっちも逃げるように見せる必要があるわけである。

佐知子は茂みをかき分けて、塀に辿りつくと、塀に沿って進んで行った。

しばらく行って、やっと裏口らしい扉に手が触れる。そっと扉を開け、表へ出た。

ともかく、外へ出ただけでも、生き返った思いがした。

突然、懐中電灯の光が、佐知子を捉えた。反射的に、佐知子は逃げ出した。

足音が、たちまち佐知子へと迫って来た。

佐知子も足は割合に早いほうなのだが、何しろ、しばらく閉じ込められていたのだし、胸に傷も負っている。あっという間に大きな手が、がっちりと佐知子の肩を捉えた。

凄い力だ。佐知子は塀へ押し付けられた。懐中電灯の光が、まともに当たって、相手の様子は全くわからない。

「誰だい、あんたは？」

と相手が言った。佐知子はびっくりした。太い声ではあるが、女だ。

「私は――逃げて来たんです――ここから」

と、佐知子は切れ切れに言った。

「真山のところから？　ふん、嘘じゃないようだね」

懐中電灯の光が、佐知子の胸元を照らし出した。「どうしたんだい？」

「え？　あ——これはナイフで——」

佐知子はあわてて胸を両手で覆った。

「大丈夫なのかい？」

「ええ、かすり傷です」

傷を見て、相手は警戒心を解いたようだった。

「じゃ、早く逃げないと。一緒においで」

と、その女は促した。

街灯の明かりが、やっとその女を照らし出した。大きい。一メートル七五以上はあるだろう。

背が高いだけでなく、体つきが、がっしりとして、女っぽい曲線が、ほとんど見られない感じなのだ。

体重もかなりありそうだが、太っているというのではなく、逞しい印象である。

革のジャンパー、ジーパンというスタイル、髪は短くバサッと切ってある。声を出さなければ女とは思えない感じだ。

女は、佐知子の腕をつかんで、ぐいぐいと引っ張って歩いた。百メートルほど先に、大きなオートバイが置いてあった。

「これで行こう。後ろに乗んな」

「でも——」

「早く！　真山の子分に捕まってもいいのかい？」

たぶん真山のほうでは、この様子を見守っているはずだ。しかし、ここでそんな説明をしている暇はない。大体、この女、どういう立場の人間なのか……。

ここは言われたとおりにすることにした。

後ろに乗って、しっかりと女の広い背中へ抱きつく。

「もっとしっかり！　振り落とされたら、首の骨を折って一巻の終わりだよ」

と女は言った。ピッタリと体をくっつけているので、女の声の響きが、じかに伝わってくる。

オートバイが唸りを立てて走り出した。

両側の様子など見ている暇もない。佐知子も車の運転はするが、オートバイは乗ったことがない。

オートバイは、かなりの猛スピードで飛ばしていた。

女の腕は全く危なげがなく、落ち着いている。相当に熟練したライダーなのだろう。

三十分か、四十分か。——急に、オートバイのエンジン音が低くなったと思うと、ピタリと停まっていた。

「さあ降りな」という声に目を開くと、かなりごみごみとした、一歩間違えばスラムかという、アパートの立ち並んだ狭い通りだ。

明かりのついている窓もあるが、ひっそりとして、物音もあまり聞こえない。

「ついといで」

女が先に立って、また細い路地を抜ける。

ほとんど傾きかけた古い家が、何軒か、支え合うようにして建っていた。その一軒の玄関を女は開けた。

「鍵なんかかかっちゃいないよ。何も持っていく物はないからね」

と女は笑った。「さ、上がりな」

裸電球が点《つ》くと、変色して、すり切れた畳に光が落ちた。六畳ほどの部屋である。

「まず、傷の手当てをしなきゃね」

「すみません」と佐知子は言った。女は奥へ行って、何やらゴソゴソやっていたが、やがて洗面器に水を入れて戻って来た。

「これで傷を洗って、それから薬をつけな。傷の薬はあるよ。よくけがするからね」

「どうも……」

女は薬箱を持って来た。そして、Tシャツを一枚放り投げて、

「そのブラウス、着ちゃいられないだろ。私の貸してやるよ」

「ありがとう」

「外へ出てようか？」

佐知子はちょっとびっくりした。そんなに気を遣ってくれるとは思わなかったのだ。

「私だって女だよ」

と、笑った。――思いがけないほど若い。

「あなた、いくつ？」

と佐知子は訊いた。

「二十一だよ」

「そう……」

「大きいからおばさんに見られるけどね」

と女は立ち上がると、奥の部屋へ入って、「じゃ、ここにいるからね」

と襖を閉めた。

不思議な女だ。一体何者なのだろう？

佐知子は、ともかく、傷の手当てをすることにした。いくら辰巳の名人技でも、切れているのだから痛い。

上半身裸になって、乳房の下の傷をそっと水で洗った。少しひりひり痛むが、大丈夫だった。傷薬を塗っていると、急に玄関がガラリと開いて、男が入って来た。

「キャッ！」

と、佐知子は仰天して胸を押えて飛び上がった。

「おっと、失礼」

三十歳ぐらいの、赤ら顔の男は、佐知子を見て目をみはった。「あんたは……何してんだい？」

「あの——ちょっとご厄介に——」

女のTシャツで胸を隠しながら、しどろもどろに説明しようとしていると、襖が開いた。

「何だ、おじさんなの」

「やあ、春ちゃん。兄さんのこと、何かわかったかと思ってね」

「全然。心配しないで。またどこかほっつき歩いてんだよ」

「しかしなあ、もう四日目だろう」

「何とか捜すよ」

「そうか。じゃ、また来るよ」

「うん」

その男のほうは、話の間じゅう、ずっと、佐知子のほうを見ていたが、帰りながらも、玄関の戸を閉めるまで振り向いて眺めていた。

「ふふ……。悪い人じゃないんだよ」

と、〈春ちゃん〉と呼ばれたその女はニヤリと笑った。

「見られるだけいいじゃない。私なんか誰も見やしないよ、胸を出したって」

「あの……」

佐知子はブラジャーをつけて、その上からTシャツを着た。ダブダブである。

「私は宮川佐知子。あなたは？」

「春子《はるこ》。一応女の名がついてんのよ」

と、さばさばした口調で、「——もう大丈夫？　じゃ、何か食べる？」

「そうね」

そういえば、何も食べていないわけだ。

「何かったって、カップラーメンぐらいしかないよ」

「結構だわ、それで」

「一緒に食べよう。待っといで」

大柄な割に、ヒョイと立って動く。なかなか気のいい娘のようだ。娘、というのも妙だが、二十一なら娘だろう。

二人でカップラーメンをすすって佐知子はやっと生き返った気分になった。

「――あんた、どうしてそんな目にあわされたのさ?」

と、春子は言った。

「いろいろと事情があって」

何を話していいのかわからない。特にこの女が、どういう立場の人間なのかわからないのだから。

「真山の家の中に閉じ込められてたの?」

「ええ。地下室があるの」

「そこに誰かいなかった?」

「誰か?」

「若い男がいなかったかい？」

「いいえ」

と首を振って、「さっき、お兄さんがいなくなったとか」

「そうなんだよ」

と、春子は肯いた。「もう四日も帰って来ない。心配でね」

「でも――どうして真山の屋敷へ？」

「あそこに辰巳って男がいるんだよ」

佐知子はギクリとした。

「――知ってる？」

「え、ええ……。この傷は辰巳がやったのよ」

「そう！」

春子は目をギラつかせて、「ひどい奴だね全く！」

と首を振った。

「その辰巳とお兄さんがどういう……」

「兄さん、よく辰巳に頼まれて仕事してたんだよ」

春子は顔をしかめた。「やめろって言ったんだ。ろくなことにならねえから、ってさ。

でも……兄さん、憧れてたんだよね、あの辰巳に」

ちょうど弟の秀一のような男なのだろう、と佐知子は思った。

「で、辰巳の仕事をしていて、いなくなったわけ？」

「そうなの。私にも手伝えって言ってね。呼び出しといて……」

ふと、佐知子の表情がこわばった。

辰巳の弟分。それは……もしかしたら……。

「いつ、いなくなったの？」

と、佐知子は訊いた。

「日曜に出かけてね、月曜日には帰るはずだったのさ。そしたら日曜の夜に電話があって、ちょっと手を借りたいからって。行ってみたけど、待てど暮らせど来ない。それきり兄さん、戻って来ないのよ」

そうだ。——恐らく間違いない。

その兄さんというのは、秀一がはねた男に違いない。だが、まさかそうは言えない。お兄さんの死体は、私が湖へ投げ捨てたのよ、とは……。

「心配ね」

と佐知子は言った。

「まあ、もともとまともな仕事にゃつかない人だったからね。ろくなことにゃならないって言ってたんだ。でも、兄さんは兄さんだからね」

「それはそうよ」

「辰巳って男をね、あそこから出て来るのを見張って取っ捕まえてやろうかと思って、外をうろついていたのさ」

「無理よ！　殺されるわ」

と、佐知子は言った。「あの男は、とても相手にはできないわよ」

「そうかい」

「止めておいたほうがいいわ」

「まあ殺されちゃ、どうにもなんないものね」

と、春子は肩をすくめた。

「私は……」

と言いかけて、佐知子は言い淀んだ。自分のことをどう説明していいのか、わからなかった。

「まあいいよ」

春子は笑顔になって、「別にあんたの身許調べしたって仕方ないものね」

と立ち上がる。

「今日はもう遅いから、ここへ泊まるといいよ。――帰るところはあるの？」

「ええ」

「また真山に捕まるんじゃない？」

「弟のところへ行くから大丈夫」

「それならいいけど。じゃ明日になったら送って行ってやるから」

「いえ、いいわ、そんな……」

「遠慮することないよ。その代わりお願いがあるんだけど」

「何かしら？」

「真山の家の図面書いてよ。忍び込もうと思って」

――佐知子は眠れなかった。

隣りで春子が凄い寝息をたてている。戸に鍵もかかっていないというのに。

一見恐ろしげだが、気のいい娘だ。それだけに、佐知子は辛かった。春子が本気で真山のところへ押しかけて行こうものなら、それこそ殺されてしまうかもしれない。

そうはさせられない。それに、この春子の兄が、あの轢かれた男なら、真山の娘を捜す手掛かりが見付かるかもしれない。

少しこの娘と行動を共にしてみよう、と佐知子は思った。やがて金曜日の朝になる。金、土、日……。残された時間はわずかだった。

金曜日

一　空ビルの影

目が覚めて、しばらくは、自分がどこにいるのかわからなかった。

今にも潰れてしまいそうなボロ家。——ああ、そうか。ここはあの〈春子〉って女の家だった。

月曜日という脅迫状のタイムリミットまでもう三日しかない。そうわかっていても、やはり緊張の後で疲れているのだろうか、もうずいぶん陽は高かった。

「起きたのかい」

玄関の戸が開いて、春子が入って来た。

「——今何時かしら？」

「十一時ぐらいじゃないかな」

春子はかかえていた紙袋を置いて、「牛乳とコロッケパンを買って来たよ。朝飯にしようや」

「ありがとう」

春子は、すり切れた畳にドカッとあぐらをかく。こういう部屋には、その格好がいかにも似つかわしい。

スカートをはいた佐知子には無理なので、足を崩して座る。

「今日はどうすんの？」

と春子が訊いた。「ああ、弟さんのところへ行くとか言っていたね。送ってってやるよ。あのバイクでよけりゃ」

「ありがとう。でも、自分で帰るわ」

と言ってから、「——私より、あなたはどうするつもり？」

「うん……。辰巳って奴と何とか話をしたいんだよね」

「あの男は危ないわ」

「わかってるよ。でも兄さんが心配だしね」

どんなにグレていても、兄妹《きょうだい》は兄妹である。

「春子さん、あなたの姓は？」

と佐知子は言った。

「古田《ふるた》」

「お兄さんは何ていうの？」

「古田秋夫《あきお》っていうのさ。秋に生まれたから秋夫。私は春に生まれて春子。——いい加減だよね、全く」

と笑う。まともな生まれではないのだろう。それでいて古田春子の目は無邪気に見えた。

「あんた弟がいるって言ってたね」

「ええ」

「他に兄弟は？」

「いないわ。二人だけ。両親は事故で死んだし……」

「そう。私も兄さんと二人さ、似たようなもんだね。親はわからない。——私たちが子供のころに私たちを捨てて逃げちまったからね」

「そうだったの」

「でもさ、あんたたちはちゃんと働いてんだろ？」

「私はね。弟はだめよ。風来坊で」

「私たちは二人とも風来坊よ」

と春子は笑った。「気楽でいいよ、こういう暮らしもね」

佐知子は胸が痛んだ。春子の兄、秋夫を、弟が車ではねて死なせ、佐知子がその死体を捨ててしまったのだから。

しかし、今、そんなことをしゃべるわけにはいかない。

「ねえ、春子さん。こう呼んでいいかしら?」

「いいよ。みんなただ〈春〉って呼ぶけどね。ぼさっとしてるからぴったりだって」

「お兄さんを捜すのを手伝わせてちょうだい」

「あんたが?」

春子は目を丸くして、「どうしてさ? わざわざ危ないことに首を突っ込まなくたって——」

「助けてもらったし……それに私、少しなら役に立てると思うわ」

「そりゃありがたいけどね」

「一緒に捜しましょうよ」

「わかった。じゃ頼むよ」

春子は微笑んだ。

もちろん、捜してもむだなことだ。それを知っていて、春子へ協力するのは、真山の娘を捜し出す手掛かりが欲しいからだが、佐知子は結局春子を騙しているのだと思うと、苦しかった。

「でも、まず捜すったって、取っかかりがないとね」

「私、辰巳と真山がしゃべっているのを聞いたわ」

と佐知子は言った。「何だか真山の娘が行方不明らしいの。かなり大騒ぎしていたわ」

「真山の娘が？」

「ええ。私が何か知ってるのかと思われてね、それでこの始末なのよ」

と、ダブダブのシャツの上から、胸のあたりを指さした。

「どうしてそんな――」

「真山は娘が誘拐されたと思ってるわ」

「誘拐？」

「そう。ねえ、もしかしたら、お兄さんはそれに関係してたんじゃない？」

「兄さんが？　誘拐？」

春子は大声で笑うと、「うちの兄さん、そんな大仕事はやらないよ」

「でも、手伝いなら？」

「うん。……それならね」

と真顔になって肯いた。「でも辰巳は真山の子分だろ。親分の娘をさらったりする？」

「ああいう人たちだもの、やりかねないわよ」

「それもそうね。じゃ辰巳は知ってるわけだね」

「だとしても、訊くわけにはいかないわ」

「うん。——じゃ、どうしよう？」

「あなたが、お兄さんに呼び出された場所ってどこ？」

「杉並のほうだよ」

と春子は言った。「行ってみる？」

「そうね、でも……」

と佐知子はダブダブのTシャツを見て、「これじゃ、ちょっと」

「どうする？」

「私のアパートまで送ってくれる？」

「大丈夫なの？」

「大丈夫だと思うわ。充分気を付けて行くから」

春子は肯くと立ち上がった。

「OK！　出発しようや」

佐知子は、アパートの少し手前で、春子のオートバイを降りると、一人で、裏側のほうからアパートへと入って行った。階段を上りながら表の通りを眺めてみたが、梅井や他の刑事らしい姿はなかった。

もうこの件を追いかけるのは止めたのだろうか。佐知子は、ホッとしたような、ちょっと心細いような、妙な気分であった。二階まで上がって、鍵がないことに気付いた。

「でも、もしかしたら……」

佐知子は、部屋のドアをそっと引いてみた。やはり開いている。

中へ入って、後ろ手にドアを閉めた。

「どこにいるのよ」

と声をかける。辰巳がフラリと出て来た。

「待ってたぜ。本当にずらかっちまったのかと思ってヒヤリとした」

「少しは冷や汗かくといいわ」

「どうなってるんだ」

「説明は後でするから表へ出ててよ」

「その馬鹿でかいTシャツは何だ？」

「上等のブラウスは誰かが切り裂いてくれたものね」

辰巳は含み笑いをして、

「いい度胸だぜ、お前は」

と、部屋を出て行った。

佐知子は手早く着替えをした。スラックス姿になって、靴もスポーツ用にする。それから、金をいくらか出してポケットへ直接ねじ込んだ。

辰巳が入って来て、

「へえ！　ぐっと若返ったな」

と佐知子を眺める。

「急ぐのよ」

佐知子は、古田春子のことを説明した。話したくはないが仕方ない。ここは辰巳に忠実なところを見せておかなくては。

「古田って人なんでしょう。あなたが誘拐を任せたのは」

「そうだ。すると奴が手伝わせようとしたのは妹なのか」

「でも、彼女は何も知らないうちに、お兄さんのほうは死んだのよ」

「お前の弟がはねて、だ」

「わかってるわ。——あの妹さんへ手を出さないで。お願いよ」

「向こうが手を出さなきゃ、こっちもやりゃしねえ」

「約束して」

「いいとも」

あまりあてにはならないが、仕方ない。

「じゃ、私、行くわ。遅れると春子さんが変に思うでしょう」

「ちゃんと連絡をしろよ」

「ええ、わかってるわ」

佐知子はスペアの鍵を出してくると、辰巳と一緒に表へ出て、玄関のドアへ鍵をかけた。

「こっちの鍵は預かっとくぜ」

と辰巳が言った。昨日、真山のところで倒れたとき持っていた鍵だ。

「わかったわ。少し遅れて来て。一緒のところを春子さんに見られちゃまずいわ」

佐知子は急いで階段を降りて行った。

「――ごめんなさい」

佐知子が走って行くと、春子は喫っていたタバコを投げ捨てた。

「構わないよ。大丈夫だった？」

「ええ」

「じゃ行こうか。——なかなか決まってるよ、そのスタイル」

「ありがとう」

佐知子が後ろに乗って、春子の体へ腕を回す。オートバイは身震いしながら飛び出した。

十分ほど走ったとき、春子は少しスピードを緩めた。

「尾けられてるよ」

「え？」

「車が一台ついて来やがる。気に食わないね。——振り向かないで」

「どうするの？」

「ちょっとぶっ飛ばすからね」

エンジン音が一段と高くなって、いきなり猛スピードで突進する。佐知子は、思わず目を閉じた。

体が右へ左へと傾くたびにヒヤリとした。だが、春子の腕前は確かだった。急カーブを切っても坂道を駆け降りても、決してフラつくことがない。

目を開くと、灰色のアスファルトが急流のように流れていった。

細い道へとオートバイが飛び込む。思わず佐知子は、

「一方通行よ！」

と叫んだ。

オートバイは構わず突っ走った。向こうから車が来る。

「足を気を付けて！」

と春子が怒鳴った。

オートバイは車のわきぎりぎりの隙間をすり抜けた。車のボディへ、佐知子の靴が当たってこすった。

「これでよし」

スピードを緩めて、春子は振り向いた。佐知子も振り返ると、追って来た車が、急ブレーキをかける音がして、続いて、ガシャン、と衝突音。

「ざまあみろだ」

と春子は得意げに言った。佐知子は生きた心地がしなかった……。

その後はごく順調に行って、オートバイは林の間の道を走っていた。都内にしては緑が多いのは、この辺に寺や神社が多いせいだろう。

「あの空ビルだよ、私が兄さんに呼び出されたのは」

と春子は言った。林の合間に、古ぼけた五階建てのビルが覗いていた。

「あの中？」

「入口のところってことだったよ」

佐知子は胸の高鳴るのを覚えた。あの空ビルの中に、真山の娘がいるかもしれないのだ！

「入口のほうへ回ろうね」

「ええ」

ビルの前へ出て、佐知子は啞然とした。ビルの周囲には金網がはりめぐらされて、〈立入禁止〉の札がある。

「あれ、こんなの、この前のときはなかったんだよ」

と春子が言った。

「ビルを建て直すのね」

二人して、ビルを眺めていると、

「何か用かね」

と、工務店の人間らしい男がやって来た。

「ここは——改修ですか？」

「いいや。建て直すのさ」

「じゃこれを壊して？」

「そう。今度の月曜日にぶっ潰すことになっとる」

と、男は言った。

佐知子は、空ビルを見上げた。——これを月曜日に取り壊すのだ。

このことなんだわ、と佐知子は思った。月曜日を期限にしてあるのは、きっと、真山の娘がこの中にいるからだ。

このビルの、どこにいるのかはわからないが、ともかく取り壊してしまえば、中に監禁されている娘は死ぬ。

「何か用かい？」

と工務店の男が不思議そうに訊いた。

「いいえ、別に」

佐知子はあわてて首を振った。

男が行ってしまうと、佐知子は、春子のほうへ言った。

「このビルが怪しいと思わない？」

「ここに？　こんな住宅の多いところにかい？」

確かにそれはそのとおりだ。いくら緑が多いとはいえ、ビルを建てようというくらいなのだから、人家もずっと並んでいる。こんなところに娘を閉じ込めておけるものだろうか？

「ともかく、中を調べてみない？」

「そうだね」

男の姿が見えなくなると、二人は金網の破れ目から、中へ入った。

ビルは五階建て。古ぼけて、もとが何色だったのか、よくわからないほどだ。

佐知子は先に立ってビルの中へ入って行った。

「暗いね」

「ペンシルライトがあるわ」

佐知子は、ちょうどポケットに入っていたペンシルライトを出して、点けた。小さな光だが、ないよりはましだ。

「地下かどこかでしょうね、もしいるとすれば」

「あの奥に階段があるみたいだよ」

なるほど、廊下を曲がって行くと、下へ降りる細い階段がある。

「足もとに気を付けて！」

二人は、そろそろと階段を降りて行った。湿った、かびくさい空気が淀んでいる。

降り立ったところは、ガラクタの押し込んである物置だった。ライトで照らしてみると、段ボール、本箱、壊れた椅子、机、黒板、といった物が、所狭しと積み上げてある。

「誰もいないみたいだよ」

「そうね。でも……」

佐知子は諦め切れなかった。月曜日に壊される。月曜日、——偶然の一致だろうか？

「気を付けて」

と春子が言った。体が大きいので、こういう場所では動きにくいようだった。

佐知子は、ガラクタの間を、かき分けるようにして、奥へ入ってみた。

だが、ガラクタはガラクタだ。しかし、どこか妙だ、と佐知子は思った。

無造作に積み上げてあるように見えるが、その間を通り抜けようと思うと、割合に楽に通れるのである。わざと、一見雑然とするように見せているのではないか。

「——見て！」

と佐知子は言った。

「何かあったの？」

春子がやって来る。何しろ体が大きいので、佐知子のようにスムーズには通り抜けて来られない。邪魔な椅子などをはね飛ばして来るので、その音が反響した。

誰かに聞かれるのではないかと、佐知子はヒヤヒヤものである。

「ほら、ドアが」

と、佐知子は言った。

段ボールの山の後ろを覗くと、ちょうどそれにスッポリ隠れるように、鉄の扉があった。

「機械室か何かのようね」

と、佐知子は言った。

「開けられる？」

「わからないわ。ともかく手が入らないの。この段ボール、どかさないと」

「任せとき」

春子が、段ボールの山を動かし始めた。「軽いよ、ほら」

なるほど、一つ持ってみると、軽い。どうやら中は空らしい。ドアを隠すために積んであるのかもしれない。

ドアの前を空にすると、埃だらけになってしまった。

「さて、開くかな？」

把手をつかんで引いてみたが、びくともしない。「だめね。鍵がかかっているのかしら」

「叩いてみよう」

春子が拳でドンドンと叩いた。「誰かいりゃ、ウンとかスンとか言うだろうさ」

もう一度叩いてみる。

「誰かいるの？――返事しなよ！」

沈黙が返ってくる。

「いないようだね」

「でも、それならなぜ、こんなふうに隠してあるのかしら？」

「いくら私でも、この扉を破るわけにはいかないしね」

「そうね。じゃ、いったん引き揚げましょうか」

元のとおりに段ボールを積んで、二人は階段を上がって出た。建物の出口から、そっと外を覗く。

「大丈夫。誰もいないわ」

と佐知子は言って肯いて見せる。

二人は、金網の破れ目から表へ出た。

「さて、困ったわね」

と佐知子は息をついた。

「ここをもう少し当たってみる?」

「夜にでもね。——それとも、見張っていれば誰かが出入りするかもしれないわ」

あまり希望はないかもしれない。

真山の娘は一体どこにいるのだろう?

佐知子は、アパートへ戻ることにした。服が埃だらけになったし、考えていることがあったのである。

春子とはまた夜会うことにして、佐知子はアパートへ入った。鍵はかかっていたが、どこにまた辰巳が隠れているかもしれない。浴室を覗いて、いないことがわかってから、服を着替えた。

玄関のチャイムが鳴る。——辰巳だろうか?

「はい。どなた?」

「坂本です」

と声がした。

「まあ、坂本さん」

佐知子は急いでドアを開けた。

「一体どうしたっていうんです?」

坂本は上がって来ると、佐知子の手を握って、

「何が起こってるんです? 僕には何も言ってくれないんですか」

「違うのよ」

佐知子は、坂本を座らせた。「お茶を淹れるわ。——別に、あなたを信じないからとか、そんなことじゃないの」

「しかし——」

「私はあなたに迷惑をかけたくない、それだけなのよ」

「迷惑? 佐知子さんのために何かをするのなら、そんなことといっこうに——」

「ちょっと厄介なことになっているの」

「警察沙汰ですか」

佐知子は坂本を見た。

「どうしてそう思うの?」

「あの女が言ってましたよ」

「女って?」

「奈美江とかいう女です」

「弟の恋人の？　どうして坂本さん、彼女を……」

坂本が、このアパートから出て来た奈美江を捕まえて話を聞いたことを説明した。

「——そうだったの。でも、あの女はあんまり信用しないで、たちの悪い女なんですもの」

「でも事実なんですか」

佐知子はためらった。

「ええ。でも、これは私の問題だから」

「佐知子さん。あなたは女性ですよ。僕も男女同権論者ですが、危ないことはやはり男のほうが向いています」

坂本らしい言い方に、佐知子は微笑んだ。

「ありがとう。あなたの力が借りたくなったら、そのときは必ずお願いするわ」

孤立無援、とでもいうのか、誰も頼りにすることができないという心細さの中で、坂本のようないささか頼りない男でも（？）そう言ってもらえるのは嬉しかった。

ごく自然に、佐知子は坂本にキスした。坂本が息を弾ませて、キスを返してくる。

——そのまま二人は畳の上に横になった。

何だか——妙だ。今までキス一つしたこともなかったのに、ごく当たり前の感じで抱き合っていられる。

緊張の連続だからかもしれない。本当に、死ぬかと思ったことも、一度ではない。ついこの間までのごく当たり前のOL生活から比べると、悪夢のようだ。

坂本は、いささか冴えないが、優しい男である。こうして抱かれていると、快い安心感に浸っていられるのだ……。

頭上から声がした。

「おい、見せてくれるな」

佐知子ははね起きた。辰巳がニヤニヤ笑いながら、居間の入口に立っている。

坂本が佐知子の顔を見た。佐知子は一瞬で現実に引き戻されていた。悪夢のほうが現実で、現実は遠いかなたへ逃げて行ったようだ。

「坂本さん、すみませんけど、帰ってちょうだい」

「この男は誰です?」

と坂本は言った。一見してまともな男でないことはわかるのだろう。

しかし怒らせたらどうなるかわからない。人を傷つけることを何とも思っていない男である。

「お願い、帰って。電話しますから」

と佐知子は言った。

「わかりました」

渋々ではあったが、坂本は立ち上がった。

「何かあったら、すぐ飛んで来ますからね」

「ありがとう……」

佐知子は玄関まで坂本を送った。ドアを閉めて、覗き窓から、坂本が立ち去るのを確かめる。

「邪魔したらしいな」

辰巳は上がり込んで座っていた。

「ええ、本当に」

佐知子は少し離れて座った。「——何の用なの？」

「何かわかったのか？」

佐知子は、あの取り壊すことになっているビルのことを説明した。

「月曜日に壊すというのは怪しいと思うわ」

「なるほどな」

と辰巳は肯いた。「それより——」

辰巳が少し前へ出て来る。佐知子は後ずさった。

「今のが彼氏かい？」

「ただのお友達よ」

「そうとも見えなかったぜ」

「あなたに関係ないじゃないの」

「そうはいかない」

「どうして？」

「俺はお前に参ってるからさ」

佐知子は唖然とした。辰巳が飛びかかって来た。逃げる間もない。佐知子は辰巳に押えつけられ、畳へ組み伏せられていた。

「あんな奴には渡さねえぞ」

辰巳の声には、佐知子の身を凍らせるほどの真剣味があった。

二　地下室

辰巳はしばらく佐知子を組み伏せたままじっと動かなかったが、急に手を離して起き上がった。

佐知子は急いで立ち上がると、台所へ行った。

「何もしねえ。大丈夫だ」

と辰巳が言った。「包丁を持ってくることはない」

「お湯を見に来ただけよ」

と佐知子は言った。辰巳はちょっと笑った。

「いい度胸だぜ、お前は」

「追いつめられたら開き直るほかないでしょう。何か飲む？」

「コーヒーがいいな。アルコールはあまり好かない」

「何か理由があるの？」

「手もとが狂うからな」

佐知子は、コーヒーを淹れて、辰巳へ出してやった。危険な男だとわかっているのだが、それでいて奇妙に辰巳は好奇心をかき立てるところがあった。

「その空ビルは探ってみる値打ちがありそうだな」

辰巳が話を変えた。

「何もないかもしれないわ」

佐知子は肩をすくめながら、「五里霧中……。何が目当てなのかもわからないなんて」

全く、出だしからして無茶だったのだ。

秀一が人をはねた。その男は真山の娘を誘拐して、どこかへ監禁している。その娘は月曜日には命がない……。

どれもこれも、確実なようで、その実、確かではない。

秀一がはねたのは、古田秋夫らしいが、絶対にそうとは言い切れない。古田は真山の娘を誘拐したらしいが、それとてもこの辰巳の話を信じれば、である。

そうだ。――少し最初から考え直してみる必要があるのではないか。事実だけを整理してみるのだ。本当に信用できる事実だけを。

「何を考えてるんだ」

と、辰巳が訊いた。

「別に……」

「怪しいな」

「あなたのことじゃないわ。それだけは確かよ」

辰巳は笑った。

「そのうち、いやでも考えたくなるようにしてやるぜ。――さて、これからどうするか、だな……」

「あのビルをもう一度調べてみたいわ」

「夜になるのを待ったほうがいいぜ」

「わかってるわ。でも鉄の扉を開けなきゃならない」

「その気の強さでもだめか」

「からかってる暇があったら、何か考えてよ」

「――よし、俺が行ってやる」

「あなたがどうするの？」

「鍵ぐらい開けてやるぜ」

「泥棒もやるの」

「殺しには必要な技術だ」

「学校で習ったの？」

「経験だ。それに手先は生まれつき器用なのさ」

いつの間にか、辰巳の手には十円玉が一つのっていた。それがまるで生き物のように手の甲を滑り、指の間を抜けて駆け巡った。

唖然とするような早さ、鮮やかさだった。

「――手品師にでもなればよかったのに」

「全くだな」

と、辰巳は笑った。

「いつから、こんなことをしてるの？」

少し間を置いて、佐知子は訊いた。

「ずっと昔さ。いつからか忘れたよ」

訊かれたくないのか、辰巳は話を変えた。

「今夜はどうするんだ？」

「春子さんが来たら、あなたがいちゃまずいわ」

「少し離れていよう。来なけりゃ二人で入ればいい」

「ええ」

「その女、うるさそうな奴か？」

「いい人よ。殺さないでね」

「わかってるとも」

辰巳はビルの場所を佐知子にメモさせ、それをしばらく見ていたが、すぐにライターを出して紙を燃やした。

「見付かるとやばいからな。頭の中ならわからねえ」

辰巳は立ち上がった。「ビルの前に、十二時に行く」

「わかったわ」

辰巳は出て行った。佐知子は体中で息をついた。いなくなって、初めて、いかに気持ちを張りつめていたかがわかった。

「すっかり深夜族になったわね」

佐知子は、あの空ビルの前に来て呟いた。十一時四十五分だった。

タクシーを使って近くまで来たらすっかり遅れてしまった。春子は十一時半に、ここでと約束したのだが。春子の姿は見えなかった。十二時には辰巳が来る。

どうしようか？　佐知子は迷った。先に中へ入っているということも考えられる。

佐知子は、ちょっとビルの中を覗いてみようと思った。懐中電灯を手に、昼間と同じ金網の破れ目から中へ入る。

ビルの中は静かだった。地下へ降りて行くと、佐知子は耳を澄ました。物音らしいものは聞こえない。懐中電灯の光を当ててみて、佐知子は驚いた。あの鉄の扉に積んであった段ボールの箱がわきへ放り出されているのだ。

すると春子が来たのだろうか？　あの扉は——。

佐知子は扉の把手をつかんで引いてみた。扉が開く！

「春子さん――」

と言いながら中へ入って、佐知子は立ちすくんだ。

革ジャンパーの若者が四人、ボイラーの前の床に座り込んでいた。青い異様な匂いの煙が立ちこめている。マリファナか何かを喫っているのだろう。

「何だよ、姉ちゃん？」

一人がニヤニヤしながら言った。「一緒にやるかい？」

ずいぶん若い。たぶん、高校生ぐらいの年齢だろう。

「あなたたち、どうやってここへ入ったの？」

と佐知子は訊いた。

「開いてたから入ったんだ」

開いていた……。では、誰かがここを開けたのだ。

「どれぐらい前からここにいるの？」

「さあね。――一年か二年か――」

「二、三分かな。それとも」

と他の一人が言って笑った。訊いてもむだだ。

「誰か来なかった？　私の前に」

「さあね」

「彼氏と待ち合わせかい？」

「俺たちが代わってやるよ」

これでは話にならない。佐知子は出て行こうと振り向いた。いきなり後ろから組みつかれた。

「何するの！」

懐中電灯が落ちて転がった。

「いいじゃねえか、逃げるなよ！」

「おい、足を持て！」

四人がかりで、佐知子は手足を押えつけられて床へ倒された。

「やめて！　離してよ！」

暴れようとしたが、三人の男にのしかかられては手足がびくとも動かない。

「いいところへ来てくれたじゃねえか。——女ぬきのパーティじゃつまらねえ」

一人が佐知子の上へ覆いかぶさってきた。ガツン、と鈍い音がして、佐知子の上になった男が弾けるようにふっ飛んだ。

入口のところに、辰巳が立っていた。男たちの一人が、床に這って、呻いている。口から血が流れていた。

「何だ!」

「この野郎——」

三人の男たちが立ち上がった。佐知子は急いでボイラーの機械の陰へと逃げ込んだ。

「よくも」

と前へ出た男の首へ辰巳の手刀が飛んだ。男は息をつまらせて喘ぐと引っくり返った。

辰巳の手にナイフが光った。残る二人がビクッとして後ずさった。

「出て行け」

辰巳が低い声で言った。「その二人を連れてだ」

抵抗する気力は失せたらしい。残った二人は、それぞれ倒れていた仲間を一人ずつかかえ上げると、あわてて出て行った。

「大丈夫か?」

と辰巳が訊いた。

「ええ……」

佐知子は震える体を自分の両腕で抱きしめた。

「無茶な女だな」

と辰巳は苦笑いした。

危ないところを、辰巳に助けられたというのが、佐知子には腹立たしかった。しかし、世の中というのは、軽蔑したくなるような人間に恩義を受けるようにできているものなのだ。

「礼を言うかどうかはそっちの勝手さ」

と辰巳は言って、部屋の中を見回した。

「扉が開いてたのよ。今いた連中じゃ、開けられなかったでしょうね」

「待ちな」

ボイラー室は裸電球が一つ点っていた。

辰巳はポケットからペンシルライトを出して、扉の鍵を見た。

「――こじ開けたんじゃやねえ。ちゃんと鍵を使って開けている」

「そう。じゃ、やっぱり誰かがここへ来たんだわ」

と佐知子は言った。「春子さんが来てないのよ。心配だわ」

「人のことより自分のことを心配しろよ」

と辰巳は笑って言った。

「そうだわ、懐中電灯——」

さっき男たちに襲われたとき、どこかへ転がって行ったのだ。佐知子はボイラーの周囲をぐるっと回ってみた。

「いやね……。下へ入り込んじゃったみたいだわ」

と床に膝をつく。

「おい、放っとけよ。いいじゃねえか、懐中電灯の一つぐらい」

「冗談じゃないわ。こっちは貧乏人なんですからね」

と佐知子はボイラーの下を覗き込んだ。機械の下が、二十センチほど空いている。四隅がコンクリートの台になっているのだ。

佐知子はその隙間へと手を入れた。上の裸電球の光では、弱くて何も見えないのだ。うまい具合に、手がそれらしい物に触れたようだ。

「あったわ。——出て来い、こら！」

指先で手前へ転がして、やっと手につかむ。「ああ、よかった」

と、手にして立ち上がったが、その瞬間、また取り落としてしまった。

「おい、何やってるんだ」

「——見て」

佐知子は、懐中電灯を持っていた左手を、辰巳のほうへ開いて見せた。血が、手のひらに広がっていた。

「どうした?」

「懐中電灯に……ついていたのよ」

辰巳がやって来て、かがみ込んだ。

「なるほど」

辰巳のペンシルライトが、ボイラーの下を照らした。

「何か……ある?」

「覗いてみろ」

「でも……」

佐知子は、ハンカチを出して手の血を拭うと、床へしゃがみ込んだ。

「さあ、見てみろって」

膝が震えた。しかし、見ないわけにはいかないのだ。

思い切って、覗き込んでみる。——春子は、無理にそこへ押し込められたようだった。

大きな体が、妙にねじれたようになって、カッと見開いた目が佐知子のほうを見つめていた……。

「──大丈夫か」

と、辰巳が訊いた。

「ええ……」

壁にもたれて、佐知子は、まだ震えが止まらなかった。

「春子って女か、あれが？」

佐知子は肯いた。

「──さっきの男たちかしら？」

「違うな」

と辰巳は首を振った。「あんな奴らは人を殺す度胸はないぜ。別の奴だ」

「じゃ、先に来たんだわ、一人で……」

「そして、誰かにやられた。このボイラー室に何かがあったのは確かなようだな」

「ひどい……」

佐知子は頭を振った。

「胸を一突きだ。苦しんじゃいないようだ」

そう聞いても救いにはならない。

「どうしたらいいかしら？」

「一一〇番してこっちが捕まっちゃ困るだろう」

「放っておけって言うの？」

「そうじゃねえ。通報してすぐ切るんだな」

と言って、「——そうか。指紋を残すとまずいな。おい、触ったところは拭いておけ。後でやりもしねえ殺しで挙げられちゃかなわねえからな」

佐知子は、とてもそんなことまで考える元気はなかった。

「懐中電灯をちゃんと持って行けよ」

「血がついているのよ」

「残しておきゃ犯人のだと思われるぜ」

ハンカチで、佐知子はこわごわ懐中電灯をつまみ上げた。

「壊れてないかしら……」

辰巳は、ふと眉を寄せて電灯を見上げた。

「待てよ。——こいつは妙だぜ」

「え？」

「どうしてこんな空ビルに電気が通じてるんだ？」

佐知子も、そう言われてみて、初めて気が付いた。

「どういうこと？」

「つまり、今までこの部屋を使っていた、ということだな」

「やっぱりここに真山の娘を――」

「そいつはわからねえが……」

二人が電球を見上げていると、突然、ガーンと重い音がした。扉が閉まっている。

「おい！」

辰巳が扉へ飛びついた。「誰かいたんだ、畜生！」

扉はびくともしなかった。

「開かないの？」

「鍵をかけやがった」

いまいましげに辰巳は扉を叩いた。

「誰かしら？」

「わからねえ。――しかし、その死んでる女は殺されて少したってる。犯人が今までこの辺にうろついてたとも思えねえな」

「でも――」

と佐知子が言いかけたとき、裸電球が突然消えて、ボイラー室は真っ暗になった。

「どうしたの！」

「落ち着け」

辰巳の声がした。「電気を切ったんだ。懐中電灯を持ってるんだろう」

「ええ……」

「点けろ」

佐知子は震える手で、懐中電灯のスイッチを押した。

「――点かないわ」

「壊れたか。やれやれ……」

辰巳は舌打ちした。

「開けられる？」

「わからねえな」

「開けられなかったら？」

「ここで野たれ死にかな」

「呑気ね、あなた」

「焦っていいことはねえからな」

辰巳の声だけが聞こえる。佐知子は、真の闇といってもいいような暗がりの中で、死体と一緒にいるのだと思うと、体が震えた。

「どこにいるの？」

「ここだ」

声のあたりへ、佐知子は手をのばした。

「どこ？」

手が、辰巳の腕へ触れた。

「何だ、心細いのか」

「別に」

佐知子は手を引っ込めようとしたが、辰巳が握り返してきて、放さなかった。

「無理するなよ」

「無理なんかしてないわ」

「声が震えてるぜ」

「寒いのよ」

「体もだ。——寒いのか。暖めてやろうか」

「結構よ」

「遠慮にゃ及ばねえぜ」

「やめてよ」

辰巳の腕の中へ、あっという間に抱き寄せられていた。辰巳の唇が押しつけられてくる。――佐知子は身を固くした。息苦しいほどの巻きつく腕の力。

佐知子は徐々に体の力を抜いていった。

だが、壁へ押し付けられて、佐知子は身をよじった。

「やめて……こんなところで……いやよ！」

辰巳が不意に佐知子から離れた。

「――おい」

「え？」

「匂いをかいでみろ」

言われるまでもなく、佐知子はその匂いに気付いた。

「ガスじゃないの！」

「畜生！」

辰巳はペンシルライトを点けた。暗がりの中に一筋の光が走った。

「それを持っていろ」

と、辰巳が佐知子の手へライトを押し付ける。

「鍵を開ける。鍵のところを照らしていろ」

佐知子は言われるままに、扉の鍵のあたりを照らした。辰巳が舌打ちする。

「どうしたの？」

「中から鍵は開くんだ。ということは、外に何か物を置いて塞いでやがる」

「ガスはどこから？」

「通風口だろう。大方、古いガス管からホースで引っ張ってきてるんだ」

「止められない？」

「むりだ」

佐知子はむせて咳き込んだ。

「早くしねえといちころだな」

辰巳は力一杯扉へ体当たりした。「畜生、動かねえ！」

「何とかしなきゃ！」

「わかってる……」

辰巳がペンシルライトを取ると、ボイラー室の中を照らした。「あれだ」

辰巳はボイラーの掃除用らしい鉄の棒を取って来ると、先端を、扉の下へ差し込んだ。

「押すんだ！」

佐知子も必死だ。その棒を、力一杯、押した。何かの下へ食い込む手応えがある。

「もう少し入れねえとだめだ」

扉を塞いでいる物を、動かそうというのだ。辰巳はボイラーへ背中をつけて座り込むと、靴で棒の端を思い切り蹴った。

「少し入ったみたいよ」

ガスのせいか、涙が流れてくる。

「よし。のんびりしちゃいられねえ。この棒をてこにして外の物を動かすんだ」

辰巳と佐知子はかがみ込んで、鉄の棒を握った。

「いいか、持ち上げるんだ。——それっ！」

背骨が折れるかと思うほどの力で、鉄の棒を引っ張り上げる。棒がたわんだ。扉の下の隙間はわずかである。ごく少ししか持ち上がらない。しかし、何かが扉の外で動く音がした。

「少し動いたぞ」

辰巳が扉を押すと、一センチほど、開いた。「今度はここへその棒を差し込むぞ」

あとは楽だった。一センチの隙間へ鉄の棒を差し込んで、力一杯、押す。扉が、さらに一センチほど開いた。

「もう大丈夫だ」

二センチの隙間へ手を入れて、辰巳が何度も体をぶつけると、じりじりと扉が開く。

「よし、出るんだ！」

やっとすり抜けて、表へ転がり出る。辰巳も上衣のボタンを飛ばして出て来た。

佐知子は床へ座って息をついた。

扉を塞いでいたのは、重いコンクリートのブロックだった。

「誰がこんなことを……」

「さあな。早く来い」

「少し休ませて」

「ガスが出てるんだぞ！」

と辰巳が怒鳴った。「爆発したらどうする！」

そうか。小さな火花でも飛べば爆発を起こすかもしれない。佐知子はよろけながら立ち上がって、辰巳に手を引かれて、階段を駆け上がった。

ビルの外へ出て、二人はやっと足を緩めた。

「畜生！」

と、辰巳が喘ぐ。「誰か知らねえが、やった奴は生かしちゃおかねえ！」

土曜日

一　指名手配

佐知子は林の中を走っていた。

自分でも信じられないほどの早さで、立木の間を風のように通り抜けて行く。

ほんの数メートル先を行く人影があった。灰色のコート、長い髪。それが風に流れて広がっている。

しかし、その女はいっこうに近付かなかった。歩いているとも見えないのだが、佐知子が走りに走っても、少しも近付いて来ないのだ。

一体何だろう？　あれは幻なのか？　砂漠の逃げ水のようなものなのだろうか？

佐知子は手をのばした。

「待って！」

と呼びかける。「お願い！　逃げないでちょうだい！」

手が、もう届きそうだ。もう少し――もう少しだわ……。

女が振り向いた。――顔がなかった。口だけが大きい裂け目になって、ニヤッと笑った……。

佐知子は目を開いた。

「夢か……」

汗をかいていた。熱でもあるのかしら？　いや、今の夢のせいらしい。

佐知子は毛布を肌に感じた。――不意に、はっきりと目が覚めた。裸で寝ている。ベッドに起き上がると、毛布が落ちて、乳房が露わになった。あわてて毛布を引っ張り上げて胸に押し当てる。

ここは……どこだろう？

ほの暗い部屋の中が、少しずつ明るさを増してくる。目が馴れてきて、そう感じたのだ。

ホテル？　そんな造りの部屋だが……。

「そうか」

佐知子は呟いた。ここはモテルの一室だ。――辰巳と泊まったのだった。

佐知子は、手探りで、頭の上の明かりをつけた。ダブルベッドの中には、辰巳の姿はなかった。ベッドの傍の時計へ目をやる。八時にもう少し、というところだ。

もう朝なのか。土曜日の朝だ。

何もかも思い出した。あの空ビルの地下室で襲われそうになったこと、辰巳と二人で閉じ込められたこと、ガスで殺されかけ、やっとの思いで逃げ出したこと。

疲れ切って、このモテルへやって来た。辰巳が、

「ダブルの部屋を」

と頼むのを、止める気力もなかった。

そうか、春子さんが殺されていたのを、忘れていた。——一番肝心なことを忘れるなんて。

それとも、ショックが強すぎて、かえって拒否反応を起こしているのかもしれない。

この部屋に入ってからのことは、ろくに憶えていない。ただ、ベッドへ倒れ込んで……眠ったのだ。

辰巳が服を脱がせたのに違いないが、犯されたという感覚はなかった。それとも、今は何も感じないだけなのか。

バスルームのドアが開いた。

「やあ、起きたのか」

辰巳がバスタオルを腰に巻いて出て来た。辰巳はカーテンを開いた。光が部屋に溢れて、佐知子は思わず目をつぶった。

「シャワーを浴びてこいよ。目が覚める」

「私の服は？」

と佐知子は訊いた。「ソファの上だ」なるほど、下着まで、丁寧にきちんとたたんで置いてある。辰巳らしい几帳面さだ。

「何かガウンか何かないの？」

「いいじゃねえか、そのままで。どうせ親しくなった仲だ」

辰巳がそう言って軽く笑った。佐知子の顔から血の気がひいた。

「私が眠ってる間に……？」

「この次は起きてるときにするよ」

佐知子は毛布を力一杯引っ張り上げると、それを辰巳へ投げつけた。毛布がスッポリと辰巳の顔へかぶさると、佐知子は裸のままバスルームへ駆け込んで、ドアを叩きつけるように閉めた。

辰巳の笑い声が聞こえた。佐知子はシャワーの栓を一杯にひねった。

佐知子は大学時代に恋人と寝たことがある。ほんの二、三度で、それ以来、男に身を任せたことはなかった。それなのに……。

思い切り熱いシャワーの中へ、佐知子は頭から入って行った。

タオルを体に巻いて、バスルームを出ると、辰巳はもう背広姿になっていた。

「そういうスタイルは色っぽくていいな」

「けだもの！」

と佐知子は言葉を投げつけた。見られていることなど無視して服を着る。

「今、朝食がくる。卵はゆで卵にしておいたぜ」

「目玉焼きがよかったのに」

と佐知子は言ってやった。

ルームサービス、とはいえ、一流ホテルのそれとはだいぶ違う。しかし、ともかく、コーヒーと、トーストと卵が揃っていた。

「――TVをつけるわ」

「何か見るのか」

「ニュースよ。春子さんの死体が見付かったかどうかと思って」

「一一〇番したんだ。見付けてるさ」

「確かめたいのよ」

佐知子は部屋のＴＶのスイッチをつけた。時間が悪いのか、どこもニュースをやっていない。

「おい、そこで止めろ」

と辰巳が言った。

「え？」

何だかホームドラマをやっている。

「その後がニュースだ」

コーヒーをすすりながら、辰巳が言う。

「よく知ってるわね」

「毎朝見てるからな」

「ニュースを？」

「この連続ドラマだ」

佐知子はちょっと呆気にとられ、それから笑い出した。

「そう笑うなよ」

辰巳は苦笑いしながら「サラリーマンだって一日中仕事のことばかり考えちゃいめえ。殺し屋だって同じさ。いつも人殺しのことばかり考えてるわけじゃねえんだぞ」

「それは失礼」

佐知子はやっと笑いをこらえて、食べ始めた。辰巳は真剣な顔で、TVを見つめていた。

少ししてニュースになった。

「――おい、あれだ」

と辰巳が言った。

あの空ビルが画面に映し出されていた。カメラが揺れて、運び出されてくる春子の、布をかけた死体を捉えた。

「見付かったのか……」

佐知子は、いくらかホッとした。あのまま放置されていたら、と思うと、気が気ではなかったのである。

「おい、見ろよ」

辰巳の声が変わった。佐知子は唖然とした。ブラウン管に出ているのは、辰巳と佐知子の写真だった。

「警察ではこの二人が事件に何らかのかかわりがあるものと見て、行方を捜しています」

と、アナウンサーは言った。「では、次のニュース。……」

「どういうこと？」

佐知子は呟いた。「どうして私たちのことが――」

「出かけるぞ」

辰巳がコーヒーを一気に飲み干すと、立って行ってTVを消した。「早くしろ」

「待ってよ！　どうなってるの？」

と、佐知子は辰巳の腕をつかんだ。

「密告さ。真山の奴だ」

「真山が？」

「俺が裏切っていることを感づいたんだろう。あのビルまで尾けて来たのかもしれねえ」

「それで警察に？」

「ともかくここを出るんだ。早くしろ」

「わかったわ」

まだ髪が濡れていたが、そんなことを言っていられない。佐知子はあわてて仕度をした。

「フロントの奴が今のTVを見ていたら、やばいぞ。いつでも駆け出せるようにしておけよ」

「ええ……」

——今度は殺人事件の容疑者にされてしまったらしい。佐知子はため息をついた。

国道へ車を出して、辰巳は、ちょっと迷ってから都心のほうへカーブを切った。

「どこへ行くの？」

「わからねえ。たぶんどこも手が回ってる」

「私のアパートも？」

「当然だ」

「ひどいわ……」

「文句言っても始まらねえさ」

「あなたはそれでいいかもしれないけど、私は——」

「お前も人をはねて殺したんだろう」

「私じゃないわ」

「死体を始末すりゃ共犯だ」

そう言われると、佐知子も一言もない。

「でも——真山の娘さんも捜さなきゃ」

「自分の身が第一だぜ」

それはそうだ。しかし、もう土曜日である。残されたのは、明日一日……。

「――警察へ行くわ」

と佐知子が言った。

「気でも違ったのか？」

と呆れ顔で辰巳が見る。

「あなたは逃げればいいわ。私はすべてを正直に話すわ。信じてくれるかどうかわからないけど……」

「だめだ」

「どうして？」

「弟のことは？」

佐知子はちょっと詰まった。

「それは……黙っていればわからないわ。あなたのこともしゃべらないから、あなたも弟のことは――」

「甘いぜ。サツにかかりゃ、嘘はすぐに見抜かれる」

「でも、警察で捜せば、真山の娘だって見付かるかもしれないわ」

辰巳はちょっと笑った。

「まあ無理だな」

「どうして」

「サツがお前の話を信じるころにゃ、真山の娘は白骨になってるぜ」

佐知子は窓の外へ目を向けた。確かに辰巳の言うとおりかもしれない。しかし、あの脅迫状を見せれば……。

辰巳が車を道のわきへ寄せて停めた。

「どうしたの？」

「電話をかけてくる」

「一一〇番？　それともＪＡＦ？」

「女のところだ。さし当たりそこへ隠れよう」

「私を連れて行くの？」

「妹だってことにするか」

「ごめんだわ」

辰巳は笑って、車を出て行った。

佐知子は、諦めの気分だった。もう自分の力では手に負えない。人殺し、指名手配……。

真山の娘を捜すどころか、自分が逃げ回るはめになった。

これからどうなるのだろう?

ふと、顔を上げて、佐知子はヒヤリとした。歩道を、警官が二人、歩いて来る。

辰巳は、電話に向かっていて、気付いていない。——どうしようか?

飛び出して行って、警官へ、あの男が人殺しだと訴える。そうすれば、辰巳とて警官までは殺すまい。ともかく、自分は保護されるわけだ。

後は、あの矢野という刑事に話をしよう。あの刑事なら、きっとわかってくれる、と思った。

警官が近付いて来る。むろん、すぐ近くに手配中の犯人がいるとは思っていないだろう。しかし、顔を見れば、気が付くかもしれない。辰巳は、まだしゃべっている。

佐知子は、クラクションを短く鳴らした。辰巳は振り返るとすぐ警官に気付いた。驚いた様子は全く見せず、すぐに電話を切ると、平然と戻って来た。

「待たせたな」

車をスタートさせる。しばらくして、辰巳が言った。

「どうして俺を渡さなかった?」

佐知子は黙って首を振った。

「どういう女の人なの？」

と、佐知子は訊いた。

「どうって女じゃない」

辰巳は車を慎重に走らせながら、言った。

「愛人ってわけ？」

「以前、そんなこともあった」

「私なんか連れて行ったら、入れてくれないわ」

「大丈夫さ」

辰巳は笑った。「そういう点は面倒見のいい女なんだ」

「怪しいもんだわ」

ともかく、ここは辰巳に任せるしかなかった。

車は、青山辺りの、洒落たマンションの立ち並ぶ一角へと入って行った。

白い、ちょっとメルヘン風のマンションの前に停まる。

「可愛い趣味ね」

「俺の好みじゃないぜ。さ、来いよ」

三階へエレベーターで上がる。

「三〇五と……。ここだ」

チャイムを鳴らすと、すぐにドアが開いた。

「よく来たわね、入って」

ちょっとハスキーな女の声がした。「そっちの人も、どうぞ」

呼びかけられて、佐知子は仕方なく、中へ入った。そう広いマンションではない。それに、少し古びていた。

女は、三十二、三というところか、水商売らしく、派手な化粧である。

「こんなに早く起きたの、久しぶりよ」

と大欠伸をする。「私、牧野恵子《まきのけいこ》。あなたは?」

「宮川佐知子です」

「この人、どう? 親切にしてくれる? すぐわがまま言い出すからね」

「おい、よせよ」

と、辰巳が渋い顔になる。「それどころじゃねえんだ」

「どうしたってのよ。人殺しで追われるなんて、あんたらしくもない」

「はめられたのさ。全くこのところツイてねえよ」

「二人で手に手を取って、か。駈け落ちなら楽しかろうけどね」

と、牧野恵子は笑った。

いわゆるあねご肌の、さっぱりした女らしい。佐知子は、殺された春子のことを、ふと連想した。

「少し置いてくれねえか」

と、辰巳が言った。「長くはねえ。二、三日のつもりだ」

二、三日……。今日はもう土曜日だ。月曜までには、すべてが終わってしまう……。

佐知子は、絶望的な気持ちになっていた。

「まあ、いたけりゃどうぞ」

と、牧野恵子は気楽に言った。「大したおもてなしもできないけど」

「そいつはわかってるよ」

「どうだね、世話になっといて、その言いぐさは」

と牧野恵子は笑った。「今日は土曜日だから、稼ぎどきだ。帰りは朝になるから、ゆっくりしてておくれ」

「これからどうするつもり？」

と佐知子は言った。

「わからねえから、考えてるんだ」

辰巳は、床のカーペットに寝転んで、天井を見上げていた。

もう恵子は店に出かけていた。

「後二日しかないのよ。――とても、真山の娘を見付けられないわね」

「そう諦めたもんでもないぜ」

「何か手があるの？」

「ないこともない……」

辰巳はそう呟いた。

「教えてよ」

「まあ待て」

辰巳は起き上がると、「ちょっと出て来る」

と、部屋から出て行った。

一人になって、佐知子は、何とか冷静に事態をつかもうとした。今はともかく警察に捕まるわけにはいかないのだ。あの誘拐の話をしても、信じてはくれまい。殺人事件のことで責め立てられるばかりだろう。

といって、警察に捕まらずに、動き回れるとは思えない。ともかく八方ふさがりとはこうしたことを言うのだろう。

そうだ。——佐知子は秀一のことを思い出した。TVでどうせ指名手配のことは見ているだろう。心配しているに違いない。

電話してやろう、と思った。電話のところへ行き、受話器を取ろうとして、警察が秀一のところにいるかもしれない、と思い付く。

今はだめだ。かえってまずいことになる。

佐知子は、電話のそばから離れようとして、ふと、メモ用紙に目を止めた。

ボールペンで強く書いたのだろう。字の跡が、残った紙の上についている。

電話番号だ。——その一枚を破って、すかしてみると、文字が読み取れる。どこかで、見たことのある番号のような気がした。

佐知子は、受話器を取って、ダイヤルをそのとおりに回してみた。ややあって、向こうが出た。

「真山でございます」

そうか。真山一郎の家の電話だ。佐知子はそのまま電話を切った。

これはどうしたことだろう？　この女の家のメモに、真山の電話番号が……。

佐知子は、電話のそばのくずかごをひっくり返してみた。しかし、そのメモは入っていない。

つまり、そのメモを、牧野恵子は持っているのだ。——何のために？　真山へ知らせている！　おそらくそうに違いない。佐知子は立ち上がった。辰巳はどこへ行ったのだろう。

あんな男がどうなろうと知ったことではない、と思うのだが、ともかく、目下のところ一緒に行動するほかはない。早く戻って来ればいいのだが。

あの切れる辰巳も、女にコロリと騙されていたのかと思うと、何となく愉快だった。

「そんな呑気なこと言っちゃいられないんだわ」

佐知子は、窓へ寄って、表を見た。

車が停まるところだった。男が二人降り立った。——佐知子の顔色が変わった。

真山のところで見かけた男がいる！　あの恵子の連絡でやって来たのだろう。

佐知子は迷った。逃げるには時間がない。といって、どこへ隠れよう？

足音が、ドアへと近付いて来る……。

男たちが、入って来る。

部屋の中を見回して、

「いないのか」

と一人が言った。

「いや、靴を見ろよ。女のほうはいるはずだぜ」

「よし、捜そう」

二人は手分けして、台所、トイレ、浴室、と覗いて行った。

「いないぞ」

「――変だな」

二人は首をかしげた。

「おい、足音だ」

と一人が声をひそめる。

廊下をやって来る靴音。

「辰巳か？」

「かもしれねえ。おい、風呂場へ隠れろ。俺は、台所へ隠れる」

「よし」

一人が浴室の中へ、一人が台所の、カーテンの陰に身を隠した。ドアが開いて、辰巳が入って来る。

辰巳は部屋の中を見回して、

「おい、どこだ」

と声をかけた。

浴室に隠れていた男が、そっとナイフを出した。——浴槽の水は、薬を入れて、白っぽい緑色に濁っていた。その水が、少し揺らいだ。

「ここかい?」

辰巳の声がして、浴室のドアが開く。

男がナイフを構えて突き出そうとした。突然、浴槽に佐知子が立ち上がった。水音に男がギョッとして振り向く。

辰巳が飛び込んで来ると、男の手から、ナイフを叩き落とし、下腹を膝で蹴り上げた。

男は呻いて、そのまま倒れ込んだ。

佐知子は、ずぶ濡れのまま、激しく肩で息をついた。

「もう一人いるのよ」

「わかってる。片付けた」

と辰巳はこともなげに言った。「風呂の中に潜ってたのか」

「他に——隠れるところが——なくて」

「大丈夫か?」

「ええ」

佐知子は浴槽から出て来た。

「服を着替えろ。恵子の奴のが着られるだろう」

「ええ。でも、あの人……」

「わかってる。俺たちを真山へ売りやがった。顔を見たときにピンときてたよ」

「どうして？」

「俺の目を真っ直ぐ見なかったからな」

辰巳は、ちょっと哀しげな表情になる。「あいつも借金を抱えてる。楽じゃねえのさ」

辰巳の、思いがけず優しい言葉を聞いて佐知子はびっくりした。

「おい、早く服を着ろよ。ここも出なくちゃならねえ」

「ええ」

佐知子は、恵子と大体サイズが同じくらいだ。適当に極力地味なのを——といっても、佐知子にとっては派手すぎる——選んで着替えることにした。

辰巳はじっと背を向けたままで、振り向こうという様子もない。佐知子は、そのまま手早く服を脱ぎ、恵子のものを、下着から身につけた。

「恵子、ずいぶん早くから飲むのね」

仲間に声をかけられて、牧野恵子は、苦い笑いを浮かべた。

「いろいろあってね」

「男のこと?」

「まあね」

恵子はグッとグラスをあけて、「落ち込んでんのよ」

と言った。投げやりな口調だった。

「振られたの?」

「違うよ。そんなことなら平気さ」

「じゃ何なのよ」

「他の人にゃわかんないのさ」

と恵子はまた次のグラスを開けた。

「――恵子、電話よ」

と呼ばれて、行くと、

「はい、恵子よ」

少しろれつの回らなくなった声で言う。

「俺だ。辰巳だ」

「まあ——」

恵子の顔に驚きの色が走った。「今、どこなの?」

「その店の近くだ。五分したら、裏口のところへ来てくれないか」

「わかったわ」

恵子の顔に嬉しそうな微笑が浮かぶ。

金のために、真山に辰巳を売ったものの、気が咎めて、やり切れなかったのだ。辰巳が無事なら、かえって嬉しいくらいである。

五分して、恵子は店の裏へ出た。

「どこかしら……」

と見回していると、

「おい」

と声がして、黒い影が現われる。

「あんた……私……」

「わかってるよ」

と辰巳は言った。

「ごめんね。困ってたもんだから……」

「気にするな」

辰巳は恵子の肩を抱いた。恵子が、思い切り辰巳に抱きつく。

辰巳の右手の袖から、ナイフが一本滑り出た。

次の瞬間、ナイフは恵子の背から胸へと貫いていた。

二　逃亡の日

佐知子は、道端に立って、辰巳の戻って来るのを待っていた。

今なら逃げられるのに、なぜ逃げないのだろう。警察へ駆け込んで、総てを打ち明けることだってできる。必死で説明すれば、信用してくれるかもしれない。

このまま辰巳にくっついていて、どうなるというのか。あの男は殺人犯なのだ。しかもまともではない。なぜあんな男を、こうして待っているのだろう……。

パトカーのサイレンが聞こえてきた。佐知子は緊張した。——辰巳が何かやったのだろうか？　ここで待っていろ、とだけ言って、どこかへ行ってしまったが。

サイレンはこっちへ近付いて来る。佐知子は周囲を見回した。

電車のガードのすぐ近く、せせこましく家が立ち並んだ一角である。サイレンの音がますます近くへやって来た。

身を隠す場所もない。佐知子は、サイレンを背に、歩き始めた。

やはりパトカーは、この道へと入って来たようだ。サイレンの響きが、すぐ後ろに迫った。

捕まるのだろうか？　駆け出したい衝動を必死で抑える。

もし、何の関係もなく、たまたまこの道へ入って来ただけなら、逃げればかえって目をひく。そうだ、きっと関係ない事件で来たのだ……。

ゆっくりと足を進める。パトカーが、道を走って来た。

佐知子は傍へ寄った。パトカーがスピードを落とす。佐知子は一瞬、顔の血の気がひいた。

だが、パトカーは、彼女の傍を過ぎ、またスピードを上げて行ってしまった。

佐知子はホッと肩で息をついた。——逮捕されずに済んだ！

実際、道を歩いていても、みんながＴＶで指名手配の写真を見ていて、こっちに気付くのではないかという気がして、つい顔を伏せて歩いてしまう。

ふだんの自分を考えれば、ＴＶにチラリと映っただけの他人の顔など、憶えているはずもないのだが、それが追われる者の心理というものなのだろう。

それにしても——どうして何もしていないのに、人殺しの罪を着せられて、追われなくちゃいけないのかしら、と考えると、腹が立ってくる。

それもこれも、あの辰巳と行動を共にしたりしたせいだ。本当に、放って逃げてやろうか。どうせ、いざとなれば、こっちを人質にでも使うつもりだろう。

「おい」

声をかけられて振り向くと、辰巳が小走りに追いついて来た。「あそこで待ってろと言ったじゃねえか！」

「パトカーが通りかかったから、歩いてなきゃおかしいと思ったのよ」

と、佐知子は突き放すように言った。

「そうか……」

辰巳は声を低くして、「悪かった」

と言った。佐知子は肩をゆすって、

「用事は済んだの？」

「ああ」

「これからどうするの？」

「行くところがある」

「刑務所？」

辰巳は苦笑した。

「お前さんもだいぶ皮肉屋だな」

「皮肉のこたえるような神経じゃないでしょうに」

辰巳は足を止めた。少し道が広くなって、車が二、三台駐車してある。

「あの車が良さそうだ」

「何の話？」

「ちょっと失敬するのさ」

「盗むの？」

「逃げてるときは、ちょいちょい車を換えたほうがいいんだ」

辰巳は、駐車してある車の中の、目立たない、白っぽい乗用車のほうへと歩いて行く。

佐知子は、あわてて後を追った。

「待って！　私、いやよ！」

「今さら何だ」

「車を盗むなんて……」

「殺人の容疑がかかってるときに、車の一台ちょろまかすぐらい、どうってこたあないさ」

「だって、殺人はやっちゃいないのよ！　でも、ここで車を盗めば、本当に――」

「おい、そこへ立ってろ」

「え？」

「その角だ。人が来たら知らせるんだ」

そう言うなり、辰巳は車のドアのほうへかがみ込んで、ポケットから何やら小さな金具を出すと、鍵をいじり始めた。

言っても仕方ない。佐知子は肩をすくめて、言われたとおり、道の角に立った。人の来る気配はない。

「おい、来いよ」

と辰巳が言った。

「もう開いたの？」

ものの一分とたっていない。

「こんなことぐらいできなきゃ、この稼業はやっちゃいられねえよ」

と辰巳は、ちょっと得意げに言った。

エンジンキーもすぐに解いた。大した特技である。

車はゆっくりと滑り出した。

「ともかく、まず身を隠す場所だ。すべてはそれからだ」

「今度は何番目の恋人のところに行くの？」

「手厳しいな」

と、辰巳は苦笑した。「真山の別荘がある。そこへ行く」

「気でも違ったの？」

佐知子は目を丸くした。

「今は使っていないんだ。空家同然さ。真山の奴、まさか俺たちが自分の別荘にいると
は思わねえだろう」

辰巳は愉快そうに言った。

「勝手にしてちょうだい！」

佐知子は、ふてくされ気味に言って、座席にもたれた。

「――何してんのよ？」

と奈美江が言った。

「うん？——何か言ったかい？」

ぼんやりと寝転んでタバコを喫っていた秀一が、少し間を置いて訊き返した。

「何よ、しっかりしなさいよ」

と奈美江は呆れたように、「そんなにお姉さんのことが心配なの」

「当たり前じゃねえか」

「だって、どうしようもないでしょ、警察に追われてるのよ」

「姉さんが、そんなこと、するわけがねえ！」

「あんたがそこでわめいたって、どうにもなんないわよ」

「わかってらあ」

秀一は灰皿へ、タバコを力一杯押し潰した。

「私は五千万の娘のほうが気になるわね」

と、奈美江が言った。

「おい——」

「待ってよ、そうとんがらないで。いいこと、たとえお姉さんが捕まって、無実だとしても、お金がなきゃ弁護士だって頼めやしないのよ」

と奈美江は言った。「それに、その疑いをかけられた殺人だって、きっと、その娘の誘拐とからんでるんだよ。娘を見付けりゃ、解決すると思うけどな」

秀一はしばらく黙っていた。

「――本当にそう思うか？」

「思うわね。それにさ、真山ってのはギャングなのよ。そんな奴から五千万円しぼり取ったって、ちっとも気に病む必要なんかないじゃないの」

「そう割り切れりゃいいけどな」

秀一は、首を振って、立ち上がった。

「どこへ行くの？」

「姉さんのアパートさ」

「馬鹿ねえ、帰ってるわけないじゃない。どうせサツが張り込んでるわ」

「ともかく落ち着かねえんだ。行ってみるよ」

秀一は、奈美江の部屋を出て行った。

奈美江は足首に包帯をして、ベッドに横になっていた。秀一が出て行って、しばらくは横になっていたが、そのうち、ヒョイと起き上がると、軽く笑いながら、立ち上がった。玄関へ歩いて行く足取りは、全く普通と変わらなかった。

奈美江はドアのチェーンをかけると、戻って来て、電話のダイヤルを回した。

電話で二言三言しゃべってから、すぐに受話器を置くと、手早く外出の仕度を始めた。

秀一は、姉のアパートの窓を路上から見上げた。

カーテンが閉めたままになっている。しばらくそれをぼんやり眺めていたが、やがてヒョイと肩をすくめると歩き出した。

「ちょっと——」

声をかけられて、秀一はギクリとした。

振り向くと、コートをはおった若い男が立っていた。

「何だよ？」

と秀一は言った。

「警察の者だがね」

と、その男は言った。

「何か用かよ」

「君は宮川秀一だな」

「だったら何だってんだ？」

「僕は梅井というんだ。君の姉さんのことで、ちょっと訊きたいことがある」

「しゃべるもんか。姉さんのこと、取っ捕まえようなんて間抜けな話だぜ」

「姉さんがやったんじゃない、と言うのか？」

「当たり前さ。姉さんはそんなことしやしねえ」

梅井はちょっと笑った。秀一はむきになって、

「何がおかしいんだ！」

と食ってかかった。

「いや、君はなかなか姉さん思いのようだな」

「悪いか」

「いや、いいことさ。だからこそ、協力してほしいんだ」

「姉さんに自首してくれとでも呼びかけるのかい」

「君の姉さんがやったとは、僕も思っていないよ」

「適当なこと言いやがって！」

「本当さ。指名手配だって、君の姉さんの場合は、むしろ、保護するのが目的なんだ」

「保護か。体裁のいい文句だぜ」

梅井が、いきなり秀一の胸ぐらをつかんだ。

「おい！　何するんだ！」

「いいか、君の姉さんは殺人事件に巻き込まれてるんだぞ。自分の命だって危ないかもしれん。早く見付け出して保護しなくては、殺されるかもしれないんだ！　それでもいいのか！」

梅井の言葉は厳しかった。


「――ここがそうなの？」

と、佐知子は、ちょっと呆気に取られて、その白い建物を見上げた。

「そうさ」

「これが空家？　もったいない！」

使っていない別荘、空家、などというから、もっと荒れ果てた建物を想像していたのだが、目の前に現われたのは、白い、モダンな建物だった。

辰巳は車を建物の裏手に回した。

「ここなら、誰が来ても、車は目に付かねえ」

建物自体は確かに林の中にあるから、別荘といえば別荘なのだろうが。

「こんなところに別荘なんて、何か妙ね」

「かつては〈別宅〉だったのさ。つまり女を置いといたんだな、真山が」

「ああ、そうなの。でもずいぶん不便なところに造ったのね」

「女が浮気しないように、ってとこかな」

表へ回ると、辰巳は玄関のドアの鍵をいじくり始める。二分ほどで鍵がカチャリと鳴った。

「さあ、入ろう」

と辰巳は佐知子を促した。

「——どうしろってんだよ？」

秀一は胸をつかんでいる梅井の手をもぎはなしながら言った。

「協力してくれ」

と梅井は言った。

「そんなこと言われたって、姉さんがどこにいるか知らねえんだ。協力のしようがねえだろ」

と秀一は言い返してやった。

「心当たりはないのか？」

「ありゃ、こんなところに、ウロウロしてやしねえ」

梅井は息をついて、

「それもそうだな」

と肯いた。

「じゃ行っていいのかい？」

「待てよ。――お前の恋人がいるだろう」

秀一はちょっとギクリとした。

「そ、それがどうした」

「姉さんの部屋へ留守の間に忍び込むってのは感心しない恋人だな」

秀一はふてくされて、

「大きなお世話だ！」

「彼女は君よりかなりしたたかなようだ。――今、どこにいる？」

「自分のアパートさ」

「君もそこにいるのか。どうりで捜しても捕まらなかったはずだ」

「そりゃご苦労だったな」

「じゃ、行こうか」

と梅井が秀一の腕を取った。

「どこへ？」

「彼女のアパートへさ。名前は？」

「奈美江ってんだ」

「会って話したい。さあ、行こう」

梅井に腕を握られて、とても逃げられそうもなかった。秀一は諦めて、

「わかったよ」

と肩をすくめた。

少し行ったわき道に車が停まっていた。梅井は秀一に道を言わせて、車を走らせた。

「――その先だよ」

「これか？」

「うん、ここだ」

梅井が車を停める。秀一は先に行って、奈美江の部屋のドアを叩いた。

「おい！　帰って来たぜ」

「いないのか？」

「そんなはずねえよ。足を痛めてんだ」

秀一はドアをドンドン叩いた。「おーい！　俺だよ！」

「鍵はないのか」

「持ってねえよ」

「よし」

梅井は、アパートの管理人のところへ行くと、奈美江の部屋の鍵を開けさせた。

秀一はふくれっつらで、

「勝手に入っていいのかよ？」

と文句を言ったが、奈美江のほうだって、姉の部屋へ入って、しかも金を盗んでいるのだから、大きなことも言えない。

「——なかなかいい部屋だな」

梅井は、奈美江の部屋の中を見回して言った。

「変だな。足が悪いくせに、どこへ行きやがったんだろう？」

「病院かな」

「あいつ、医者嫌いなんだ。自分で湿布してたんだから」

「すると医者へ行ってないのか？」

と梅井が興味を示した。

「じゃ、足が痛いってのは、彼女がそう言ってるだけなんだな?」

「ああ」

秀一は面食らって、

「まあ――そうだけど――」

「面白い」

梅井はしばらく部屋の中を見回していたが、台所の棚の引出しを開けて、中を調べ始めた。

「おい、勝手に――」

秀一が抗議しかけると、

「姉さんのところの引出しは荒らしてもいいのか?」と梅井が言った。

秀一は仕方なく、腕組みして、梅井が次々に引出しをかき回しているのを眺めていた……。

「住み心地が良さそうね」

と佐知子が居間の中を見回しながら言った。

「カーテンを閉めとけよ。まさか見られるとは思えないがな」

「ええ」

佐知子はカーテンを引いた。分厚い、重いカーテンで、これなら明かりも外へは洩れないだろう、と思った。

「——さあ、これからどうするの？」

佐知子は言いながら、ソファに腰をおろしている辰巳の横に座った。

「さて……俺もこんなことは初めてさ」

辰巳が弱音らしいことを言うのは初めて聞いた、と思った。

辰巳が佐知子の体へ腕を回してきた。佐知子は逆らわなかった。抱きしめられ、唇が焼けるようなキスに身を任せた。

「——怒らないのか」

顔を離して、辰巳が言った。

「自分でも不思議だわ。あなたみたいな人殺し——」

「俺は殺人狂だ。恐ろしくないのか」

「どんな人間も、中身は単純、っていうのが私の信念なの」

辰巳は軽く笑った。

「おい、本当のことを言ってやろうか」

「何よ？」

「お前が寝てる間にものにしたってのは嘘だよ」

佐知子はちょっと間を置いて、

「どうして？」

と微笑みながら言った。

「寝てるところをやってもつまらねえ。それだけさ」

「そうじゃなくて」

と、佐知子は首を振った。「どうして私にそれを話すの？　そう思わせておくつもりだったんでしょう？」

「そうさ。しかし、それで捨て鉢になってついて来られたんじゃ面白くねえからな」

「ご親切ね」

佐知子は笑った。この異常な男の裏側には、びっくりするほどの、生真面目さが潜んでいるようだった。

「――さあ、濡れ場などやってる場合じゃねえ」

と、辰巳は立ち上がって言った。

「もう土曜日よ。月曜まで二日しかない」

佐知子はため息をついて、「出口が見えてくるどころか、迷路へ入り込むばかりね」

「真山の娘のことなんか放っとけ。俺たちのことのほうが危ない」

「そうはいかないわ。そのために、こんな目にあってるんですからね」

「よし。──わかってることを整理してみようか」

と辰巳は言った。

「わかってるのは、真山一郎の娘が誘拐されて、月曜日には死ぬってことだけだわ」

「そうやけになるな」

と辰巳は苦笑した。

「でも──妙だと思わない？　彼女を誘拐したのに使ったらしい車は、あんな奥多摩のほうで見付かったのに、あの空ビルにも人のいた形跡がある……」

「人とは限らねえ」

「というと？」

「密輸品を隠しておいたのかもしれない」

「密輸……。真山が？」

「もちろん。大概の悪いことには手を出してるからな。あの空ビルの地下なんてのは、麻薬でも隠しておくのに、うってつけだ」

「でも、どうせ月曜には取り壊すといってたのよ!」

「そこだ」

辰巳は肯いて、「あの春子とかいう女、夜中にあそこへ行って、その荷物を運び出してるところを見たのかもしれねえ」

「それを見付かって——」

「見付かりゃ当然消される」

佐知子はゆっくりと肯いた。

「じゃ、あそこには人がいたわけじゃないのね」

「推測だぜ、こいつは」

「ええ」

佐知子は考え込みながら、「でも、そうすると、春子さんが、なぜ兄さんと、あのビルの前で待ち合わせたのかしら?」

「偶然じゃねえ。となると……」

辰巳の目が光った。「こいつはどうも俺の計画よりずっとややこしくなってくるようだな」

「どういうこと?」

「秋夫の奴は、真山の娘を誘拐した。それは俺の指示のとおりだ。しかし、奴の目当てはそれだけじゃなかったかもしれねえ」

「つまり――」

「麻薬だ。そうか！」

辰巳は大きく息をついた。「真山の娘だな！」

「――何が？」

「あの娘が、麻薬を運んでいたのかもしれねえ」

「ええ？」

「不思議はねえさ。何しろ年中、海外へ行ってる。それに真山にしてみりゃ、娘が一番信用できるだろうしな」

「でも、もし捕まったら……」

「安全な方法ってものがあるんだぜ」

辰巳は言った。「真山はほうぼうに顔がきく、かなりの名士だ。その筋のお偉方にもな。その真山の娘だ、捕まらねえように持ち込むのは簡単だ」

「じゃ、秋夫さんが、それを知って――」

「たぶん、真山の娘は誘拐されたとき、真山と対抗している組織の仕業だと思ったんだろう」

「まさか一の子分の仕業とはね」

「冷やかすな。逃がしてくれたら、麻薬を隠してある場所を教えてやる、と持ちかける」

「それに秋夫さんがのって……」

「奴も、俺の考えてたほど甘い奴じゃなかったようだな」

「裏切られた？」

「世の中には悪い奴がいるぜ」

辰巳は身を固くした。「おい！　明かりを消せ！」

「え？」

「車の音だ！」

車が、この別荘の前に停まる音がした。佐知子はあわてて居間の明かりを消した。

「どうする？」

「隠れるんだ！」

「どこへ？」

玄関の鍵を開ける音がする。

「ソファの下へ入れ！」

「でも——」

「早く！」

せき立てられて、佐知子は、ソファの下へ潜り込んだ。

大きなソファなので、奥のほうへ入れば、まず見られることはなさそうだった。

辰巳も他のソファの下へ潜り込んだようだった。

明かりが点く。

「カーテンは開けておけよ」

真山の声だ！　佐知子は冷や汗が吹き出すのを感じた。

「今はいい。留守にするときは、だ」

「はい」

少なくとも、四、五人はいる。

「ここでやるんですか」

「そうだ。一番いい」

「他の部屋で——」

「いや、ここでいい」

「わかりました」

「まだ時間があるが、準備だけはしておけ」

「はい」

「大いに歓迎してやる」

真山がそう言って短く笑った。

佐知子は一瞬ゾッとした。娘を誘拐されているというのに、こんなふうに笑っていられるなんて！

ソファに腰をおろすキュッという音がした。佐知子は、どうか見付かりませんように

……と祈った。

「どこに待機していましょうか」

「その奥だ。隠し戸がある」

「わかりました」

そのとき、誰かが叫んだ。

「誰か隠れてるぞ！　出て来い！」

三　姉と弟

秀一は、梅井刑事が、奈美江の下着を入れた引出しまで調べるのを見て、思わず口を出した。

「おい、そんなところまで調べんのかよ」

「悪いか」

梅井は平気なものである。秀一はふくれっつらになって腕を組んだ。

「――捜したがらないところにこそ隠してあるもんだ」

「何を捜してんだ？」

「さあ、何かな？」

「わかりもしねえのに捜してるのか」

「つまりお前の彼女にふさわしくないものが何かないか、と思ってるのさ」

「――例えば？」

と秀一は言った。梅井は答えずに、引出しの底に敷いてある紙の下へと手を差し込んだ。

「何かあるぞ」

梅井は手探りして、封筒を一通、取り出した。

「何だ？」

と、秀一は覗き込んだ。

封筒の中をチラリと見た梅井は、

「自分の目で見ろ」

と封筒を秀一へ手渡した。

秀一は、厚味のある封筒を手に取ると、中を出して目を丸くした。一万円札の束だ。

それも新札である。

「こんな金……」

「知っていたか？」

「全然さ。――あいつ、金がないようなことばっかり言いやがって」

「新札のパリパリだ。四十枚ぐらいあるだろうな」

「どうなってんだ？」

「知りゃしないよ」

と梅井は軽く笑った。「ただ、奈美江が、得体の知れない金を持ってるってことさ。

それにな、おそらく足を痛めてるというのも嘘だ」

「だって、本当に——」

「とっくに治ってるんだ」

「どうして俺に嘘つくんだ？」

「——そいつはこれからだ」

梅井は封筒を秀一から取り戻すと、引出しの奥へと元のとおりにしまい込んだ。そして中の乱れがわからないように、なれた手つきで直して行く。

「——さて、これでいいだろう」

梅井は、「さ、行こう」

と秀一を促した。

「どこへ？」

「表さ。奈美江が今、ここに帰って来ちゃまずいだろう」

梅井は管理人のところへ行って鍵を返し、口止めして、秀一と外に出た。

「お前も姉さんのことは心配だろう」

と、梅井が言った。

「当たり前さ」

「お前はまだいいところがあるな」

「刑事さんにほめられるとはね」

と秀一は苦笑した。

「いいか、くり返して言うが、君の姉さんは今、命が危ないんだ。わかるか？」

「どうしろっていうんだ？」

「奈美江って女、どうも怪しい。何か一枚かんでるような気がするんだ」

「じゃ、奈美江に訊いてみろよ」

「あの女はしたたかさ。そう簡単に尻尾は出さない。——お前がよく見張ってるんだ。いいな？」

「ああ、わかったよ」

秀一は肩をそびやかして答えた。「でも、あいつ、そんなにワルだとは思えなかったけどな……」

「おい、こっちへ来い！」

梅井がいきなり秀一の腕をつかんで、引っ張った。

「何だよ、急に！」

「タクシーだ」

タクシーが、アパートの前に停まった。

「だから何だって——」

「静かに！」

梅井が遮った。タクシーから降り立ったのは……。

「奈美江だ！　あいつ……」

と秀一がアングリと口を開けた。

奈美江はいとも軽快な足取りでアパートに入って行く。

「あいつめ！」

と飛び出そうとする秀一を、梅井が抑えた。

「おい、落ち着け！」

「だけど——」

「いいか、何も気付かないふりをしているんだ」

「そんなこと無理だよ」

「大丈夫。いいか。よく見張るんだ。あの女が誰かと連絡を取る。それを耳に入れるようにして知らせてくれ」

秀一は、複雑な表情でアパートのほうを見上げた。

「出て来い！」

真山の子分らしい男の声が響いて、佐知子は息を呑んだ。見付かった！

だが、いっこうに誰も佐知子のほうには近付いて来ない。――すると辰巳が見付かったのだろうか？

しかし、雰囲気はどうも違っていた。

「これは、お早いお越しだな」

真山が愉快そうな声で言った。

「片付けられるのはごめんだからな」

太い男の声だ。

「そっちもそのつもりだったんじゃないか？」

「今、やろうと思えばできた」

と真山は言った。

「そうだな。――しかし、やらなかった」

「警察がやかましいからな」

「なるほど。ではどうする？」

「席を移そう。ここはあんたの縄張りだからな」

「いいだろう」

と真山は言った。「――おい！　全員、出て来い。出かけるぞ」

佐知子はそっと息を吐き出した。助かった！

人の気配がなくなるまで、しばらくかかった。長い長い時間のように、ソファの下の佐知子には思えた。

「――もういいぞ」

辰巳の声にソファの下から這い出して来た。

「ああ、一瞬心臓が停まるかと思ったわ」

「こっちもさ。てっきりお前が見付かったんだと思ったぜ」

「どうする気だったの？　もし私が見付かりそうになったら」

「黙ってたさ」

「まあ冷たいのね」

安心したせいか、つい笑いが出る。笑っていられる場合ではないのだが。

「今のは誰？」

「真山と敵対してる男だ。森田《もりた》といって、どっちもひけを取らない悪党だよ」

「その二人が何の用？」

「知らんね」

「もしかして……」

「今度の一件にかかわりがあるのかもしれない、っていうのか？」

「あなたはどう思う？」

「考えられるな。しかし、今は他のことが気になっているんだ」

「何？」

「森田は先に来て、どこかに隠れていたんだ。たぶん子分も連れて来ていたろう」

「じゃ私たちが来たとき、ここにいたのね？」

「そうだ。奴は俺たちのことを知っていたはずだ。それなのに、何も言わなかった。どうも変だ」

「わざと黙っていたのかしら」

「そりゃそうだ。何か考えがあってのことだろう」

「辰巳！」

急に声がして、振り向くと、真山の子分らしい男が立っている。

いつ入って来たのか、それとも残っていたのか。

「ここにいやがったのか」

「やあ、お前一人か」

辰巳が気安く口をきいた。

「張り番さ」

と言うと同時に男が拳銃を抜いていた。

だが、辰巳のナイフのほうが早かった。男の手を切って、拳銃が落ちた。アッという間に、格闘になった。

佐知子は拳銃を拾った。床を転がってもつれ合う二人の男。

佐知子は拳銃を向けた。


「あら、お帰りなさい」

と奈美江が言った。

「やあ」

秀一は不機嫌を露骨に出して部屋に上がった。大体、感情を殺しておける秀一ではない。

「お姉さんのこと、何かわかった？」

と奈美江は訊いた。

「いや、別に……」

「心配ね」

「ああ」

「きっと何かの間違いよ」

「そうだろうな」

奈美江は足を指して、

「もうだいぶ良くなったわ。もうちょっと」

「そうかい」

秀一は、半ば呆れ顔で肯く。

女は怖いぜ、本当に、と秀一は思った。

――しかし、秀一が無口で渋い顔をしてるのは、姉のせいだと奈美江は考えて、それ以上、何も言わなかった。秀一には全く好都合である。

「ねえ、お茶を淹れてくれる？」

と奈美江が言った。いつもの秀一なら、そんなこと出来るか、と言い捨てるところである。ここはグッとこらえて、秀一はやかんをガスにかけた。

「大丈夫か？」

と辰巳が言った。

「ええ……」

佐知子は肯いた。——顔が青ざめて、体が震えている。

男は死んでいた。

「助かったぜ」

「やめて！」

佐知子は叫ぶように言って、居間のソファに、崩れるように座った。

「気持ちはわかる」

辰巳は言った。「しかし、やらなきゃ、こっちがやられていたんだ」

「放っといてよ！」

佐知子の目から涙が落ちた。人を撃ってしまった……。

弾丸で死んだのではなく、辰巳のナイフが致命傷だったのだが、ともかくも、佐知子は人を傷つけた。——殺すのを、手伝ったのである。

そのショックは大きかった。

「少し休めよ」

と辰巳が言った。

「でも――」

「上に部屋がある。ベッドで少し眠ったらいい」

佐知子は肯いた。

二階へ上がると、辰巳は手近なドアを開けた。白い布をかけたベッド、布を取ると、ゆったりしたダブルぐらいの広さのベッドがある。

「さあ、横になれよ」

と辰巳は言った。

「大丈夫よ……」

そう言いながら、佐知子はベッドに横たわった。

「眠らなくてもいい。目をつぶってろ」

「あなたは？」

「死体を片付ける」

「今？」

「また誰かが来るかもしれない」

「そうね」

佐知子は、部屋を出て行こうとする辰巳へ、

「ねえ、待って」

と声をかけた。

「どうした？」

「ここへ来て」

「何か用か？」

「私を抱いてよ」

佐知子はじっと辰巳の目に見入っていた。

辰巳は、ベッドに横たわった佐知子を、頭から爪先まで眺め回した。

「本気なのか」

と辰巳は言った。

「こんな冗談言う気分じゃないわ」

佐知子は手を伸ばして、辰巳の手を取った。柔らかい、まるで女性のような、繊細な手だった。

「――どうしたの？」

突っ立ったまま動かない辰巳へ、佐知子は言った。

「仕事がある」

辰巳は手を引っ込めた。

佐知子は頬を平手で打たれたようなショックを感じた。自分から、抱いてくれと言ったのだ。拒まれたことで、自分の言葉が、今、こだまのように返ってきた。

佐知子は辰巳に素早く背を向けて、身を縮めた。体中が熱くなった。——一体どうしてしまったというのか。

ごく当たり前の、平凡なＯＬだった自分が、とめどなく変わって行く、その恐ろしさに身が震えた。夢遊病者が眠りながらさまよって、ふと目を覚ますと、切り立った断崖絶壁のふちに立っているのに気付いたような気持ちであった。

辰巳が出て行って、ドアが閉まった。——佐知子はそっと仰向けに体を動かし、暗い天井を見上げた。それは、自分を呑み込もうとしている、底知れない落とし穴のように見えた……。

起き上がって、佐知子は頭を振った。熱っぽいような気がするのは、たぶん、今の昂揚した気分の熱気の残り火だろう。

立って行って、窓のカーテンを開けた。その窓は、裏手の林に面していた。

もう黄昏時なのか、暗くなりかけて、林の奥は一足先に夜になっているように見える。

ふと、秀一のことを考えた。奈美江という女のところにいるのだろうか。

自分は、もう抜け出すことができないほど泥沼の中につかってしまった。せめて——

秀一だけは、立ち直ってほしい。

瞼に、不意に涙が湧いてきた。


「もうお湯入った?」

奈美江が週刊誌から目を上げて訊いた。

「ああ、もう入れる」

秀一は風呂場から出て来て言った。

「じゃ、入ろうかな」

「まだ一人で入れないのか」

「そりゃそうよ。中で溺れたらどうすんの? それとも私が死にゃいいと思ってんの?」

「そんなこと言ってねえよ」

秀一は苛々と息をついて、「じゃ、入ろうか」

秀一のほうでは、奈美江の足が、とっくに良くなっていることを知っているのだ。姉が、あんな女とは早く別れなさい、と言ったことを、秀一は思い出していた。

奈美江は、わざとらしく、足を引きずりながら、タンスのほうへ行って、引出しを開けた。

「――ねえ」

「何だよ」

「ここ、いじった?」

秀一はヒヤリとした。あの刑事、ちゃんと元どおりにして行かなかったのか。

「そんなところ、開けねえぞ」

「そう。じゃ、私が入れ違えたのかな」

奈美江は、下着の替えを出すと、ベッドに戻って、服を脱いだ。

肉付きのいい、その裸を見ても、秀一は何も感じなかった。こんな女にのめり込み、夢中になっていたのかと思うと、自分の馬鹿さ加減に、つくづくいやけがさしてくる

……。

ここは我慢だ。畜生、今に尻尾を押えてやる!

秀一は裸の奈美江を支えて、風呂場へ連れて行った。

軽くない体をかかえて浴槽へ入れ、体を洗ってやるのだ。——全く、馬鹿らしい！

「あんたって優しいわね」

と奈美江が言い出した。

「そうか？」

「ちょっと頼りないけど、そこがいいとこだもんね」

「おい、そう、動くなよ」

「姉さんのこと、心配でしょ」

「当たり前だろ」

秀一はちょっと不機嫌に黙り込んだ。

「——もういいわ。ありがと」

と奈美江は言った。「後は一人でできるから」

「そうか？」

秀一は、風呂場を出た。シャツやジーパンが、はねた湯で濡れている。

ゴロリと畳に寝転がった。姉さんは、今ごろどこでどうしているのだろう？

あの人殺し——辰巳とかいう男と一緒にいるらしいが、無事だろうか？

考え出すと、いても立ってもいられない、という気分になってくる。といって、秀一に何かできるわけでもない。自分の無力なことを、つくづく思い知らされる。

そもそもの初めは、自分が人をはねて死なせてしまったことだ。そのせいで、姉さんまで、あんなはめになってしまった……。

秀一は、心から悔やんでいた。こんな気持ちになったのは初めてだ。

いつも、姉に尻拭いさせながら、ありがたいと思うどころか、口やかましい、と反発することのほうが多かった。全く、俺って奴は救い難いよ、と秀一は思った。

もう手遅れかもしれない。いや――何かできるはずだ。何か……。

「ああ、いいお湯――」

と、バスタオル一つで、奈美江が出て来る。

「あんたも入ったら?」

「後でいいよ」

「入りなさいよ。ガス代ももったいないしさ」

「でも……」

「蓋あけたままよ。さめちゃうから、入って、ね」

おかしいぞ、と秀一は思った。風呂へ入らせたいらしい。その間に何かすることがあるのかもしれない。

「じゃ、入るか」

と秀一は起き上がって、服を脱いだ。

「髪、汚れてるよ。洗ったほうがいいんじゃない？」

「ああ、わかったよ」

秀一は、風呂場へ入ると、わざと派手に水音をたてた。上がり湯のシャワーを出して、そのまま出しっ放しにしておく。

そっとドアを細目に開くと、奈美江が、電話に向かっている後ろ姿が目に入った。やはりそうか。何か知られたくない電話なんだ。――秀一は、シャワーを止めた。

「――ええ、大丈夫よ。すっかり信用してるから。――え？――今夜？」

奈美江は困ったような声を出した。「だって、いくら何でも、出られないわよ。――そうね、そりゃ何とかなると思うけど。――ええ、わかったわ、じゃ、十二時にね。――うん、いいわよ」

秀一はそっとドアを閉めると、またシャワーを出した。

うまいぞ。奈美江の奴、夜中に出かけるつもりだ。そうなると、当然秀一は何か口実を作って外へ出しておくのだろう。

秀一は風呂を上がると、何食わぬ顔でベッドのほうへ行った。

「もう足はだいぶいいんだろう？」

と、奈美江の胸に触る。

「だめよ」

と奈美江は笑って、「まだそんなことすると痛いわ」

「そうか。残念だな」

「——ねえ」

「ん？」

「お姉さんのアパートへ行っていたほうがいいんじゃない、あんた？」

「誰もいないところへかい？」

「でも、もしかして、お姉さんから電話でもかかってくるかもしれないわよ」

「そうかなあ」

と、わざと渋ってみせる。「でも、俺がいないと困るだろ」

「自分のことはもうできるわ。大丈夫よ」

そりゃそうだろうさ。秀一は内心、そう呟いた。

「じゃ、そうするかな」

「そうよ。お姉さんだって、あなたのことを頼りにして来るかもしれないじゃない」

お望みどおり出て行ってやるぜ。秀一は、アパートの鍵をポケットへ入れて、

「じゃ、行ってみるよ」

「今夜はあっちにいたら？　電話があるとすれば、きっと夜中よ」

「そうするよ。じゃ、また明日来る」

「ええ。急がなくてもいいわよ」

秀一は外へ出て、ちょっと鼻で笑った。

よほどおめでたい奴だと思われてるんだな、俺は……。よし、表で張り込んでやる。

秀一は、梅井という刑事に連絡しようか、と思った。しかし、もともとの警察嫌いは
どうにも抜けていないし、ここは、一つ自分の力で、と決心した。

「さあ、何時間でも粘ってやるぞ」

表から、奈美江の部屋の明かりを見上げて、秀一は呟いた。


「もう大丈夫か」

と辰巳が言った。佐知子は肯いて、

「ええ。何ともないわ」

二人は、真山の別荘の二階で、辰巳が買って来たハンバーガーを食べていた。

「さっきはだいぶ参ってたな」

「ご心配かけまして」

と、佐知子は大げさに頭を下げて笑った。

「お前もいい度胸だよ。こんな目に遭って、ヒステリーも起こさずに」

「そのうち起こすかも、よ」

佐知子は息をついて、「ねえ、どうしてなの?」

「何の話だ」

「さっき、どうして私を抱かなかったの? 魅力ない、私って?」

「そうじゃねえ」

「じゃどうして——」

「お前は俺のところまで落ちてきちゃいけねえ。俺に力ずくでやられるのならともかく、そっちから進んで身を任せるってのは、感心しないぜ」

「道徳的なのね」

「冷やかす気か? まあ、そうかもしれねえ。お前に惚れてなきゃ、いくらでも寝るんだがな」

「あなたも、足を洗ったらいいのに」

「もう遅い。人を何人殺してきたか。——中毒みてえなもんだ。止められなくなる」

「少しもそんなふうに見えない」

「だから怖いのさ」

辰巳は立ち上がって、「さて、これからのことを決めとかなくちゃならねえ」

「これから？」

「もう別々になろう」

佐知子は、ちょっと戸惑って、

「別々？　——私がいちゃ足手まとい？」

と訊いた。

「ろくな目に遭わないぜ。俺は自業自得だが、お前は巻き添え食って損するだけだ」

「ここまできて、今さら何よ」

佐知子は苦笑いした。「もっと早くならともかく、今さら別々にって言われても困っちゃうわ」

「じゃ、ついてくるのか」

「他に仕方ないでしょ」

辰巳は、不思議な笑みを浮かべた。

「全く変わってるよ、お前は……」

辰巳が、身をかがめて佐知子にキスした。佐知子も短くキスを返した。

そのとき、

「おい、辰巳!」

と表で呼び声がした。辰巳は素早く明かりを消した。

「真山かしら?」

「違う。あの声は——」

「辰巳! 出て来いよ。いるのはわかってるんだ」

「さっき、真山と話してた男ね。森田とかいう——」

「そうだ、何の用だ、畜生め」

「出て来いよ、辰巳!」

辰巳は肩をすくめて、

「よし、じゃ行こう、どうせ向こうにゃわかってるんだ」

「大丈夫?」

佐知子は、辰巳の腕を取って、言った。

「ここにいても仕方ないさ」

辰巳は軽い口調で言った。「お前はここにいろ。まず俺が話をしてみる」

「いやよ。同じことじゃないの、どうせ。一緒に行くわ」

「OK。じゃ、好きにしろ」

別荘から二人が出ると、外はもう、すっかり暗くなっていた。どこにいるのだろう？

そう思ったとたん、まぶしいライトが二人を真正面から照らした。目がくらんで、佐知子は顔をそむけた。

「辰巳、銃とナイフを捨ててもらうぞ」

森田という男の声がした。

「わかったよ」

辰巳が、言われるとおりに、拳銃とナイフを投げ出す。

「そこにいるのは、一緒に手配されている女か？」

「ああ、そうだ」

「武器は？」

「この女は素人だぜ、巻き込まれただけだ」

と、辰巳が言った。少し間があって、

「いいだろう。信用してやるぜ」

ライトが消えた。

別荘のドアから洩れる明かりの中に、一人の男が入って来た。真山のような、太り気味のタイプとはだいぶ違って、ほっそりとした、インテリ風の初老の男である。穏やかな表情、折り目正しく着こなしている背広は、高級品らしく見えた。

「久しぶりだな、辰巳」

とその男は言った。それから佐知子のほうへ顔を向けて、

「あんたは宮川佐知子とかいったかね」

佐知子は黙って肯いた。男は軽く会釈した。

「私は森田というんだ。そこの辰巳と一緒にご招待しよう」

「せっかくだ。お招きに応じるぜ」

辰巳は冗談めかした口調で言ったが、佐知子は、直感的に、辰巳がかなり緊張しているのを気付いていた。

真山の敵か、この男が。──一体自分たちをどうしようというのだろう。

「さあ」と促されて、二人は、車の一台に乗り込んだ。

暗がりに目が慣れてくると、少なくとも五台の車が、別荘の前にグルリと広がっているのがわかった。辰巳と佐知子が乗り込んだ車は、三番目にスタートして、すでに夜に

すっかり閉ざされた道を走り始めた。

運転席と助手席に一人ずつ。後ろの座席には、辰巳と佐知子の二人だけだった。

佐知子はそっと辰巳のほうへ目を向けた。辰巳は無表情に窓の外を見ていたが、佐知子の視線を感じたのか、顔を向けて微笑んだ。

佐知子は、つい無意識に辰巳の手を探った。これからどうなっていくのか、佐知子には見当もつかない。

辰巳の手が触れた。佐知子が握りしめると、何かが辰巳の手から佐知子の手の中へ押し込まれた。

佐知子はギクリとした。触れただけでわかる。小さく折りたたんだナイフだ。

一体どこに隠し持っていたのか。

佐知子の手の中にナイフを残して、辰巳の手が離れた。持っていろ、ということなのだ。向こうも、恐らく佐知子の体はそう丁寧に調べないだろう。

佐知子は、そっと前の二人の様子をうかがった。気付いてはいないようだ。

佐知子は手の中にナイフを包み込んだ……。

「畜生、いつになったら出て来やがるんだよ！」

秀一は八つ当たり気味に呟いた。

盗み聞いた電話では、十二時にどうとかいうことだったが、もう十一時半を回っているのだ。——予定を変えたのだろうか。

何しろ、アパートの前に立ちづめである。足が棒のようになって、だるい。どこかに座っていたかった。

刑事ってのは、よくこうして張り込むんだろうが、楽じゃないな、と秀一は変なところで同情した。奈美江の部屋の窓は、まだ明かりがついていた。

「——もう諦めるかなあ」

と、秀一がうんざりして呟いたとき、

「おい、何してるんだ」

と声をかけられて、仰天した。振り向くと、パトロールの警官である。

「あ、あの……待ち合わせです」

と、秀一はあわてて言った。

「お前、だいぶ前からこの辺にいたな。さっき通ったときも見たぞ」

「ええ……その……待ちぼうけを食わされてるんです」

まあ、それは嘘ではない。

「もういい加減に諦めたらどうだい？　ええ？」

「え、ええ……そうします」

怪しまれて引っ張られでもしてはつまらないので、秀一はいったんその場から立ち去ることにした。

「どうも……」

と、ヒョイと頭を下げて、歩き出す。

しばらく行って、ちょっと振り返って見ると、警官がまだ見送っていた。内心、怪しいと思っているのだろう。

ここはしばらく間を置くに限る。それにしても間の悪いときに出くわしたものだ。

裏道へ入って、十五分ほどうろついてから戻ってみた。

「――畜生！」

と、秀一は呟いた。奈美江の部屋の窓は、もう明かりが消えていたのだ。

逃げられちまったじゃねえか！　秀一は舌打ちして歩き出した。そして何の気なしに振り返ってみると、アパートから奈美江が出て来るところだった。

「うまいぞ！」

秀一は、思わず呟いて、急いで、物陰に身を隠した。

タクシーでも拾って行くのかな？　見ていると、奈美江は道端に立って、やはりタクシーを待っている様子。

そのときになって、秀一は、自分が、ほとんど金を持っていないことに気付いた。奈美江をどうやって尾行すればいいのか。全くドジな話だ！

電話でタクシーを呼んだらしい。やがて空車がアパートの前に停まった。秀一は歯ぎしりする思いだったが、どうにもならない。

そのとき、車が一台、秀一の目の前に来て停まった。

「乗りたまえ」

と顔を出したのは、梅井刑事だった。

「助かったぜ、おい！」

秀一は急いで助手席に座った。

「あのタクシーだな？」

「そうだよ。俺を追っ払っといて、十二時に誰かと会う気だ」

「よし、尾行しよう」

梅井は、奈美江の乗ったタクシーをピタリとマークして、尾行し始めた。「どうして知らせなかった？」

と梅井は言った。

「ああ……ちょっと、その……小銭を切らしてたんだ」

苦しい言い逃れである。梅井はちょっと笑って、それきり追及しようとはしなかった。

「どこに行くんだろう？」

と秀一が言った。

「さあ。ともかくそう遠くじゃあるまい」

と、梅井は言った。「ついて行けばわかるさ」


佐知子は、狭い部屋の中を、歩き回っていた。ここは、森田の邸宅の一室である。佐知子は一人、ここに閉じ込められていた。辰巳は森田と話し合っているところだった。

どんな話をしているのか。佐知子には想像もつかない。気が気ではなかった。

自分でも不思議だ。あんな男のことがどうして気になるのだろう。

「たかが人殺しじゃないの」

と言ってみる。

だが、もし、今この瞬間にも、辰巳が殺されているかもしれない――あるいは半殺しの目にあわされているかもしれないと思うと、佐知子は胸をしめつけられる思いだった……。

もうどれぐらいたったろう。さっき時計を見なかったので、見当もつかない。

一時間か二時間か。それとも、ほんの三十分だろうか？

佐知子は苛々と狭い部屋の中を歩き回った。鍵をかけられた、刑務所の独房はこうもあろうかと思う殺風景な部屋である。

急に鍵が鳴った。ハッと振り向く。

辰巳が入って来た。

「——大丈夫だったの」

佐知子は安堵の息をついた。

「心配してくれたとは嬉しいぜ」

辰巳は微笑んだ。後ろでドアが閉まり、鍵がかかった。

「どういうことになったの？」

佐知子は訊いた。

「まだ結論は出ない」

「これからどうなるの？」

「ちょっと待て」

辰巳は佐知子をいきなり抱き寄せた。佐知子はびっくりして、それでも逆らわずに抱かれていた。辰巳が佐知子の耳へ口を寄せて、

「どこかに盗聴マイクがあるはずだ。捜すから、その間、当たりさわりのない話をしていてくれ」

と囁いた。

佐知子はそっと肯いた。

「妙なことに巻き込まれて、迷惑だろうな」

辰巳が少し声を高くして言った。

「本当だわ。私、どうなるの？」

「さてな。俺の自由にはならねえ」

辰巳は、部屋の中を調べ始めた。スタンドや椅子、テーブル、ベッド……。

手早く、慣れた手つきで調べていく。

「私だって勤めもある、弟だっているのよ。こんなことになって……」

「恋人も、だろ」

「そうよ、きっと心配してるでしょうね。――電話させちゃくれないわよね、きっと」

「まあ無理だろう。彼氏はサラリーマンかい？」

「ええ。エリートなのよ」

本当のところは少々怪しいが。

「俺だってこの道じゃエリートだ」

「変なことで威張らないでよ」

辰巳がベッドの下へ潜り込んだ。

「あなたなんか、私の恋人に比べたら、ずっと落ちるわ。あの人は優しくて、いつも私のことを考えてくれてるんだもの」

さり気なく話すことがいかに難しいかを、佐知子は初めて知った。自然にしようと思うほど、わざとらしくなってくるのだ。

辰巳がベッドの下から這い出して来た。手に小さな箱のような物を握っている。

辰巳はそれをベッドの毛布でグルグルとくるみ込むと、ホッと息をついた。

「これでいい」

「あれがマイク？」

「ああ。旧式なやつだ。ケチだからな、奴は。新型ならもっと小型だ」

「どうするの？」

「逃げる」

「ここから?」

「あいつは何か誤解してる」

「どういうこと?」

「俺が真山の荷物をかっぱらって追われていると思ってるんだ」

「荷物……密輸品のこと?」

「そうだ。どこかに隠していると思ってるんだ」

「で、どうしろって——」

「場所を教えないと、女を殺す、とさ」

佐知子は身震いした。辰巳は佐知子の肩へ腕を回して、言った。

「心配するな。何とか切り抜けてみせる」

四　秀一の受難

「何だい、ここは?」

車が停まると、秀一は、ちょっと風変わりなその建物を見上げて面食らったように言った。

奈美江の乗ったタクシーを尾行すること、約二十五分。——あまり秀一にはなじみのない場所で、六畳一間とはどう見ても見えない高級マンションが並んでいる。

しかし、そびえるような大きな建物、というわけではない。たいていが三階建て、四階建てぐらいの高さである。

「金持ち人種の住むところさ」

と、梅井刑事が車のエンジンを切った。

奈美江はタクシーを降りると、白い、西欧風の造りのマンションへと姿を消したのである。

「どの部屋へ行ったのかな」

梅井は外へ出ると、息をついた。「おい、お前はここで待っててくれ。もし、すれ違って、奈美江が出て来るようなことがあるといけない」

「わかった」

秀一もそのほうがありがたかった。こういう場所は、大体気後れしてしまう。

「もし俺があんまり遅いようだったら入って来てくれ」

と言って、梅井はマンションの中へ入って行った。

秀一は車の中で、しばらく梅井が出て来るのを待っていた。

奈美江の奴！　俺のことをさぞ笑ってやがっただろうな。

「思い知らせてやるぞ」

と秀一は呟いた。

だが、梅井はさっぱり出て来なかった。

ダッシュボードの時計を見ていたが、三十分近くたっても、姿を見せない。秀一は少し不安になってきた。

「あんまり遅いようだったら、か……」

そういう漠然とした言い方が、秀一には一番苦手である。二十分とか三十分とか、はっきり言っておいてくれればいいのだが。

刑事なんだ、大丈夫さ。そう自分に言い聞かせてみる。しかし、時計の針は、にらみつけたくなるほど早く進んで、一時間たってしまった。

いくら何でも、常識的に考えてもう「遅い」うちに入るとしか思えない。

これぐらいのマンションなのだ。グルッと回って来るのに十分もかからないだろう。

「やれやれ……。何してやがんだ」

ブツブツ言いながら、秀一は車から出た。――マンションの入口を入って行く。

物音一つ聞こえない。遠くで、水を流すような音がした。こういうところは、いつもそんな音がしているものだ。

さて、どこをどう捜すか、建物は四階建てで、普通なら階段しかなくて当たり前だろうが、二基もエレベーターがある。

四階へ上がって、それからゆっくり回って降りて来よう、と秀一は思った。階段は昇るより降りるほうが楽だ、という、何ともだらしのない理由によるのである。

エレベーターに乗り込んで、〈4〉のボタンを押すと、ゆっくり箱が昇り始める。四階に着いて、扉が開いた。赤いカーペットを敷き詰めた廊下が真っ直ぐ伸びている。

まるでホテルだな、と秀一は思った。足音がしないのはありがたい。

廊下をゆっくりと歩いて行く。――静かなことは静かだが、ドアの前に来ると、かすかに、話し声や、音楽などが洩れ聞こえてくる。

しかし、それらしい話し声を聞き分けることはできない。――あの刑事、どこに行っちまったんだろう？

四階を端まで歩いて、階段を降りる。

三階の廊下を、逆に辿って行く。そしてエレベーターのわきの階段をもう一つ降りた。

廊下を見渡す位置まで来たとき、ちょうどドアの一つが開いたところだった。

あわてて身を端へ寄せる。出て来たのは奈美江と、見知らぬ男だった。

「――じゃ、後は頼むぞ」

と男が言った。

「一人じゃ寂しいから、早く帰って来てね」

と奈美江が甘え声を出す。

男は軽く手を上げて、反対側の階段のほうへと歩いて行った。奈美江が、それを見送って、ドアを閉める。

「うまいぞ」

と秀一は呟いた。あいつ一人なのか。

今の男が、何か忘れ物でもして戻って来るといけない、秀一は少し待ってから、廊下へ出て行った。

奈美江一人というのなら、こわくもない。あいつ、何もかも白状させてやる！

勢い込んで、秀一はドアの前に立った。ドアを拳でドンドンと叩く。

「――誰？」

と奈美江の声がした。

言えば開けないかもしれない。秀一は黙ってもう一度ドアを叩いた。

「はい、ちょっと待って……」

鍵が開く。秀一はぐいとドアを引いて、

「おい！」

と中へ入って行った。

いきなり後頭部に何かとてつもなく重い衝撃がきて、秀一はそのまま崩れるように倒れていた。


「どうやって切り抜けるつもり？」

佐知子は低い声で言った。

マイクは毛布でくるんであるとはいえ、つい声は低くなる。

「森田の奴だ。あいつさえそばに来ればな……」

辰巳はそう言って、「あのナイフはどうした？」

「ここよ」

佐知子はスカートに手を当てた。

「俺に貸せ」

「待って。向こう向いててよ」

辰巳が笑ってそっぽを向いた。佐知子はスカートをまくり上げて、パンティストッキングの中にはさみ込んでおいたナイフを取り出した。

「――大丈夫なの？」

「任せておけよ」

辰巳はナイフを上衣の袖の中に滑り込ませた。それだけで、もう落ちてこない。

「どうなってるの？」

と、佐知子が訊いた。

「これか？　袖の内側に小さなポケットがあるんだ。そこへ入れておくのさ」

佐知子は呆れて首を振った。

「そんな服、作ってくれるの？」

「自分でやるのさ。それぐらいは」

「針と糸で？」

「器用なんだ。ボタンでも取れたらつけてやるぜ」

こんな場合なのに、佐知子は、辰巳が針を持って縫い物をしているさまを想像して、つい笑い出してしまった。

「さて、マイクを元に戻しとくか」

辰巳は、毛布にくるんでおいた隠しマイクを取り出して、ベッドの下へ這って行った。

「——私、どうなるの？」

と、佐知子は言った。「何も知らないのに、殺されるのなんていやよ」

辰巳は指を佐知子の唇に当てた。黙っていろ、ということだ。

廊下を、足音が近付いて来る。ドアが開くと、森田の部下が二人、立っていた。

「女のほうだけ連れて来いってことだ」

「俺も行く」

と辰巳は立ち上がると、部屋を出ようとした。

「待てよ！」

と一人が辰巳の腕をつかんだ。

相手の腕をつかむということは、自分も一方の手が使えないということである。辰巳の右手が目にもとまらぬほどの早さで動いた。

ガッと鈍い音がして、男は顎に一撃を食らって倒れる。

もう一人が背広の下へ手を入れた。佐知子が夢中で、背後から飛びついた。

「放せ！」

男が佐知子を振り切ったときには、もう辰巳の手のナイフが男の喉へ当てられていた。

男が青ざめた。

「わかった。やめてくれ……」

「俺はナイフで人を殺すのが趣味なんだよ。わかるか？」

「やめろ……」

男の額から汗が流れた。

「おとなしくしてろよ」

辰巳は男の拳銃を抜き取ると、いきなりその股間をけり上げた。男は苦痛に顔を歪めて、うずくまった。辰巳の靴が男の顎をけって、男は床に仰向けにのびてしまった。

「これで二人ともしばらくおとなしい」

「こんなことして……大丈夫なの？」

佐知子は体が震え出すのを必死にこらえた。

「こうしなくたって殺されるぜ。さあ、行こう」

辰巳はナイフを袖口へ戻し、拳銃を手にして言った。

「――そうだ」

辰巳は歩きかけて、「そのもう一人の奴の拳銃を取れ」

「え？」

「持ってろよ。身を守るためだ」

「いやよ」

と佐知子は首を振った。

「しかし――」

「いやなの。殺されるほうがいい」

と佐知子はくり返した。

「わかったよ」

辰巳は苦笑した。「じゃ行こうか」

秀一は、暗くて一寸先も見えない闇の中を手探りしているような気分だった。

どうしたんだ、俺は？　目が見えないのかな？　それとも、真夜中なのか。

少しずつ、暗闇は灰色へと変わり始めた。そして、苦痛も戻ってきた。

ああ、畜生……。殴られた。そうだ。殴られたんだ。

奈美江の奴！　――俺だとわかってたんだろうか？

「あら、気が付いた？」

と、奈美江の声がした。

気が付くと、奈美江がソファに座っているのだった。秀一のほうは床に倒れて、奈美江を見上げている。

「おい！　貴様――」

秀一は起き上がろうとした。とたんに、

「おとなしくしてな」

と、男の声が頭の上で聞こえた。

見上げると、がっしりした大きな男が、じっと秀一を見下ろしている。

「何だよ、てめえは」

「腕の一本も折られたいのか」

男の声は平坦で、かえって無気味だった。

とてもこの男には勝てない、と秀一は思った。

「――起きててもいいのかい？」

「そっとだぞ」

「そっとしか起きられねえよ」

秀一は、頭が割れそうな痛みに呻き声を上げながら、ゆっくりと立ち上がった。

「てめえ、どういうことなんだ！　足が悪いようなふりしやがって！」

「かみつかないでよ」

奈美江は笑いながら、「あんたもかなり姉さん思いね。——それで来てもらったのよ」

「来てもらった？」

「あんたが電話を聞いてるのなんて、ちゃんとわかってたのよ」

「じゃ——ここへ来させるために？」

と秀一は訊いた。

そのとき、ドアが開いて、入って来た男があった。

「何だよ、てめえは」

秀一は、部屋へ入って来た男に言った。

どこといって目立つところのない、中年男である。頭が禿げ上がって、太っている。

「私は真山一郎だ」

「真山……？」

どこかで聞いた名だと思った。「そうか、あの辰巳とかって奴の親玉だな」

「親玉とは古い言葉だね」

と真山は笑った。

「俺をどうしようってんだ！」

「質屋へ行ったことはあるか？」

真山は人を小馬鹿にしたような言い方をして、ソファに腰をかけた。

「何だと？」

「質屋だよ」

「そりゃ……あるさ。それがどうした？」

「お前はその質草だ」

「何だ？」

「辰巳は私を裏切った」

真山はゆっくりと葉巻をくわえて、「そしてお前の姉もグルだ」

「違う！　姉さんは——」

「お前が車ではねた男を湖へ投げ込んだ。そして自分がその罪を引きうけた……」

秀一は口をつぐんだ。何もかも知っていやがるんだ、こいつは。

「全く見上げたものだ」

と真山は首を振りながら言った。「手塩にかけて面倒を見てやった子分が裏切るこのごろには、実に珍しい姉弟《きようだい》愛だ」

「大きなお世話だ」

「しかし、お前のような出来の悪い弟を持って、姉さんも苦労するな」

「てめえの知ったことか！」

前へ一歩出ようとしたとたん、用心棒らしい男の拳が、秀一の腹へ食い込んだ。一声うめいて、秀一は床につっ伏した。

「あまりやり過ぎるな」

と、真山が言った。「内臓破裂でもでも死なれちゃ困る」

「手加減してあります」

「そうか」

秀一は、目のくらむような痛さに体を折り曲げながら、床から真山を見上げた。

「俺を――どうしようってんだ！」

「お前は質草だと言ったろう」

真山はニヤリと笑った。平凡な中年男が、急に、野獣のような残酷さを湛えた笑顔を見せた。秀一は身震いした。

「お前の姉さんに用があるんだ。お前はそのためのエサみたいなものさ」

「姉さんを……殺すな！」

「殺すものか」

真山は立ち上がった。「大事にもてなしてやる。――その後はわからんが」

真山は、用心棒へ肯いて見せた。

引きずられるようにして立ち上がった秀一は抵抗する力も失せていた。そばで見物している奈美江をにらみつけるのが、精一杯であった。

「貴様……」

「悪く思わないで。私はお金が好きなんだもの」

奈美江は楽しげに言った。

「世の中には金より大事な物があると信じてる馬鹿もいる」

真山はそう言って、愉快そうに笑った。

「姉さんは何も知らねえんだ！　あの辰巳に脅かされてるだけだ！」

秀一は叫ぶように言った。

「今はそうではなさそうだぞ」

真山は肩をすくめて、「どっちでも同じことさ。おい、その部屋へ押し込んどけ」

用心棒が、秀一を寝室へ連れて行くと、ベッドの足のところへ座らせ、ポケットから手錠を出してベッドの足と秀一の右手をつないだ。

「逃げたきゃベッドをかかえて行け」

と、用心棒はニヤリと笑って、出て行った。

「畜生め！」

秀一は吐き出すように言った。――こういう建物では大声を出しても、外には聞こえない。それに聞こえたとしても、また殴られるのが関の山で、助けを期待できない。

秀一は、手錠を眺めていて、ふと、梅井のことを思い出した。あいつ、どうしたんだろう？　もとはと言えば、あいつがあんまり戻って来ないので、このマンションへ入って来たのだ。

「刑事なら助けに来いってんだ」

秀一はブツブツ言いながら、手錠を鳴らした。――姉さんに何をやらせる気なのだろう？　今となっては、さすがに秀一も姉のことばかりが心配であった。

「出口はわかる？」

佐知子は、しっかり辰巳の手を握っていた。

廊下は静かで、人の気配がない。かえって、気味が悪かった。

「大体の勘だがな」

辰巳は用心深く見回して、「玄関から失礼するわけにもいかねえな」

「裏口が？」

「台所か何かから出られるだろう」

廊下を進んで行く。真山の邸宅もかなりの広さだったが、ここはそれに輪をかけて広い。

背後に人の声がした。ハッと振り向く。

廊下の角の向こうで、話し声がするのだ。

「遅いから見て来いと言われたんだろう。さ、急ごう」

と辰巳が囁いた。

どうやら辰巳の勘は的中したらしい。突き当たりのドアをそっと開けると、広い台所になっていた。

「給食センターでもやってるのかな」

と辰巳が軽口を叩いた。

もちろん今は明かりが消えている。窓からかすかに光が射して、鍋を光らせていた。

「気を付けて……」

辰巳の後について、棚の間をすり抜けて行く。——遠くで叫び声がした。

「見付かったな」

辰巳は少しもあわてる様子がない。「さあ行こう」

佐知子は背後を気にしながら進んで行った。それがいけなかった。

手に何かが触れて、あわてて手を引っ込めた。鍋が床に落ちて、派手な音をたてる。

飛びのいた弾みで、後ろの棚へ、もろにぶつかってしまった。

「早く来い！」

辰巳が手を引っ張る。

「ごめんなさい！　私――」

「いいから来るんだ！」

崩れ落ちる食器。死人も目を覚ますかという凄い音に思えた。

裏の戸を開けると、細い小路が高い塀の内側を回っている。塀は高すぎる。とてもよじ登れない。

小路を抜けて行くと、ガレージらしい建物の裏手に出る。

「車がありゃ御の字だ」

ドアを開けて、辰巳と佐知子は中へ入った。車が二台、並んでいる。

「うまいぞ！」

辰巳はドアの鍵にとりかかった。

「誰か来るわ」

佐知子は小路を駆けて来る足音を耳にして言った。

秀一は、マンションの中が、いやに静かになった、と思った。誰もいなくなったのだろうか？

「――おい！」

と声を出してみる。

返事はなかった。何かが動く物音、気配もない。どうやら、用心棒もどこかへ出て行ったようだ。

逃げられはしないと安心しているのだろう。まあ、確かに、秀一は手錠を外せるほど器用ではない。といって、このベッドを持ち運べるほどの怪力でもないのだ。

「ん？」

ふと、気が付いた。何もベッドをかついで行くことはない。ほんのわずかでも持ち上げられれば、足の下をくぐらせて、手錠がすっぽ抜ける。

「そうだ！　あの馬鹿め！」

秀一はベッドの足をよく調べてみた。――が、結局、用心棒はそれほど馬鹿でないことがわかった。

ベッドは床に固定してあるのだった。ボルトで固くとめてある。これでは持ち上げようがない。

「そうか……」

そういえば、トラックの仕事で、こういうベッドを運んだことがある。運び賃しかもらっていなかったのに、相手が女一人で、とても組み立てられないから、と頼まれて仕方なく組立ててやったっけ。

何しろ見かけはまるで一体のような造りだが、至るところがバラバラに外れるようになっていて、どれをどうつなぐのやら、首をひねったものだ。

「組立て……」

こいつもか？　そうだとすると、この足も上が外れるのだが。

秀一はまた起き上がって、足の上のほうを力一杯ひねってみた。じりじりと動く手応えがあって、クルリと回った。

「やったぞ」

秀一は思わず呟いた。あの用心棒も、まさかこの足が三つにわかれることは知らなかっただろう。秀一はせっせとベッドの足を外しにかかった。

車のドアが開いた。

「誰か来るわ」

「乗れ」

辰巳が佐知子を促した。「拳銃があるのを向こうも知っている。いきなり入っちゃ来ないさ」

足音がガレージのドアの外で止まった。

辰巳は運転席につくと、エンジンのキーを巧みに探り始めた。

佐知子は気が気ではない。ドアのノブが、ゆっくりと回るのが見えた。

「入って来る！」

辰巳が、

「静かに」

と言った。

車体が軽く身震いした。エンジンがかかったのだ。ドアが細く開き始めた。

「さて、行くか」

辰巳は呑気に言ってクラッチを入れた。エンジンの音が高くなる。

ドアが開いて、男が一人、飛び込んで来た。車はいきなりバックした。

男がおどろいて壁にはりついた。

車が勢いをつけて突進した。

ガレージの扉にぶつかる衝撃で佐知子はフロントガラスへ頭をぶつけそうになった。

扉は左右へ開いた。

スピードを上げて前庭を突っ切ると、頑丈そうな門扉に向かって、真っ直ぐに進んで行く。

「ぶつかるわ！」

「伏せていろ」

と、辰巳は言った。

突然、目の前に、他の車が飛び出して来た。よける間もない。

ブレーキが鳴った。

佐知子はうずくまって、衝撃を待った。がそれは生やさしいショックではなかった。

巨大な見えない手に殴りつけられたように、佐知子は狭い車の中の空間へ飛び上がっていた。

そして頭から床へ突っ込むように落下した。激しく全身が何かにぶち当たった。

暗くなってゆく意識の中で、赤い光が映った。——何だろう？

熱さを感じた、火だ。燃えているのだ。逃げなくては。焼け死んでしまう。早く、早く……。

佐知子はそのまま意識を失った。

「──やった！」

と、秀一は肩で息をついた。

考えていたほど簡単ではなかったが、ベッドの足を三つに分解すると、手錠はスルリと抜けてきた。

「ざまあみろ！」

秀一は思わず言った。手首には手錠がぶら下がっているが、それでも、つながれていなきゃ逃げられるってものだ。

秀一は部屋のドアをそっと開けた。

あれだけガチャガチャやっていたのだから、もし誰かいれば気付かないはずがない。見回してみると、人の気配はなかった。

明かりはついているのだが、人はいない。罠じゃあるめえな、といやな気分だったが、秀一はともかく、行っちまおう、と決めた。ここでぐずぐずしていても、いいことはない。急いで部屋を横切り、玄関へ出る。

靴がなかった。まあぜいたくは言っていられない。玄関に降りて、ドアの鍵を開ける。ドアを細目に開けると、秀一は表をそっと覗いた。廊下は静かで、人の姿はない。どこへ行ったんだろう？

秀一はそっと廊下へ出て、階段へ向かって歩き出した。——突然、

「どこへ行くんだ？」

背後の声に、秀一は飛び上がった。

振り返ると、あの用心棒が立っている。畜生！　どこから出て来やがった！

「よく出て来られたな」

と用心棒が近付いて来る。「あのドアが開くとな、隣りの部屋でブザーが鳴るんだ」

逃げなくちゃ、と思っているのに、秀一は足がすくんで動けなかった。

さっき下腹に食らった一撃の苦しさを思い出すと、体が震えてくる。

「おとなしくしていりゃいいんだぜ」

と用心棒はニヤリと笑った。

そのとき用心棒が出て来たらしい、隣りのドアが開くのが、秀一の目に映った。そして、梅井刑事が出て来た。

用心棒は、全く背後の様子には気付いていないようだった。

秀一が梅井のほうへ視線を向けると、梅井が、黙れ、というように、指を口へ当てた。そして用心棒の背後へ忍び寄る。

おい、早くしてくれ。秀一は祈った。用心棒に一発やられる前にやっつけてくれよな。

「さあ、戻るか、それとも痛い目にあいてえか？」

と用心棒が訊く。

「わかったよ。おとなしく帰りゃいいんだろう？」

秀一は唇をなめた。

「妙な考えを起こしやがると――」

梅井が、背後から用心棒へ飛びかかった。二人が床へどっと倒れる。

梅井の腕が、用心棒の首にかかっている。力をこめてぐいぐいとしめつけると、もがいていた用心棒が、やがてぐったりとなって、梅井の腕が外れると、そのまま床へ崩れ落ちた。

梅井は息を弾ませて立ち上がった。

「――大丈夫か？」

「ああ……ちょっと殴られたけどな」

秀一は息をついた。「死んだのかい、そいつ?」

「うん。仕方ない。手加減したらこっちがやられる。ともかく行こう」

梅井が促す。

二人がマンションを出ると、急いで車に乗った。車が走り出すと、秀一はホッとした。

「この手錠、何とかなんねえかな」

「それは俺の持ってた手錠だろう。それならこれで外れる」

車を運転しながら、梅井がポケットを探って鍵を出した。秀一は急いで手錠を外した。

「ああ、やれやれ!——助かった!」

「俺も隣りの部屋に取っ捕まってたんだ。何とか逃げられたがね」

「あんたには礼を言わなきゃな」

と秀一は言った。

「そんなことはいい」

梅井は軽く微笑んで、「奴ら、何か言ってたか?」

「俺が質草だとさ」

「質草?」

「姉さんに用があるとか言ってやがった」

「真山一郎だな」

「そうだよ」

「だいぶあせってるらしいな」

「どういうことになってるんだい？」

「そいつはお前のほうからしゃべってくれないと。こっちにもよくわからないよ」

秀一はちょっと迷ったが、もうどうせ隠してはおけない、と諦めた。

「俺が人をはねたのが、そもそもの始まりさ」

秀一は、車で男をはねて死なせてしまったことから始めて、姉がその罪をかぶって、始末してくれたこと、その男が、脅迫状を持っていたことを説明した。

「真山がどうなって絡んできたのか、俺もよく知らねえ。姉さんに任せっきりだったからな」

「いい姉さんだな」

「ああ……。もう心配はかけねえよ」

「それで、その誘拐された娘っていうのは見付けたのか？」

「いいや。少なくとも俺は知らねえんだ。姉さん、あの辰巳って奴と、仕方なしに一緒にその娘ってのを捜してたんだよ」

「なるほど……」

梅井はじっと前方を見つめてハンドルを操りながら、しばらく黙っていた。

「なあ、姉さんには何の責任もねえんだ。何もかも俺が悪かったんだよ」

と秀一は言った。「姉さん……罪になるのかい？」

「死体をどこかへ隠したのは罪だな。それに、辰巳と行動を共にしている」

「あれは——」

「おどされてやったと立証できりゃ問題ないんだがな」

しばらくして秀一は黙り込んだ。——梅井が言った。

「もう一度よく考えてみろ。その誘拐された娘のことで、姉さんは何かつかんじゃいなかったか？」

秀一は首を振った。

「姉さんは俺を巻き込みたくなかったのさ。俺には何も教えてくれなかった」

「そうか……」

梅井は肯いた。

「熱い……」

と佐知子は呟いた。「早く……逃げて……早く……」

揺さぶられて、目を開く。――見下ろしているのは、森田の顔だった。

「気が付いたか」

森田は言った。「よくかすり傷だけで助かったもんだな」

広々とした居間のソファの上だった。

起き上がろうとして、佐知子はめまいがした。額に痛みが走る。

「無理をするな」

森田はグラスを差し出した。「アルコールは大丈夫だろう？　飲め」

佐知子は断わらなかった。水割りのグラスを半分ほど飲んで、息を吐いた。

「その程度で済んで奇跡だったぞ」

と森田は言った。

「――あの人は？」

と佐知子は訊いた。

「辰巳か？　死んではいない」

「どこにいるの？」

「重傷だ。左の腕を折っているし、やけどもある」

佐知子は顔を伏せた。森田はちょっと笑って、

「しかし、君も変わってるな。ごく普通のＯＬだろう？　どうして辰巳なんかに惚れたんだ？」

惚れてなんかいない、と言おうとしたが、佐知子はためらった。否定したいのだが、辰巳にひかれているのは事実だ。

「あなたの知ったことじゃないわ」

と佐知子は言った。「私たちをどうするつもり？」

「じっくり時間をかけて、いろいろ訊きたいと思っていた」

「何も知らないわ、私」

「気が変わったよ」

森田は、ソファにゆったりと座った。「君は度胸のいい女だ。利用価値がある。拷問して殺してしまうには惜しい」

佐知子はちょっと身震いした。

「迷惑だわ」

「そう言うな」

森田は愉快そうに言った。「いいか、辰巳の命は君の返事しだいだ」

「返事？」

と佐知子は訊き返した。

「ＯＫしなければ辰巳は死ぬ。君の目の前で殺してやる」

「やめて！」

佐知子は叫ぶように言った。

「じゃ、引き受けるんだね」

「何を？」

「返事が先だ」

「そんなこと……」

「選ぶ余地はない。辰巳を殺すか生かすか、どっちにする？」

佐知子は目を閉じた。

「――わかったわ。どうすればいいの？」

「物わかりがいいね、君は」

と森田は立ち上がりながら、言った。「真山一郎の顔を知っているな」

「ええ」

「奴を殺して来るんだ」

佐知子は森田を見上げた。

「そんな――できるはずがないでしょう！」

「いや、できる。あっちも君を捜しているのだ。君のほうから会いたいと言えば、必ずやって来る」

「私に……人殺しなんて……」

「君はもう引き受けたんだ」

森田の口調が、急に厳しくなった。「もう後には引けないよ。わかってるだろうね」

佐知子は、いっそこのまま死んでしまったらいい、と思った。――人を殺す。この手で？　そんなことができるだろうか？

おかしい、と秀一は思った。秀一も運転手である。方向に対するカンは持っている。

梅井は、住宅街の中を走らせていたが、今の方向で行くと、最初のマンションのほうへ戻ることになるのだ。

奈美江に裏切られて、秀一は誰も信用できなくなっていた。梅井がもし、本当の刑事でなかったら？　真山の子分だとしたら？

わざと俺を助けて、知っていることを訊き出そうとしたのかもしれない。用心棒をやっつけたのも、芝居かもしれない。

そう考えると、何もかも怪しく思えてくる。——俺は手錠でつながれていたが、こいつはどうだろう？　手錠の跡も、縄の跡も、手首には残っていない。

それに先に捕まって、俺のことをしゃべったとしたら、連中、俺が入って行くまで、あれほどのんびり待っていただろうか？

しゃべらなかったとしたら、あの部屋で待ち伏せされていたのがおかしい。

梅井があいつらとグルだったからこそ、俺が行くのをのんびりと待っていたのじゃないのか……。それに、やたらに、誘拐された娘のことばかり訊きたがる。それもどこか変だ。警察へ直行しないのもおかしい。

目印になるネオンを、秀一は認めた。やはり車はマンションのほうへ戻っている。たぶんマンションの裏へでも着くのだろう。

どうしよう？　秀一は考えた。

「おい！　ちょっと停めてくれ！」

と秀一は言った。

「何だ？」

「ちょっと用を足してえんだ。そのところで——な、ちょっと頼むよ」

「わかった」

梅井は車を停めた。秀一は車を出ると、わき道の一つへ入って行った。

「早くしろよ」

と、梅井の声がかかる。同時に秀一は走り出していた。

日曜日

一　閉じた扉

夜明けの気配がした。

目かくしの布を通して、時折り、木々や建物の合間に覗く太陽のオレンジ色の光が感じられた。——日曜日になったのだ。

佐知子は、森田の車の後部座席に、二人の屈強な男に挟まれて、座っていた。目かくしされ、手首は、軽くだが革紐で縛られていた。どこへ行くのか。

「もういいだろう」

と、前の助手席に座っていた森田の声がした。「目かくしを外してやれ」

佐知子はまぶしげに目を細めて外を見た。いつの間にか、ごくありきたりの町の中を走っている。
二、三度、目をつぶっては開ける。やっと慣れてきて、目の痛みが鎮まった。
「もう七時だよ」

と森田が言った。

「ここはどこ？」

「調布の辺りだ。駅の近くで君を降ろす」

「どうするの？」

「それから後は君次第だ。警察へ自首してもいい。しかし、辰巳はかなり苦しい目に遭って死ぬことになるだろうな」

「わかってるわ」

「真山をどういう方法で殺そうが、君の自由だ」

「ありがたい話だわ」

森田は軽く笑った。

「君はやりとげると私は思うね。その鼻っ柱の強いところがいい」

「少しお金をちょうだい。電車にも乗れないんじゃ、真山のところまで歩いて行かなきゃいけないわ」

「おっと、これはうっかりしていた」

森田は、佐知子を挟んで座っている二人に、

「おい、お前たち、どっちか女に金をやれ」

「はあ」

不服顔で一人が札入れを出す。「いくらやりゃ、いいんです？」

「そのまま全部やれ」

「え？」

「全部やれ」

「はあ……」

と、情けない顔になって、札入れを佐知子のコートに押し込んだ。

「よし、その辺で停めろ。――おい、手首を自由にしてやれ」

革紐を解かれて、佐知子は両手の指を曲げたり伸ばしたりした。

「さあ、降りろ」

と森田が言った。「吉報を待ってる」

一人が降りて、ドアを押えている。佐知子は路上へ足をかけながら、

「失敗したら？」

と森田を見た。

「辰巳は死ぬ」

「もし捕まったら？」

「何もしゃべらないことだ。しゃべってもしゃべらなくても、どうせ同じことになる」

佐知子は路上に立った。

前の座席の窓が降りて、森田の薄笑いが、ガラスを通してでなく、佐知子の胸を針のように突き刺した。

「では、成功を祈る。君のためにも」

車が走り出した。——佐知子は一人、取り残されていた。

妙なものだ。本当ならば、解放されたと言うべきだった。もう一人なのだ。どこへだって行けるのだ。

町は静かで、駅が目の前だというのに、人通りはあまりなかった。

「——そうか、今日は日曜日なんだ」

と、佐知子は呟いた。

ふと思い出して、佐知子はコートのポケットに押し込まれた札入れを出してみた。七、八万は入っている。あの男が、渋い顔をしたはずである。

佐知子は、周囲を見回した。——休日の朝で、どこも目覚めは遅い。

急に疲労を感じた。少し目も回る。頭を打ったせいだろうか。

喫茶店はいくつかあるが、そこも休日は早朝から開いていない。出勤時のサラリーマンが朝食をとりに寄るのだから、当然、休日に早く開けても意味がないわけである。

といっても、休日に仕事がある人種は珍しくない。見ていると、その手の男性が二、三人、商店街の奥へ消えて行く。それについて歩いて行くと、和風の喫茶店が一軒だけ営業していた。

店に入ると、七分の入りで、割合に混み合っている。——奥まった席につくと、急にお腹が空いてきて、苦笑した。呑気なものだ。もっとも、佐知子はいつもこうなのである。

学生のころ、テストの前日になると、急に映画が見たくてたまらなくなったりする。それは誰しものことだろうが、佐知子は本当にそれを実行してしまうのがユニークなところだった。

佐知子はおにぎりを頼んで、それがくると勢いよく頰ばった。ともかく、何かしていれば、不安を忘れられそうな気がしたのだ。

辰巳はどうなったろう？　——生きているというのは、森田の言葉だけで、本当は死んでしまったのかもしれない。しかし、それを確かめる方法はないのだ。

真山を殺す。そんなことができるだろうか？　万一、できたとしても、自分も命があるまい。やはり、死ぬことに変わりはないのだ。

いっそ、警察へ行って、すべてを打ち明けてしまおうか？

だが、自分は指名手配されているのだ。警察が、そんな人間の話に耳を傾けるかどうか。その間に、辰巳は――もし本当に生きているのなら、だが――殺されてしまうだろう……。

こんなことになるなら、アマゾンのジャングルの真ん中にでも放り出されたほうが、まだましだ、と佐知子は思った。自分一人が死ねば済むのだから……。

おむすびにコーヒーという、何とも珍妙な取り合わせ。コーヒーに砂糖もミルクも入れずに何口か飲むと、多少、頭がすっきりしてくる。もちろん、全然眠っていないこともあって、意気消沈しているのである。

アマゾンか……。そんな話を誰かとしたっけ。それもごく最近だ。

「ああ、そうだ――」

思い出した。坂本とだ。南米のジャングルをさまよって助かったという少女の話をしていて、坂本が、

「佐知子さんなら、きっと大蛇をカバ焼きにして食べて生きのびますよ」

と、真面目な顔で言ったので、大笑いしたのだ。

坂本――。そういえば、坂本もきっと心配しているだろう。

少し店が空いてきて、佐知子は落ち着いた気持ちで、今の状況にどこか突破口がないか、探ろうとした。

辰巳が死んでいるという可能性はあるわけだが、ここはともかく、生きているほうに賭けるよりない。

森田のところへ戻って、辰巳を救い出すのは不可能だ。とても佐知子の手には負えない。

すると、真山を殺すほかないだろうか？　逆に真山をうまく利用できないか。このことを真山に教えてやったら、真山は怒って森田を倒しに行くかもしれない。しかし、辰巳は真山を裏切っているのだ。

いずれにしても、辰巳は殺される。

森田の指令どおり、真山を殺すほか、辰巳を救う道はないようだ。しかし、それとてやさしくはない。

大体、森田にしろ真山にしろ、信用などできる相手ではないのである。いくらでも前言を翻して平気な人間だ。そんな男のために、人一人殺すなんて……。

だが、そんな男といえば辰巳とて変わりはない。――いや、辰巳には不思議な生真面目さがある。狡賢く立ち回ることはできない男だ。

ふと、佐知子は、事件のそもそもの発端になった、誘拐された娘のことを思い出した。

そうだ。娘の命は月曜日までだ。

いや、月曜日には命がない、というのだから、今日一杯の命、といっていいかもしれない。今夜の午前零時を回れば、もう〈月曜日〉なのだから。

もしも――もしも、真山の娘を見付けたら、その娘の居場所を教える代わりに、森田のところから辰巳を救い出させるように真山へ要求することはできないだろうか？

おそらく、真山は承知するだろう。そうだ、それしか方法はない。そうなると、娘の居場所を知ることが先決である。

だが、今日一日だけで、そんなことができるものだろうか？　それも、手配されている身で、いつ警官に呼び止められるかもしれないのに。

助けが必要だ。誰か……。秀一はだめだ。あの奈美江という女は全く信用できないし、秀一を危険に巻き込みたくない。そうなると……。


「――もしもし」

「どなた？」

「坂本さんを呼んでいただきたいんですが」

「急用なんです。申し訳ありませんが」

「朝っぱらから――」

ブツブツ言いながら、受話器をそばへ転がす音がした。

坂本のアパートの電話を憶えていたのは、いたって憶えやすい番号だったからである。

幸運というべきだろう。もっとも、坂本が留守ということもあり得るわけだが。

しばらく待って、やっと坂本が出た。

「はい……坂本ですが」

まだ半ば寝ぼけている声。

「宮川佐知子です」

「佐知子さん！」

坂本は電話の向こうで飛び上がったらしい。

「今、ど、どこです？」

「お願い、助けてちょうだい」

佐知子は少し哀れっぽい声を出した。「困ってるの。あなたに迷惑はかけたくないんだけど」

「何を水くさい！」

と坂本は腹を立てたように言った。「何でも言って下さい」

「ありがとう。今、調布のあたりなの。新宿まで出るわ。そこへ来てくれる？」

「ええ、どこへだって――」

「新宿の歌舞伎町に〈N〉って店、知ってる？」

「捜して行きます」

佐知子は場所を説明した。

「じゃ、一時間後に。――待ってるわ」

受話器を戻して、ホッと息をつく。

坂本も、とんだ恋人を持ったものだ。しかし、今はそんなことは言っていられない。誰か、自分の代わりに動いてくれる人間が必要なのだ。

問題は真山一郎のほうである。果たして佐知子の言葉に乗ってくるかどうか。いい加減なことは言えない。しかし、ともかく、まず何かの形で、連絡がつくようにしておく必要がある。

真山の電話。――その番号は、ちゃんと森田が教えてくれていた。

「――もしもし」

「真山だが……」

「宮川佐知子です」

一瞬、間があって、

「これはこれは。テレパシーというやつかな？」

「何の話ですか」

「いや、こっちも何とか君に連絡が取りたいもんだと思っとったのでね。——元気かね、そっちは？」

何という落ち着き払った態度。これが娘を誘拐された父親のものか。

「ええ」

「そいつは結構。君にちょうど伝えておこうと思っていたことがあるんだ」

「何でしょう？」

「これは警察の電話から、かけてるんじゃあるまいね？」

「違います」

「よろしい。——弟さんは預かっているよ」

「何ですって？」

佐知子の顔から血の気がひいた。「弟をどうしたんです！」

真山は低く笑った。受話器を握る佐知子の手が震えていた……。

「落ち着きなさい」

真山一郎は、むしろ愉しげな声で、言った。「弟さんはちゃんと生きているよ」

「どこにいるんです」

「私のところだ。――といって、屋敷ではないよ。私の持っている場所の一つ、というところかな」

「秀一は無事なんですか」

「もちろんだとも」

「どうして秀一を……」

「いや、それは逆だ」

と真山は遮った。「弟さんのほうで、われわれのところへ手を出してきたのさ。そうなると、黙っていられない。わかってほしいね、その辺のことは」

「秀一をどうするんです?」

「それを今考えているところでね」

真山は、猫がネズミをなぶるように、わざとのんびりとしたしゃべり方にして、「まあ、せっかくの預かり物だ。君に返してあげてもいいが、引換券は必要だろうね」

「私と交換すればいいでしょう」

と、佐知子は言った。

「いい覚悟だ。しかし、君だけではね」

「どうしろというの？」

「辰巳だ」

佐知子は一瞬、言葉に詰まった。

「あの男は裏切者だ。裏切者を処分するのは、敵と争うより大切なことだ」

佐知子は唇をなめた。

「辰巳とはもう別れたんです。どこにいるか知らないわ」

真山は軽く笑い声を立てた。

「見え透いた嘘はやめたまえ。もし、それが本当だとしても同じことだ。辰巳を捜して連れて来い」

「できなかったら？」

「君の弟は、気の毒にも若くして死ぬことになる」

真山は穏やかにそう言ってから「わかったかね？」

と念を押した。

「ええ」

辰巳が森田にとらわれていると言えば、秀一を取り戻すことができなくなるかもしれない。他に返事のしようはなかった。

「でも、時間をちょうだい」

「今日中に、この番号へ電話してこい。辰巳がどこにいるか、はっきり教えてもらう。辰巳を片付けて、そのうえで、弟を返してやる。いいね?」

「ええ」

「では、電話を待っているよ」

佐知子は、真山のほうで電話を切っても、しばらく受話器を手にしたまま立っていた。

電話ボックスの中は、少し蒸し暑かった。しばらくじっと立ち続けていると、こめかみを汗が伝った。

誰かが、ボックスのドアを叩いた。その音で、佐知子は我に返った。どこかのサラリーマンらしい中年の男が、苛々した表情で、佐知子を見ている。

佐知子は、あわててボックスを出た。

新宿。——そうだ。坂本が待っている。辛うじて思い出した。

駅から、電車に乗る。昼間の私鉄である。席はがら空きだった。

佐知子は、シートに座って、深々と息をついた。——何ということだろう!

辰巳は森田に捕えられている。真山を殺さなくては、辰巳は殺される。だが、真山は弟の秀一を人質に取っているというのだ。そして辰巳を真山に売らなければ、秀一の命が……。

まさに出口なしという状況であった。

「佐知子さん！」

店の奥から、坂本が手を振るのが見えたとき、佐知子は、涙が出そうになった。坂本には悪いが、誰か知っている人に出会うというだけで、救われるような思いだったのである……。

「坂本さん……。悪いわね、せっかくお休みなのに」

あまり感激すると、かえって妙に礼儀正しくなってしまうものだ。

「いや、とんでもない。こちらこそ」

坂本のほうも似たようなものである。

しばらく、佐知子は注文するのも忘れて、ぼんやりと座っていて、ウエイトレスから、

「ご注文は？」と催促された。

「——疲れてるみたいですよ」

と、坂本は言った。「何ならどこかで……少し眠ったらどうです？」

「ありがとう。でも、そんなことしていられないの」

佐知子は微笑んだ。

「あの男は——どうしました？」

坂本はためらいながら訊いた。

「辰巳のこと？　さあ、どうしたのかしら」

「一緒じゃなかったんですか？」

「一緒に手配されただけよ。最初は一緒だったけど、すぐに別れたわ」

「そうですか」

坂本の顔に安堵の表情が広がった。

佐知子としては、どこまで坂本に本当のことを話していいものやらわからない。もちろん、辰巳を助けるためと言えば、坂本が反対することはわかり切っていた。それが当然だろう……。

「弟がね、危ないの」

と、佐知子は言った。

「秀一君……でしたね」

「ええ。今、捕まってるのよ。私に殺人の罪をきせた真山っていう男に」

詳しい話をしている暇はない。「力を貸してくれる?」

「そのために来たんですよ」

と坂本は微笑んで言った。

「ありがとう」

佐知子は、ともかく、事の起こり——秀一が男をはねて、その男が脅迫状を持っていたことを説明した。

「僕に相談してくれればよかったのに」

「あなたに迷惑かけたくなかったの。でも、今、こんなことしてるんじゃ、仕方ないわね」

「で、僕は何をすればいいんですか? 言って下さい」

坂本の言葉は、真っ直ぐに佐知子の心に届いた。

佐知子としては、真山の娘を発見するという点に賭けるしかなかった。ここへ来るまでの間に、そう決心していたのである。

「——誘拐されて、どこかにいるはずなのよ。真山の娘を見つけて、それと引き換えに、秀一を取り戻すほかはないと思うの」

「なるほど」

実は、佐知子はもっと危険なことを考えていた。真山の娘を見付けられたら、それを真山と、森田の両方との取り引きの材料にするつもりであった。

真山から秀一を、森田から辰巳を奪い返す。森田にしても、真山の娘を手に入れられれば、悪くはないはずである。

だが、問題は果たして真山の娘が見付かるかどうか、である。それには、むしろ坂本のように、全く新しい目で見てもらったほうがいいのではないか。

坂本は、佐知子から、話を聞き終えると、しばらく考え込んでいた。

「つまり、その娘を見付けるのが先決ですね？」

「ええ。でも何の手掛かりも――」

「待って下さい」

坂本は遮って、「そう決めちまうのも、よくありませんよ。誘拐犯は死んじゃったけど、こっちが誘拐犯の身になってみれば……」

「え？」

「つまり自分が犯人だったらどうするかってことです」

「というと？」

「その空ビルの地下ですけど、そこに真山の娘がいたとは思えませんね。いくら空ビルでも——いや、空ビルだからこそ、いつ人が来るかわからない」

「じゃ、あそこにはいなかった、と?」

「犯人としたらどうでしょう? 女を一人、ぐるぐる巻きに縛って、眠らせてあるとしてもですよ。犯人は一人です。運ぶのだって容易じゃない」

「それはそうね」

「空ビルといっても、近くには人通りもあるでしょう。そんなところで、縛られた女を運んじゃいられませんよ」

佐知子は肯いた。言われてみればそのとおりだ。

「その車が見付かったところに、犯人はいた。それは間違いなく、その近くに娘がいるってことです」

佐知子は面食らった。いつもの坂本とは思えない、自信に満ちた言葉が飛び出してきたからだ。

「行き詰まったときは、原点に立ち返るのが一番ですよ」

「でも、あの辺は調べてみたのよ」

「もう一度調べてみましょう」

坂本がさっさと立ち上がる。佐知子はあわてて後を追った。

「――この車は?」

佐知子が訊くと、ハンドルを握った坂本は、

「なかなかいいでしょう? 友人から借りてきたんです。必要になるだろうと思ったもので」

今まで見たこともない、頼もしい坂本だった。佐知子は、希望が、微かにではあるが光を灯してくるのを感じた。

「そのあたりに来たら、起こしてあげます。眠ったほうがいいですよ」

「ええ、ありがとう……」

確かに、佐知子は眠かった。疲れ切っていた。そして、少し安心したせいか、眠気がさしてきた……。

いつしか、すっかり眠り込んでいた佐知子は、ふっと目を開いた。車は停まっている。

坂本の姿はなかった。

「坂本さん?」

佐知子は車を出た。驚いたことに、それはまさに、秀一が男をはねた、その場所だった。

見回していると、坂本が、茂みの奥から出て来た。

「やあ、起きたんですか」

「どこへ行ったのかと思ったわ」

「すみません。あんまりよく眠っているんでね」

「よくここがわかったわね」

「大体の見当でね。例の白い車、まだありましたよ」

「何か手掛かりでも？」

「いや、それはまだです」

坂本は、一つ深呼吸した。「——問題はその〈月曜日〉に娘の命がなくなる、という点ですね」

「それがわからなくって」

「ちょっと思い出したことがあるんです」

と坂本は言った。「月曜日に娘が死ぬ。——それはどういうことか。空ビルが取り壊される。それも可能性はあります」

「それで？」

「しかし、実際に壊すときに、中を調べないでしょうかね？　ホームレスの一人ぐらい眠っているかもしれないでしょう」

　坂本の言葉はもっともだった。

「じゃ、どういうことかしら？」

「人間が死ぬのは、傷を負うか、それとも、餓死するか、窒息するかでしょう。でも、月曜日に自動的に傷を負わせるなんてことは、時限爆弾でもなきゃ無理だ」

「一週間後に爆発するようにセットしておくの？」

「しかし、爆発が起これば、誰かが気が付く。調べれば女が死んだことはわかる。身許もね。――それは危険すぎます」

「餓死かしら？」

「でも、人間は水だけで一週間はもつんですよ。とても、そんな厳密な計算はできないでしょう」

「すると……」

「後は窒息です。これなら、大体の酸素の量は計算できる。多少のずれはあっても、一日以内で測れるでしょう。――以前アメリカであった犯罪ですが、大きな箱を地面に埋めて、その中に、誘拐した人質を入れておいたんです。一週間分の水、食物、そして空気を与えてね」

地面の中……。

佐知子は、坂本の話に唖然として聞き入っていた。

「もちろん、それが正しいというわけじゃありませんよ」

と、坂本はちょっと照れたように頭をかいた。「ただ、一つの考え方なんです」

「それにしても……そんなこと、考えもしなかった」

と、佐知子は言って、「じゃ、この近くに?」

「もし僕の考えが正しければ、この辺の林の中が一番でしょうね」

「じゃ、捜してみましょう」

「この広さだ。容易なことじゃありませんけど」

「地面を見れば、掘り返した跡が――」

「おそらくカムフラージュしてあるとは思いますけど、注意深く見ればわかるでしょう」

「それじゃ、早速」

佐知子は林の中へと入って行った。わずかながら、希望が湧いてくる。

ごくごく細い、糸のような希望にすぎないが、それでも、なすべきことがはっきりしているというのは、佐知子にとって救いであった。

二　死の封印

そのころ、秀一は目を覚ましていた。

「──何だ、やっと起きたのか」

と声がした。

「何時だい？」

秀一は目をこすって、時計を見た。「こんな時間か。あーあ、いくら寝ても眠いや」

見るからに男世帯、散らかし放題のアパートの一室である。

「今日は仕事ねえのか？」

と、秀一は訊いた。

「午後からさ。今夜は帰れねえ」

運送会社で秀一の同僚だった男。河北《かわきた》という名だったが、秀一はいつも「北」とだけ呼んでいた。

「悪いな、厄介になっちまって」

と、秀一は欠伸をかみ殺しながら言った。

「どうせ独り住まいだ。かまやしねえ」

河北は、もう四十近くで、秀一とは比べものにならないような逞しい筋肉をしている。独身なのは、女は遊ぶものと割り切っているせいだというのが本人の言い分だが、噂では、ホモじゃないかということだった。

「秀一、お前、今夜もここにいるか？　それなら鍵を置いていくぜ」

「そりゃ悪いよ。北さんにそうは甘えられねえや」

「構わねえぜ。留守番がいりゃ安心だ」

「そうだな……。正直言ってわからねえんだ」

秀一は肩をすくめて、「成り行き次第で、泊めてもらうかもしれねえ」

「よっぽど彼女にこっぴどい目にあったらしいな」と、河北は笑った。

秀一は曖昧に笑った。河北には、女と喧嘩して、部屋にいられなくなった、と言ってあるのだ。まさか、本当のことを話すわけにもいかない……。

「じゃ、俺は、そろそろ出かけるぜ。鍵を置いとく。まあ盗られるものもないが、一応ホームレスのねぐらにでもされちゃ困る。出かけるときはかけて行ってくれ」

河北が出て行くと、秀一は一つ息をついた。のんびりしてはいられない。姉のことが気がかりだった。

あの真山という男や、梅井からは何とか逃げたものの、問題は何一つ解決していない。姉はどこにいるかわからないし、自分だって安全とは言えないのだ。

あの真山という男、姉さんを捕まえただろうか？　何としても、姉を守るのだという気持ちはあった。しかし、そのためにどうすればいいのかを、冷静に考えるのは、秀一には大の苦手である。

アパートへも帰れない。それに姉のアパートも見張られているだろう。

何かしなくては、と思いつつ、何もできないという苛立ちで、秀一はふてくされ気味で寝転んだ。

横になったのが、多少は刺激になったのか、ふと奈美江のことを思い出した。——俺を裏切りやがって！

奈美江のことを考えると、秀一ははらわたが煮えくり返る、という表現がぴったりの気分になった。いつか、仕返ししてやる！

「そうだ」

と、思わず呟いて起き上がる。

奈美江の奴を捕まえられないだろうか？　あいつは狡賢いが、女だから、力なら、秀一のほうが強い。あんまり自慢するほどのことでもないが。

あいつなら、姉さんのことも何か知っているかもしれないし、それはともかく一度思い切りぶん殴ってやらなくては、気が済まないのだ。

奈美江はアパートへ戻っているだろうか？　あいつなど、別に用心棒はついて来ないだろうし、まさか逃げた秀一が、あそこへ現われるとは、向こうも考えていないだろう。

「よし……」

充分に用心して行けば大丈夫だ。

秀一は、河北の部屋を出ると、鍵をかけて表通りへと出た。——不精ひげがのびて、顎や鼻の下がザラつく。

変に不審者じみて、怪しまれるのも困る。秀一は、手近な床屋へ飛び込むと、ひげを当たらせることにした。腹も空いている。そこいらで、ラーメンでも食うか、と思った。

河北から、一万円、借金していたのだ。

さて、問題は、奈美江のアパートが見張られていないかどうかを、確かめることである。

それに奈美江が果たして部屋にいるかどうか。いないところをいくら見張っても仕方ない。

よし、一つ電話してやろう。声を出さなきゃ間違い電話だと思うだろう。

床屋を出ると、赤電話を見付けて、奈美江のアパートの番号を回す。

しばらく呼出し音がくり返された。いないのか、と受話器を戻しかけると、急に向こうが出た。

「はい。もしもし」

奈美江だ！「もしもし？」

秀一は受話器を置いた。

「——おい、奴は？」

部屋の外で声がした。

「まだ眠ってるよ」

「そうか。まあ死んじまったっていっこうに構わねえが、逃げられねえように気を付けろ」

「大丈夫さ。あのけがだぜ」

「油断するな。何しろタフな奴だ」

「任せとけってば」

——話し声は静かになった。

辰巳は、もうとっくに意識を取り戻していた。痛みも、胸を鉛の板で圧迫されるような苦しみもあったが、じっと声も立てずに堪えていた。

それが大して苦にならない。意志が強いというのとは、また違っていた。今、苦痛に堪えているのだという、ヒロイズム、自己満足かもしれなかった。

自分の傷の具合を、想像してみる。左腕が折れているのは、その痺れ切ったような感覚で察しがついた。おそらく肋骨も折れていそうだ。

外傷はそれほどでもない。額や頬に傷があるのはわかっていたが、脇腹にも若干、傷口が開いているようだった。

幸運だったのは、火傷がほとんどなかったことだ。全身の火傷で死んでいく男を見たことがあるが、あれならば、いっそ頭を撃ち抜いてほしいだろうと思った。

しかし、今は、闘うだけの力がない。それに、武器も何もないのでは、この体でどうすることもできないだろう。

だが、相手も油断している。その点は有利である。辰巳は、ふっと痛む頬をゆがめて、笑った。

こんな体になって、まだ闘うことを考えているのだ……。それが、まるで本能であるかのように。

佐知子はどうしただろう？　――生きていて、ほとんど無傷で助かったということは、森田から聞いている。それを辰巳は信じた。森田に、そんな嘘をついて得になることはないからだ。

少し、気は楽だった。しかし、森田が、彼女をどうするつもりなのか、それだけが気にかかっていた。

ドアが開いた。――辰巳は呼吸をわざと浅く、ゆっくりにした。

「――兄貴」

囁くような声がした。「辰巳の兄貴」

辰巳は目を開いた。

「杉田か」

「やっぱり気が付いていたのかい」

以前、真山の部下で、辰巳が面倒を見てやっていた男だった。

父親の森田への義理がらみで、真山から森田へ寝返ったのだが、辰巳を兄貴分として慕っていた。

「大丈夫かい？　欲しいものはねえか？」

「俺にかまうな。お前がまずくなるぞ」

「だけど……兄貴にはすまねえと思ってるんだ」

「一つ、教えてくれ。女はどうした？」

「ああ、兄貴と一緒にいた女かい？」

「無事か？」

「うん、ボスが真山を殺せと命令して放ってやったようだよ」

辰巳は頭を動かした。

「真山を？」

「兄貴の命を助けたかったら、真山を殺して来い、って」

辰巳の目が燃えるような怒りに光った。

「何て野郎だ！　何の縁《ゆかり》もねえ女に――」

「女も承知したんだぜ」

佐知子に真山を殺せるはずがない。万一、殺したとして、生きて戻れるはずがなかった。

「杉田……」

「兄貴！　起きちゃだめだよ。無理だよ」

「いや、行かなくちゃ――」

辰巳は体を起こして、ベッドから出ようとした。

「だめだってば！　無理だよ！」

杉田が押しつけるように辰巳をベッドに寝かせる。

「――すまねえな。水をくれないか」

辰巳は喘ぎつつ、言った。

「ああ、待っててくれ」

杉田が出て行く。辰巳は、右手の中に隠していたナイフを、ゆっくりと持ちかえた。

もみ合っている間に、杉田のポケットからぬき取ったのだ。

自由な右手の指先が、ナイフの刃をそっとなでた。

ドアを叩くと、

「はーい」

奈美江の声がした。「遅かったのね」

ドアを開けると、奈美江の顔が凍りついた。

「誰を待ってたんだ？」

秀一は言った。

奈美江はドアを閉めようとする。秀一もそこまでお人好しではない。拳が飛んで、奈美江は部屋の中へ吹っ飛んで倒れると、動かなくなった。

「ざまあみろ」

秀一は、ちょっといい気分になった。

ドアを閉め、鍵をかけると、気を失っている奈美江を引きずって、浴室へ連れて行く。一杯に水の張ってある浴槽の前で、奈美江の体をかかえ上げると、その中へ放り込んだ。

「キャーッ」

気が付いた奈美江がもがくのを、秀一は、頭を押えて、水の中へぐいと押し込んでやった。

「な、何すんのよ！」

やっと頭を出した奈美江は、咳き込みながらかみつきそうな顔で言った。

「ちっとはお前も痛い思いをしなきゃな」

言うなり、奈美江の髪をつかんで引っ張った。——しばらく、奈美江の悲鳴と水音が、浴室の中に反響した。

奈美江は、部屋の真ん中へ放り出されたものの、二、三分は身動きもできずに水を吐いたり咳き込んだりしていた。

秀一はいい気分でそれを見下ろしている。「当分は食堂に行っても水はいらねえだろう？」

とからかうと、奈美江は、そっと顔を上げて秀一をにらみつけ、

「こんな真似して――ただで済むと思ってんのかい！」

と凄んだものの、ぜいぜいと息を切らしながらでは、迫力がない。

「もうちっと元気が出てからにしろよ、強がるのは」

「もうすぐ――真山の手下が来るんだよ！　畜生！」

「そうかい？　でも、玄関はちゃんと鍵がかかってるぜ。それにお前は俺に殴られてのびてるから返事もできねえ。返事がなきゃ、留守だと思って帰るだろうさ」

「この……卑怯者！」

「卑怯者だと？」

秀一はいきなり平手で奈美江の頬を打った。奈美江が短い声を上げて倒れる。そのまま気を失ってしまったらしい。

「へっ、だらしのねえ奴だ」

もっとも、女はヒステリーを起こすと大変だ。秀一は、タンスを引っかき回して、ガ

ウンの紐を取り出すと、奈美江の手足を縛り上げ、ついでに猿ぐつわをかましておいた。

さて、これから姉のことを訊きだしてやる。――もっとも、気を失っていては話もできない。

「また水でもぶっかけるか」

と呟いたとき、電話が鳴った。

ちょっとためらったが、電話をかけてくるということは、そうすぐ近くに相手がいるわけではないということである。相手がわかってから、どうするかを決めても、大丈夫だろう。受話器を上げると、

「奈美江か？　私だ。真山だよ」

と、あの憎らしい猫なで声が聞こえてくる。

「――もしもし？　奈美江じゃないのか？」

「やあ、真山のおっさん」

と、秀一は言った。「俺の声がわかるかよ」

少し間があった。

「君か！　秀一君だな」

「そうだよ。残念ながら、おめえらの手は食わなかったぜ。今、奈美江は過労で寝込ん

でるよ」

真山は低い声で言った。

「威勢がいいな。いや、良かった。こっちも君に連絡が取りたかったのでね」

「何か用かい?」

「君の姉さんは預かっているよ。それを奈美江の奴に教えてやろうと思って電話したんだがね」

と真山は言った。

「兄貴……」

ドアが開いて、杉田が入ってくる。「水を持って——」

コップが足下に落ちた。床にバウンドして、しかし、壊れなかった。水が杉田の靴を濡らして飛び散った。

「やめてくれよ、兄貴……」

杉田の喉に、背後から、冷たいナイフの刃が押し当てられていた。

「裏口へ案内しろ」

と、辰巳は言った。

「兄貴！　無茶だよ、その体で——」

「このナイフを操ることぐらいはできるぜ」

辰巳は言った。「早くしろ」

「わかった。わかったから……」

杉田が小刻みに肯く。

「頭を動かすな。刃が食い込む」

辰巳は、包帯を巻いた裸の上半身に上衣をひっかけていた。

「歩けるのかい？」

「足は何ともねえ」

「じゃ……こっちだよ」

杉田が、渋々という様子で歩き出す。辰巳は、素早く廊下を見回した。人の姿はない。

二人が、ゆっくりと廊下を進んで行く。辰巳は、一歩足を進めるたびに、突き刺されるような痛みが、左腕と胸に走るのを、歯を食いしばって堪えた。

普通なら、とても歩ける状態ではないのだが、佐知子を死なせてはならない、という思いが、辰巳を支えていた。

「兄貴、大丈夫かい？」

「振り向くな。殺すぞ、お前でも」

「わかってるよ」

辰巳は少しして言った。

「お前に迷惑はかけたくねえ。しかし、あの女を死なせるわけにゃいかねえんだ」

「惚れたのかい?」

杉田が、ちょっとびっくりしたように言った。

「馬鹿言え」

辰巳は即座に言い返した。「あの女は堅気の人間だぞ、それを人殺しに使おうってのは、この世界の道に外れている。だから、助けてやりたいんだ。それだけだ」

目の前に、裏口のドアが迫ってくる。

「でも、その体で――」

と杉田が言いかけたとき、急に目の前のドアが開いて、森田の手下の一人が、入って来た。

男は一瞬呆然とした。そして上衣の下へ手を入れた。辰巳の手からナイフが飛んだ。

それは見えない糸に引かれるように、男の胸に突き立った。

男が声も上げずに倒れる。同時に、辰巳も胸を抉られるような苦痛に、よろけて壁にもたれかかった。

「兄貴!」

杉田が駆け寄って辰巳を支えると、「――しようがねえな。一緒に行くよ。車の後ろの席に毛布をかけときゃわからねえだろ」

「いいのか?」

杉田は苦笑して、

「兄貴が惚れた女のためだもんな」

「惚れてなんかいねえぞ。わかったか」

「わかったよ。ともかく早く!」

二人は、裏口から表に出た。

前に佐知子と出たのとは違う場所で、すぐに勝手口らしい低い戸をくぐって塀の外へ出られるらしかった。

「車はあるのか?」

と辰巳は訊いた。

「少し離れたところに、駐車場を借りてて、ポンコツが一台置いてあるよ。でも、何とか走るぜ」

「よし。行こう」

外へ出たことで、辰巳の体にも、だいぶ体力が漲ってきた。何とかして佐知子を止めなければならない。

「だめね……」

佐知子は、額の汗を拭った。

佐知子と坂本は、二人して大きく息をついた。——埋められた娘、という想定で、捜し回ったのだが、いっこうに見付からない。

「すみません、僕の勝手な想像で、時間ばかり食って」

坂本は恐縮していた。

「いいえ、あなたのせいじゃないわ」

佐知子は、坂本の肩をそっと握った。「少なくとも、こうして思い付いただけでも凄いことよ」

「そう言われると辛いです」

坂本は頭をかいた。

「この林ですものね」

と、佐知子は見回して、「もっと時間をかけてゆっくり捜せば……」

だが、その時間がない。正直、坂本の提案が、むだに終わっては、佐知子としても、打つ手がなくなってしまうのだ。

「ちょっと座って一息入れましょう」

と佐知子は言った。

「ええ。そこの切り株があるところで……」

切り株が、まるで公園のベンチのようで、高さも丁度いい。坂本がハンカチを切り株の上に敷いた。

「ありがとう。坂本さんも座って。ほら、少し空くから」

「ええ、でも……」

「一人じゃ、座ってても落ち着かないもの。ね、どうぞ」

「それじゃ……」

佐知子が少し腰を移動させて、場所を空ける。とたんに、かしっという音がして、切り株が傾いた。

「危ない！」

と坂本が手を伸ばしたが、間に合わず、佐知子はみごとにひっくり返ってしまった。

「——大丈夫ですか？」

「ええ……。何とか。でも、どうなってるの？」

起き上がって、佐知子は愚痴った。

「妙ですね」

と坂本は、転がってしまっている切り株を眺めていたが、「佐知子さん！」

と声を上げた。

「え？」

「ご覧なさい！」

切り株のあったあとに、すり鉢状の穴があって、その底には、金属の表面が覗いていた。そして、ちょうど古風な家のドアについているノッカーのような環が、それにくっついていた。

「それが……もしかすると……」

佐知子の声が震えた。

「きっと誘拐された娘がこの下にいるんですよ！」

坂本はかがみこんで、土を両手でかきだし始めた。佐知子も、服や手が汚れることなど構っていられない。一緒になって、土を必死にかき出していく。徐々に、土の下から金属の鈍い光が現われ始めていた。

「姉さんをどうしたって?」

秀一は声を震わせた。

「預かっている。姉さんを助けたくないかね?」

真山の、愉しげな声が伝わってくると、秀一はますますカッカしてくる。

「でたらめ言いやがって!」

「でたらめ?」

「そうとも。本当に姉さんがいるという証拠を見せろ」

秀一も多少は、駆け引きができるようになったらしい。

「あまり見ないほうがいいぞ」

「どうしてだ?」

「今、うちの若い者が四人がかりで、君の姉さんを味わっているところだ。その声を聞きたいか?」

人をカッとさせる点では、真山のほうがずっと役者は上である。

「この野郎! すぐやめさせろ! そうしないと貴様を八つ裂きにしてやるぞ!」

「怖いな」

と真山は笑って、「しかし、電話じゃ手が出まい」

「待ってろ！　今、そっちへ行ってやる！」

秀一は叩きつけるように受話器を置いて、奈美江の部屋を飛び出した。

おそらく、真山は、受話器を手に、笑っていただろう。


「——それを引っ張るんだ」

坂本が、環をつかんで、力一杯、引っ張った。

「だめ？」

「びくともしないよ。よし、車から工具を取って来ます」

坂本は急に十歳も若返ったような勢いで、車のほうへ飛んで行くと、すぐに戻って来た。

「さ、こいつを……隙間に先端の尖ったキリを刺し込むんだ。それで何とかなると思います」

坂本が必死で、その蓋を開けようとしている。

「大丈夫？」

佐知子は、坂本の手もとを覗き込んだ。キリキリと音がして、蓋が動く。

「動いたわ！」

佐知子は思わず声を上げた。後は楽だった。蓋は、箱全体に比べれば、小さいから、ポッカリと開いてきた。

「中に誰か？」

「待って下さい。人が――」

坂本は、頭を突っ込んで、ペンシルライトで照らしてみた。そして立ち上がると言った。

「いますよ。若い娘が」

「中に？」

「ええ。でも、死んでいます」

「死んでる？」

佐知子は、坂本の言葉をくり返した。

「死んでます。ともかく中へ入ってみましょう」

「大丈夫？」

坂本は、やっと通り抜けられるくらいの穴から、箱の中へ入っていった。佐知子は、急に全身の力が抜けたように、その場に座り込んでしまった。

ここまで必死に誘拐された娘を追って来た。そしてそれが弟と辰巳を救う唯一の希望だったのに……。今や、それも絶たれてしまったのだ。

しばらくして坂本が顔を出した。

「もう死んでだいぶたつんじゃないかな。無理もないですよ、こんな真っ暗な箱の中で」

「警察へ届けなきゃ」

「そうですねえ。しかし……これでますます事態は難しくなった」

「でも、待って……」

と、佐知子は声を上げた。

「どうしたんです？」

「その女性の物を——持ち物か何かを、真山に見せてやるのよ。まだ彼女が生きていると思わせて」

それは、ひどく残酷なことのように思えたが、事実、もう娘は死んでいるのだから、どうすることもできない。しかし、秀一と辰巳はまだ生きているのだ。

「そうですね、それしか方法はない」

と坂本は肯いた。

佐知子は、改めて、坂本が、いつもの愛すべき「のろま」から、こうも決断力に富んだ男に変わったのを見て驚いていた。死体が入っている箱の中に平気で入って行く、その度胸は、いつもの坂本からは想像のつかないものだった。

坂本は、腕時計、スカーフ、ブローチ、といった小物をいくつか持って、箱から出て来た。

「中を見せて」

と、佐知子は言った。

「見ない方がいいですよ。気持ちのいいものじゃない」

佐知子は肯いた。見ても、どうせ真山の娘の顔は知らないのだ。

後に薄く土をかぶせると、二人は車のほうへ戻った。

「――大丈夫ですか?」

と、坂本が言った。

佐知子は参っていた。坂本という協力者がいてくれると思うことで、かえって、気が緩んだのだ。しかし、今、息を抜くことはできない。

「大丈夫よ。ともかく真山に連絡をつけなくちゃ」

佐知子は真っ直ぐに背を伸ばして、深く息をついた。

車が走り出すと、佐知子は、暗闇の中で死んでいった娘のことを考えた。光も、何もない時間。——それはどんなに恐ろしいだろう。

「坂本さん」

「何です？」

「あの箱の中で——どうやって一週間も生かしておくつもりだったんでしょう？」

「いろいろと用意はしてあったようです。酸素、食料、水……。でも、恐ろしさで参っちゃったんじゃないですか。それか、犯人のほうで計算違いをして酸素が早くなくなったか」

「でも……おかしいわ」

と佐知子が眉を寄せた。「あんな大がかりな、手の込んだ準備をするには、大変な時間がかかるでしょう。それに、一人でできる仕事かしら」

「それはそうですね」

坂本も肯いた。「あれはかなり組織だった誘拐ですよ」

すると、辰巳の話と食い違っているような気がした。辰巳が古田秋夫にやらせたとして、あんな手間をかけるだろうか？

おかしい。佐知子はわからなくなってきた。この誘拐事件は、もっともっと奥の深いものかもしれない……。

三　終幕へ向かって走る

坂本は郊外のレストランで車を停めた。

「入りましょう。少し腹ごしらえもしないともちませんよ」

そういえば、もう昼をとっくに過ぎている。

「そうね、何か食べなきゃ」

食欲などあるはずもないが、ともかく、佐知子も坂本と一緒に食事をとることにした。

サンドイッチがくるのを待つ間に、佐知子は電話をしてしまおうと思った。

「電話をかけるわ」

「一緒にいましょうか?」

と坂本が腰を浮かす。

「いいえ、いいの。一人でないのが向こうにわかったらまずいわ」

佐知子は奥の電話へと歩いて行った。ボックス式になっているのが幸いである。二度、かけても坂本にはわからないだろう。

佐知子は、真山のところへ電話した。

「やあ、君か。早いね。もっと遅くなるかと思っていたよ」

真山の声は、相変わらず、落ち着き払っていた。「で、辰巳の居場所を教える気になったんだろうね」

「弟を返して下さい」

「条件を満たせば、だ」

「こっちはあなたの娘さんを押えてるんですよ」

「何だと?」

真山の声から、冷ややかな笑いを思わせる調子が消えた。「今、何と言った?」

「娘さんを見付けました。弟を返してくれたら、場所を教えます」

「それは、はったりだと思うがね」

「こっちにはちゃんと証拠になるものがあります」

「見せてもらいたいね」

「見たければこれから私の言う場所へ来て下さい」

しばらく真山は沈黙していた。

「いいだろう」

真山の声は、危険な男、凶悪な男のそれになっていた……。

佐知子は、続けて森田のところへと電話をかけた。そっと坂本のほうを振り返る。坂本は、表のほうをぼんやりと眺めていた。

「森田だが……」

「宮川佐知子です」

電話の向こうで、一瞬息を殺すような気配があった。

「――もしもし？」

「ああ……待っていたぞ。仕事は済んだのか？」

「相談があります」

「むだなことだよ、今ごろ――」

「真山の娘を押えています」

「――何だと？」

押し殺したような声だった。

「真山の娘です。誘拐されていたのを見付けました。あなたの役に立つんじゃありませんか？」

「苦しまぎれの出まかせじゃないのか」

「信じようと信じまいと勝手です。真山に教えれば、喜ぶでしょう」

「そんなことをすれば辰巳は死ぬぞ！」

食いついてきた。佐知子は、鼓動が早まるのを感じた。

「辰巳さんと交換に場所を教えます」

森田はしばらく考え込んでいた。計算しているのだろう。もちろん、佐知子が嘘をついていることは考えられる。しかし、佐知子に、力ずくで辰巳を奪い返すことができないことはわかり切っている。おそらく、乗ってくるはずだ、と佐知子は読んでいた。

「わかった」

ついに森田が言った。「どこへ行けばいいんだね？」


「兄貴、大丈夫かい？」

車が信号で停止すると、杉田は、後ろの座席に声をかけた。

「ああ……。今、どの辺だ？」

後ろの座席に横になったまま、辰巳は訊いた。

「もうすぐ真山のところだよ。――やめとけよ、兄貴、その体で」

「黙って走らせろ」

と、辰巳は言った。「途中でナイフを買ってくれ」

「わかった。金物屋を見付けたら買うよ」

杉田は諦めて肯いた。信号は青になった。

辰巳は、腹の傷が出血し始めているのを感じていた。さっき、森田のところでナイフを投げたとき、傷口が開いたようだ。

今度ばかりはもうだめかな、と辰巳は思った。別に、いつ死んでも構わないが、佐知子が殺されるのだけは、何としても防ぎたい。そのためには、簡単な手がある。警察へ知らせてやるのだ。しかし、それはできなかった。

辰巳はあくまで一匹狼で、警察という奴が大嫌いなのだ。

いくら追いつめられても、警察にだけは助けてもらいたくない。そのためには、もう少し生きていなくてはならない。

「あそこに店があらあ」

杉田が車を寄せて停めた。「待っててくれよ」

杉田は金物屋へ走って、すぐに戻って来た。

「――こんなもんでいいかい?」

「ああ。ナイフならいい。二本あるか？」

「うん、二本買ってきた」

「よし。貸せ」

辰巳はナイフを受け取った。また車が走り出す。

手の中にナイフがあると、辰巳は安心できるのだった。

自分がまともでないことは百も承知だ。しかし、少なくとも、まともでないことを貫いて、死んでやる。

しばらく走って、車はスピードを落とした。

「兄貴、もうすぐそこだぜ」

辰巳は起き上がった。苦痛が胸と腹に走る。

「大丈夫かい」

「ゆっくり走らせろ。塀に沿って」

辰巳は頭を低くして、窓から、表を見ていた。——真山の屋敷を囲む塀に沿って、車はゆっくり進んで行った。

「誰かいるぜ」

と杉田が言った。辰巳は前方を見た。若い男が塀の近くをうろついている。

「おい、あいつのそばで停めろ」

車は少しスピードを上げ、その男のわきを通り抜けそうに見せて、急ブレーキをかけた。

「おい！　乗れ！」

辰巳が言った。

「――お前か」

秀一は辰巳の顔を見て、車へ乗り込んで来た。「貴様、姉さんを……」

「静かにしろ。――おい、杉田、車を少し先へやって停めてくれ」

「姉さんは本当に真山に捕まってるのか？」

「誰が言った？」

辰巳は秀一の話を聞くと、「そいつは嘘だな」

と言った。

「どうしてわかる？」

「真山の奴にそういう趣味はない。お前をつり上げるエサだ」

「じゃ姉さんは――」

「真山を殺そうとしている」

「姉さんが？」

そう言ってから、秀一は、やっと辰巳の様子に気付いた。「どうしたんだよ、そのけがは？」

「俺のことは放っとけ。どうせ長くはねえ。だが、お前の姉さんは死なせちゃならねえぞ。そうだろう」

「もちろんだよ」

「じゃ、俺を手伝ってくれ。まず――」

「兄貴！　真山の車だ」

と杉田が言った。

真山の乗った大型車が、辰巳たちの車の目と鼻の先を走り抜けて行った。

「乗ってたぜ、真山が」

「よし、杉田、あの車を尾けてくれ」

と、辰巳は言った。早くかたをつけたい。生きているうちに。

「中央公園ですって？　新宿の？」

坂本はびっくりして訊き返した。

「ええ、そうよ」

「でも……まだ明るいですよ。人目もある」

「だから安全だわ」

坂本はゆっくり肯いた。

「なるほど、それもそうですね」

「人気のないところで会ったりしたら、それこそ捕まって、あらゆる手で拷問されるに決まってる。私、だめよ、すぐ白状しちゃうわ、きっと」

佐知子はコーヒーを飲みほした。

いよいよ正念場である。もちろん、今、秀一や辰巳を取り戻せるわけではないが、ここで真山と森田をうまく操ることさえできれば……。

もちろん、真山、森田と佐知子では、大人と子供どころか、巨人と赤ん坊ぐらいの差がある。だが、赤ん坊はただ一つ、巨人の欲しい物を持っている。そこだけが、頼みである。

「時間は？」

「四時」

真山と四時、森田とは五時に会うことにしてある。

「充分に人出はありますね。それにあの公園はよく警官がパトロールしてる」

「よく知ってるのね」

「アベックの名所ですよ」

「まあ、誰と行ったの？」

「歯ぎしりしながら、通り過ぎていましたよ、いつも」

二人は笑った。

また笑うときがくるだろうか、と佐知子は思った。今夜にはすべてのかたをつけてしまわなくては。――明日、もう一度、笑えるだろうか？

「もう出ますか？」

と、坂本が言った。

「今行くと……二十分前には着くわね」

「早過ぎますか」

「いいえ、こっちの都合のいい場所を選んでおかないと。――行きましょう」

二人は席を立った。

「どうも気に入らん」

と森田は言った。

「どうしました？」

子分の一人が、森田のグラスにウイスキーを注ぐ。

「あの小娘め。辰巳が逃げたのを知っているのかもしれん」

「じゃ、どうして……」

「辰巳が待っていて、俺を殺《や》るつもりかもしれんな」

「そんな元気はないでしょう」

森田はジロリと子分をにらんだ。ヘビのような、冷たい、無表情な目である。

「一人殺して逃げる元気はあったぞ」

「はあ……」

「見たほどには、辰巳のけがもひどくないのかもしれん」

「じゃ、お行きにならないほうが……」

「もし、あの娘の話が本当なら、逃すのは惜しい」

森田は、縞ガウン姿のままでしばらく考え込んでいた。

「じゃ、こうしちゃいかがです？　指定の時間までだいぶあります。早目に何人かやっておいて、向こうの来るのを待つんです。後は時間どおりいらっしゃれば。辰巳がどこにいても、絶対に安全です」

「それも悪くないな」

森田は肯いた。

「じゃ、仕度させましょう」

「しかし、あそこで派手に暴れてはまずいぞ」

「心得ております」

「よし、もしも辰巳が来たら、殺さずに車へ押し込んで連れ出せ。あの娘のことは、それから考える。すぐ出かけろ」

「承知しました」

と行きかけるのを、

「おい、待て」

と呼びとめて、「俺も行く。車の中で待ってることにしよう。何かあれば、いちいち電話している暇はないだろう」

「わかりました」

森田はグラスのウイスキーを一気に飲み干すと、着替えにかかった。

「尾けてくる車があります」

と、運転手が言った。真山は、傍の用心棒に、

「振り向くな!」

と鋭く言った。「——どんな車だ?」

「ボロ車ですね。振り切りますか?」

「いや、尾けさせておけ」

真山はためらわずに言った。「乗っている奴は見えるか?」

「いいえ。だめです。向こうもかなり慣れているようですね。見えるほどには近付いて来ません」

「ふむ……」

気に入らない、という顔で、真山は腕を組んだ。「辰巳の奴が、そういう尾行の勘は抜群だった」

「そうですね。しかし、辰巳じゃないと思いますが」

「なぜだ?」

「辰巳なら、こっちに気付かせやしません」

「なるほど」

真山は顎をなでた。「しかし、念のため……ということもある」

真山は車内の電話を取った。

「——ああ、真山だ。至急若いのを数人、追いかけさせろ。——そうだ。別の道を通って、先に中央公園へ着くようにしろ。こっちは四時だ。——少なくとも十五分前には着くように。わかったな」

真山は受話器を戻すと、ゆっくりとシートにもたれた。しばらく外の景色に見入っていたが、

「何時に着く?」

と運転手へ声をかける。

「四時五分前には、必ず。十分前ぐらいには着けます、その気になれば」

「急ぐことはない。五分前で充分だ」

車は赤信号で停止した。運転手が訊いた。

「お嬢さんはアメリカから戻られたんですか?」

真山はちょっと微笑んで言った。

「まだだ。来週には帰るだろう」

「気付かれたかな」

秀一は気が気でない様子で、前を行く真山の車を見ている。

「そう頭を動かすな。目立つぞ」

と辰巳は言った。「落ち着けよ」

杉田が、息を吐き出して訊いた。

「気が付いていると思うかい？」

「真山は抜け目のない奴だからな」

と辰巳は唇を歪めて笑った。「どっちだって構わねえさ」

「おい、あんた傷の手当てしなくていいのか？」

と秀一は言った。「ずいぶん出血してるじゃないか」

「放っといてくれ」

辰巳は動かなかった。今は、ともかく力を蓄えておかなくてはならない。肝心のときになって、力尽きてしまわないように。

車が再び走り出す。

「――なあ」

と、秀一が言った。「一つ、訊いていいかい？」

「何だ？」

「姉さんは……あんたとずっと一緒に逃げてたのか？」

辰巳は少し間を置いて、

「渋々だがな」

と肯いた。「だが、心配するな。お前の姉さんに指一本触れちゃいねえよ」

「本当かい？」

「――お前の姉さんは、俺が何としても守る」

と辰巳は言った。「お前はもう二度と迷惑をかけるな」

「うん」

「姉さんも、死体を捨てたりしているから、多少罪にはなる。だが、あの坂本とかいう、おめでたそうな野郎なら、きっと待ってるだろう。そう長いことじゃねえ。――初犯なら執行猶予かもしれん。お前は、ちゃんと人をひいた罪は償うんだぞ」

「わかってるよ」

秀一は目に涙が浮かんできて、あわてて拭った。

「いい姉さんじゃねえか。大事にしろ」

と、辰巳は言った。

「もうすぐ着くぜ」

ハンドルを握った杉田が、言った。

「ちょっとすみません」

坂本が、道の端に車を寄せて停めた。

「どうしたの?」

と佐知子は訊いた。

「ええ、ちょっと……その……緊張してるせいか、手洗いに……」

佐知子は微笑んだ。

「どうぞ、行って来て」

「すみません。時間は大丈夫。もう十分ぐらいで着きますから」

「ええ、待ってるわ」

坂本は車を出ると、並んでいる小さなビルの間へと、駆け込んで行った。

佐知子は微笑みながら、ぼんやりと、表のビルを見上げていた。少し先に、背の高いビルがある。ガラス窓が大きく斜めの角度で開いていた。

そこに、今、坂本の入って行ったビルの谷間が映っている。じっと目をこらすと、坂本の姿が見えた。

坂本は、電話をかけている。赤電話を使っていた。

電話？　どこへ？　――佐知子はいつしか、車から出ていた。

そのビルのほうへ歩いて行くと、角から、そっと中を覗き込む。少し奥なので、声は聞こえないが、何か熱心に話しているのが見える。

佐知子は、よろけるように、その場を離れた。――坂本が嘘をついていた！

どこへ電話したのか？　誰に？　なぜ佐知子に黙って……。

佐知子は車に戻ると、両手で顔を覆った。たった一人、味方だと思っていた坂本が、嘘をついていたのだ。ショックだった。

そういえば、急に誘拐された娘が地中に埋められているかもしれないと言い出して、それをうまく見付けたり、あの箱の中へ平気で入って行ったり。いつもの坂本と、まるで違って見えたのは、坂本が、あらかじめ知っていたせいではないのか。一体坂本は、誰のために動いているのだろう？

坂本が、姿を見せた。小走りにやって来る。

佐知子はブレーキを戻して、車をスタートさせた。

「――佐知子さん！」

坂本が走って来た。佐知子はアクセルを踏んでスピードを上げた。坂本の姿がどんどん遠ざかって行く。

もう誰の力も借りない！　自分一人でやるほかはないのだ。佐知子はハンドルをきつく握りしめていた。

中央公園の裏側に、佐知子は車を停めた。

表に出て、左右を見回す。——別に、怪しい人影はなかった。

もちろん、まだ明るいので、人通りは少なくない。腕時計を見ると、四時に十分前だった。

先に、どこかいい場所を見付けておいたほうがいい。公園に入って行くと、アベックと行き会う。広場になったあたりには、熱っぽいカップルがやたら目についた。

ベンチは全部占領されている。しかし、この辺のほうが、人目が多くて安全だろう。

佐知子は、ぶらぶらと広場を横切って歩き出した。

日曜日の中央公園はどのベンチも、アベックで埋まっている。これだけの人出である。

真山にしても、森田にしても、手出しはできまい。

佐知子は、不思議に落ち着いた気分であった。おそらく、弟と辰巳のために、命を賭けるのだ、という気持ちがあるからだろう。

これが自分のためだったら、これほど静かな気持ちでいられるかどうか、自信はなかった……。


うまい具合に、広場を囲むベンチの一つから、アベックが立ち上がって、腕をくんで歩いて行った。佐知子は、その空いたベンチに一人で腰をおろした。アベックの立ち去る後ろ姿を眺めながら、あの二人、これからどこへ行くのかしら、と考えていた。

ホテルにでも行くのか。

以前の佐知子なら、そんなことにはちょっと顔をしかめたものだが、今は、何のとがめだてをする気もしない。愛し合うことは、命の証しである。もし、ここに辰巳がいたら、大胆に抱かれてもいい、と佐知子は思った。

生きて再び、辰巳や秀一に会うことはないかもしれないが、そう考えても、恐怖は感じない。ただ、漠然とした寂しさを想うばかりである。

そろそろ時間だ。真山は本当に来るだろうか？　佐知子はそっと周囲を見回した。どこからも真山の姿が近付いてくる気配はない。

もし来なかったら？　ともかく、この計画は進めるほかはないのだ。

四時、公園の正面階段を上ったところに立つ時計塔の短針が「4」を指していた。

「やあ」

突然、声がして、佐知子は弾かれるように立ち上がった。——真山が立っていた。

「びっくりさせたかな」

と、真山は笑った。「私は足音をたてずに歩くのが得意でね」

「幽霊みたいね」

佐知子は、必死で自分を取り戻した。真山に優位を与えたくなかった。

「話があるんだろう」

真山は微笑んで、「車へ行って話さないかね」

「ここで話すわ。ここでなけりゃ、話せないわよ」

「いいだろう」

真山はベンチに腰をおろした。

佐知子は、真山と少し間をあけて、座った。

「そんなに離れちゃ愛を囁けないと思うがね」

「弟は？」

「元気だ。今後も元気かどうかとなると、君の話次第だがね」

「あなたの娘を押えてるわ」

「証拠の品を」

佐知子は、ポケットから、坂本が手渡してくれた、腕時計、スカーフ、ブローチを取り出して、真山との間に置いた。

「さあ、これは娘さんの物でしょう」

佐知子は息を殺して、真山の表情をうかがっていた。真山の反応一つに、秀一の命がかかっているのだ。

真山は、まず腕時計を、それからスカーフを、そしてブローチを取り上げた。真山の表情からは何の感情も読み取れない。

「さあ、いかが？」

と佐知子は言った。

突然……真山が笑い出した。心から愉快そうに、声を上げて笑ったのである。

佐知子は、あまりに思いがけない反応に、唖然としているばかりだった……。

森田は車の中で、苛立っていた。

待つのはともかく、待たされることが、我慢できない。真山にくらべて、大物になるためには、何かが欠けている。

「まだ戻って来ないのか！」

窓から顔を出して、子分の一人に不機嫌な声をぶつける。

「もうすぐ戻ると思いますが……」

「全く、グズな奴らだ！」

公園の裏手。道端によせた車で、森田は公園の様子を見に行った子分が戻ってくるのを待っているのだった。

苛々とタバコをふかしていると、やっと一人が駆け戻ってくるのが見えた。

「――どうした？」

「女がいます……」

「女？　あの宮川佐知子か？」

「そうです」

「辰巳は？」

「いないようです。今、公園の中を当たらせています」

「わかった。よく捜せ」

「はあ、それから――」

「まだあるのか？」

「今、あの娘、真山と話しています」

「何だと？」

森田は、窓から乗り出しそうにして、「それを先に言え！」

と怒鳴った。

「すみません」

「他には？」

「今のところ、目につきません」

「真山一人か？」

「そのようです」

森田は考え込んだ。

真山と宮川佐知子か。――どういうことなんだ、これは？

「二人はどんな様子だ？」

と森田は訊いた。

「はあ。年齢が違いすぎて、どう頑張ってもアベックには見えませんね」

「馬鹿、そんなことを聞いてどうする！」

「あ、あの――何やら真山の奴、笑ってました」

「笑って？」

面白くない、と森田は思った。真山を殺せというのが、命令なのだ。それが談笑しているというのは……。

見通しが甘かったかな、と森田は思った。あの娘にとって、辰巳はもうどうでも良くなったのだろうか？　しかし、あのときの娘の眼差しの真剣さは、演技ではなかったはずだが……。

「おい、真山と娘の様子をよく見張っていろ。いいか」

子分がまた吹っ飛んで行く。

「おい」

森田は、外に立っている子分に声をかけた。

「公園の中に、真山の子分が必ずいる。よく捜させろ！」

「わかりました」

子分が走って行くと、森田は車から表に出た。運転していた子分が、

「外にお出にならないほうが」

と言いかけたが、森田の苛立った目にあって、あわてて口をつぐんだ。

真山が一人で来ているはずはない、と森田は思った。もちろん臆病者ではないが、慎

重な男ではある。

用心することと、恐れることは全く違うのだ。真山もそれは知っている。

森田は車の中に戻って、窓から顔を出していた。

誰かが、道を歩いて来る。森田の車の後ろの方からやって来るので、森田は気付かなかった。

そして、不意に目の前に誰かが立っているのに気付いた。

森田が目をあげると、辰巳が立っていた。——声を上げる間もなかった。

銀色の光が、森田の首筋に水平に走った。森田は車内に倒れ込んだ。血潮が吹き上げて、車の床に流れ落ちる。

運転席の男が拳銃を抜こうとしながら、振り返った。二つの動作を同時にやろうとしたのが間違いだった。かえって、銃を抜くのが遅れた。胸をナイフが貫くほうがはるかに早かった。

男は短い声を上げて、自分の胸に突き立ったナイフを見下ろしながら、そのままゆっくりと倒れて行った……。

辰巳はよろけた。

「大丈夫かい?」

支えたのは秀一だった。

「ああ……。公園の中へ連れて行ってくれ……」

「無理だよ！　大勢いるんだぜ、きっと」

「いいから、早く手を貸せ！」

「わかったよ」

秀一は、辰巳を抱きかかえるようにして、歩き出した。


「何がおかしいの！」

佐知子は叫ぶように言った。

「いや、失礼……」

真山はやっと笑いを抑えて、「君のはったりも大したものだと思っていたが、実際、何も知らないのか、君は」

と、顎を撫でた。

「何のこと？」

「私の娘は来週アメリカから帰って来る予定でね」

真山の言葉の意味を、佐知子が呑み込むのに、しばらくかかった。

「つまり……」

「私の娘は誘拐などされていないのだよ」

「でも……」

佐知子は、大地が足許から崩れて行くような気がした。一体、何がどうなっているのか？

「それなら……なぜここへ来たの？」

「〈娘〉という言葉の意味を取り違えていたのでね」

「意味？」

「そう、つまり——」

真山が言いかけたときだった。

「姉さん！」

と、呼びかける声があった。

「秀一！」

佐知子は立ち上がった。

秀一が真っ直ぐに突っ走って来る。真山が立ち上がったが、そこへ秀一が頭からぶつかって来た。

真山は低く呻いて、ベンチの背もたれを越えて裏側へ一転して落ちた。

「この野郎！」

秀一はベンチを飛び越えると、真山を引きずり起こして、固めた拳をその顎へ、思い切り叩きつけた。

真山が広場の土に這った。

「やめろ……こいつ！」

真山は、口の端から血を流しながら、体を起こした。

「おい！　誰か、こいつを殺せ……誰か！」

佐知子は秀一の腕をつかんだ。

「秀一！　捕まってたんじゃなかったの？」

「ええ？　こいつ、そんなこと言ったのか？　俺には姉さんを捕まえてると言いやがったんだぜ」

佐知子の目に怒りが燃え上がった。真山が、立ち上がると、駆け出した。

すると——突然、並んだベンチのアベックたちが、一斉に立ち上がったのである。

真山が足を止めた。

「警察だ！」

佐知子の聞き憶えのある声がした。そこここで銃声が二、三度響いたが、それきり静かになった。

真山はゆっくりと振り向いた。佐知子は息を呑んだ。

真山の胸に、ナイフが根元まで突き立っていたのだ。

真山は佐知子の方へ、二、三歩、進んで来た。アベックを装っていた刑事たちが、駆け寄って来る。

真山は佐知子のほうへ手をのばして、倒れた。

「——ここだぞ！」

と、声が上がった。

今、真山が逃げようとした、正面の茂みから、刑事の一人が手を振っている。

佐知子は走り出した。広場を飛ぶように横切り、茂みへ駆け込んだ。

辰巳が突っ伏して倒れていた。

「もう死んでます」

と刑事が言った。「最後の力であのナイフを投げたんだな」

佐知子は辰巳のわきに膝をついた。頭をそっと持ち上げると、瞼を指で閉じてやる。

大勢の足音が近付いて来た……。

再び、月曜日

一　娘の顔

「――やあ」

矢野刑事の笑顔は、一週間前に見たときと、少しも変わらなかった。

「いろいろご面倒をおかけしました」

佐知子は頭を下げた。

警察の取調室は、薄暗く、寒々としている。

「ゆうべは眠れましたか。いや留置場に入ってもらうのは気の毒なようでしたが、そうしないとマスコミがつきまといますからね」

「ありがとうございます。ゆっくり休みましたわ」

佐知子は微笑んだ。ドアが開いて、コーヒーが運ばれてくる。矢野が取ってくれたらしい。心遣いが、ありがたかった。

実際には、佐知子は、ほとんど一睡もしていなかった。辰巳の死に顔と秀一の顔が、絶えず目の前をチラついていた。

「いろいろと伺いたいことはあります」

と矢野は言った。「しかし、一応、あなたの立場で、いっさいを話してみて下さい」

「はい……」

今度こそ、佐知子は、発端になった、秀一の轢き逃げから、すべてを語り尽くした。話しながら、それが、自分自身にも、まるで荒唐無稽な作り話のように思えてならなかった。長い長い夢を見ていたかのようだ……。

何時間もかかって、やっと語り終えたときは、喉がカラカラに渇いていた。

「水を――」

と、矢野が、冷たい水のコップを持って来てくれた。

「弟は、人をはねただけで、それを黙っているように、私が言ったんです。多少は、罪が軽くなるでしょうか」

「あなたの罪になりますよ」

「自分のしたことの償いはします」

矢野は、黙って佐知子を眺めていた。

「――お訊きしたいことがあるんです」

と、佐知子は言った。

「わかっています。誘拐された娘のことですね？」

「そうです。今日までの命だと脅迫状にありました。でも、真山の娘はアメリカにいると……」

「説明しましょう」

矢野は言った。「そもそもが、詐欺事件に端を発しているのです」

「詐欺事件？　あの――K物産で聞かされた話ですか？」

「そうです。あの詐欺は事実あった。そして自殺、心中も一、二件に止まらなかったのです」

「それは真山が――」

「いや、真山は関係ありません」

と、矢野は首を振った。

「でも名刺に名前が……」

「もし真山が本当に絡んでいるのなら、あんな名刺は使いませんよ」

なるほど、それはそのとおりだ。矢野は続けて、

「おそらく真山の商売敵の誰かが、わざと真山の名を使って詐欺を働いたのです。K物

産は、事実上真山の密輸の裏の顔なんですよ。そして、木下は真山を裏切って、その詐欺に一枚加わっていた。だから殺されたのです」

「木下さんは私に何を話すつもりだったんでしょう？」

「たぶん、あなたを仲間に加えようとしていたんだと思いますね」

「何の仲間に？」

「真山の娘を誘拐する計画のです」

「でもその計画は、辰巳が……」

「もともとは、詐欺の被害にあった人たちが企てたのですよ。木下はこれが秘密の投機だからと説明して、その話の裏付けとして真山の名刺を使ったのです。だから被害にあった人たちは、てっきり真山に金を騙し取られたと思い込み、その分を奪い返すべく、真山の娘を誘拐しようと決めたのです。木下がそれをひきつける役だった。——あなたをいったんはぐらかしておいて、それでもあなたが諦めないと知ると、あなたを仲間に加えようとした。わざわざその空家に女を配置しておいたのも、あなたの出方をみるためだったのでしょう」

「でも木下さんを殺したのは辰巳でしょう？」

「はっきりはわかりません。おそらくそうだろうとは思いますが」

「なぜ殺したんです？」

「木下は、辰巳が前から真山の下で働くことに不満を持っているのを知っていました。そこで辰巳に、誘拐の計画を打ち明けたのでしょう。木下一人ではそんな真似はできませんからね。辰巳はそれに乗った。しかし、詐欺の被害者のために働くなどというのは辰巳には気に入らない。そこで古田を使って、自分で真山の娘の誘拐をやろうと思い立ったのですね。だから、どうせ木下には消えてもらわなくてはならなかった……。木下を殺せと命令したのは真山だったんじゃないかと思います。木下が裏切っていたことを、真山も感づいていたのでしょうね」

「それで誘拐計画はどうなったんですか？」

「まあ、お待ちなさい」

と、矢野は立ち上がって、「どうです、ドライブに行きませんか？」

「え？」

「あなたが捨てた男の死体を引き上げなくてはなりませんからね」

と、矢野は言った。

パトカーは奥多摩へ向かって走っていた。

「辰巳は古田に、誘拐計画の準備を任せていたようですね。古田は用意周到に、以前、犯罪実話などで読んだ手口——つまり、大きな箱を地中に埋めて、そこに人質を閉じ込める、というやり方にしようと、まず、あらかじめ、あの林の中に、箱を先に埋めておいたのです」

「じゃ、坂本さんが考えたわけじゃないんですね」

と、佐知子はようやく気付いた。「坂本さんは、私が昨日の朝電話したとき、すぐあなたへ知らせて……」

「あなたが手配されてから、坂本さんとはよく話し合っていたのですよ。そして、あなたの弟さんが事故を起こしたことも聞いていました。車のキロ数から計算して、方々を調べましてね、一昨日、やっと箱を見付けていたのです」

「中の人質は？」

「中には人はいませんでした」

佐知子は戸惑った。

「つまり……」

「あなたは中を覗かなかった。中にはわれわれが、女性が身につけるような小物を入れておいたのです」

「坂本さんにうまく騙されたわけですね」

と、佐知子は言った。

「坂本さんを恨まないで下さい。全部、私の要請でやってもらったことですから」

「でも、なぜ誘拐計画のことがわかったんですか？」

「脅迫状です」

「あの脅迫状……」

「あなたの部屋の引出しの中に入っていたでしょう。無断で調べさせていただきましてね。あなたがスリの容疑で捕まっている間に」

「あのスリ騒ぎは？」

「真山の警告、というところでしょうね。ともかく、われわれはK物産と木下の動きを張っていた。そして木下が殺され、あなたが待ち合わせの相手だった、というので調べさせていただいたわけです。しかし、脅迫状だけ見ても、何のことやらわかりません。元に戻して事態を見守ることにしたわけです」

「あの箱の中は空だった、とおっしゃいましたね？　じゃ、誘拐された人はいなかったんですか？」

「〈人〉ではなかったんです」

「人……じゃない？」

「そこが間違いのもとでした。辰巳も、真山の用心棒として、かなり幅のきく存在であったことは確かです。しかし、ナイフの扱いは天才だが、いわゆる取り引きや密輸の仕事、そのものにかかわり合ったことはありません。だから、真山が取り引きの相手との電話で、麻薬のことを〈娘〉という符牒で呼んでいることを知らなかったのです」

「符牒……」

「電話を録音されたりするのを用心していたのですね。――しかし、辰巳は、それが本当の娘のことだと思い、古田へ連絡して、誘拐の手はずを整えた」

佐知子は混乱していた。では、あんなにも必死になって捜し続けた「真山の娘」は、麻薬の包みのことだったのか？

「そして、古田はみごとに〈娘〉を奪ったわけです」

と、矢野は言った。

パトカーは、多摩の林の中を走っていた。

「でも……あの車の中の毛布に髪の毛が……」

「古田が自分で使っていた毛布ですよ。たぶん古田の髪の毛でしょう」

佐知子も、女性の髪かどうかまでは確かめなかった。

「あの脅迫状の内容は……」

と佐知子が言った。「本当の娘のように書いてありますが」

「古田が、計画を実行する前に作っておいた手紙ですからね。〈娘〉の意味を知った後で、変える暇がなかったのですよ」

「じゃ、それを辰巳に知らせないうちに古田は死んでしまったわけなんですね」

「そういうわけです。古田は、人質の代わりに麻薬をあの箱の中に入れて隠しておいた。あれも商品としての値打ちは莫大ですから、真山をゆすることはできると思っていたのでしょう」

佐知子はしばらく、じっとパトカーの前方を見つめていた。

無性に寂しい。一週間の、必死の闘いが、急にすべて虚しいものになったような気がする……。

「――どの辺ですか」

と、運転している警官が訊いた。

「見付かりました！」

ずっと下のほうから、大声が聞こえてきた。

佐知子は目を閉じた。自分が放り込んだ死体が、今、上がってくるのである。

「よし、ロープ！」

「——しっかり結べ！」

「おーい、ゆっくり上げろよ」

声が飛び交う。

急な斜面を真っ直ぐに降りたロープが、ズルズルと車をこすりながら、引き上げられてくる。その先に、防水布に包んだものが、縛りつけられている。

「確認さえしてもらえばいいんですからね」

と、矢野が言った。

「それから——」

と、佐知子は、ふと思い出して、「あの古いビルの地下で古田春子さんが殺されたのはなぜですか？」

「あの地下室は、真山の使っていた密輸品の隠し場所だったのです。古田は、麻薬だけでなく、他の品物を手に入れようとした。そこで、あのビルの前で妹と待ち合わせたわけです」

「でも現われなかった……」

「そうです」

「彼女を殺したのは？」

「それは――」

と言いかけたとき、ロープの先のもの、、が、足許に上がってきた。

「さあ、ちょっと見て下さい」

「はい」

佐知子は、ゴクリと唾を飲み込んだ。

「――いかがです？」

と、矢野が訊いた。

布がまくられて、あの若い男が、もう変わり果てた姿で横たわっている。

「この人です」

と、佐知子は肯いた。

「確かですね」

「はい」

「結構……」

矢野が、あれこれ指示を与える。

佐知子は少しわきへどいて、その様子を見ていたが、そこへ、

「――姉さん」

秀一の声がした。

「来てたの」

「うん……」

秀一は、防水布で再び包まれた体のほうを見やった。

「あれかい？」

「そうよ」

二人はしばらく黙っていた。やがて、秀一が口を開く。

「もうこれで姉さんには見捨てられるね、きっと」

「何言ってるのよ」

と、佐知子は笑った。

「笑ったね、姉さん！」

と、秀一は声を弾ませた。

「当たり前じゃないの」

佐知子は弟の肩をそっと抱いてやった……。

二　もう一つの影

古田の死体を収容し終わると、佐知子と秀一は、矢野と一緒にパトカーの後部座席に乗り込んだ。

警官の運転するパトカーが走り出すと、佐知子は、矢野に訊いた。

「さっき、話しかけていたこと——古田春子を殺したのは誰なんですか？」

「ああ、そうでしたね。実は、あなたの弟さんが古田をはねたとき、あの現場に、もう一人の男がいたんです」

「もう一人の男？」

「そうです。おそらく茂みの中から、古田がはねられるのを見ていた。しかし、死んでしまったのは間違いないと思って出て行かなかったのでしょう。古田が、運転免許証など身許のわかる物を何一つ持っていなかったのは、弟さんが古田の死体を林の中へ隠した後で、その男がそっとポケットの中を空にしておいたからです」

「でもあの脅迫状は——」

「脅迫状は俺が先に抜いて持ってたよ」

と秀一が言った。

「そうだったわね。でも——真山の名刺があったわ」

「それだけを、男は見落としたのですよ」

と、矢野は言った。

「一体それは……」

「〈K物産〉の絡む詐欺にひっかかった被害者たちが、真山の娘を誘拐しようと思っていたことは話しましたね。ところが、それを知って、自分も一枚そこに加わりたいと思った男がいたのです」

と、矢野は言った。「その男は、辰巳が古田を使って計画を実行しようとしているのを知って、古田に話をもちかけました。自分は何かと有利な立場にいる。だから、辰巳の使い走りなんかやめて、俺と組もう、と古田を説きつけました。古田があの真山の偽名刺を持っていたのは、そのせいなのです」

「じゃ、その男も〈娘〉を本当の娘だと思っていたんですか？」

「おそらくね。そして古田とあの場所で待ち合わせて、後からやって来た。そして古田がはねられてしまうのを見た……」

「それで？」

「その男は、古田から、古い空ビルの地下に密輸品がしまってあることは聞いていましたが、そのビルがどこかは知らなかった。そこで、古田に妹があることを調べて、そこを見張っていたのです」

「じゃ、私が春子さんのオートバイに乗っていたとき尾行して来た車はその男のものだったんですね?」

「しかし、まかれてしまった。男は仕方なくもう一度古田春子の家を見張って、その夜、早く着いた彼女が先に一人でビルの地下へ降りて行くのを尾けて行って、殺したのです。そして中の品物を急いで運び出し、春子の死体はボイラーの下へ押し込んでおいた」

「その品物というのは、やっぱり地面の中の箱に隠したんですか?」

「いいえ、古田はその男にも、〈娘〉をどこへ隠すか、言わずに死んでしまったのです。だから、その男も、本当の真山の娘がどこかに閉じ込められていると信じていたはずですよ」

「あの地下室で私たちをガスで殺そうとしたのもその男なんですね。——一体誰なんです? その男は?」

と佐知子が訊いた。秀一が、ふと窓の外を見て、

「あれ? どこ走ってんだい?」

と言った。パトカーは、細いわき道へ入っている。

「おい、道に迷ったのか?」

矢野が運転していた警官に声をかける。

パトカーが急に停まった。佐知子は危うく頭を前の座席の背にぶつけるところだった。

「おい気を付けろ!」

と矢野が腹立たしげに言った。

「そちらこそ気をつけて下さい」

聞いたことのある声だ、と佐知子は思った。運転していた警官が振り向いた。

「梅井!」

矢野がハッとした。その目の前に拳銃の銃口が突きつけられた。――梅井刑事だ。

「この人は、あなたの部下の……」

と佐知子は矢野を見た。

「そうです。しかし、欲を出して、道を誤って、……この男が古田春子を殺したのです」

梅井は制帽を捨てると、銃口を佐知子へ向けた。

「矢野さん。下手に動くとこの女を撃ちますよ」

「馬鹿な真似はよせ！」

「あなたが僕に休暇をくれたときから、おかしいと思っていたんだ。アパートへは帰らず、近くで様子をうかがっていると、二人、僕を逮捕にやって来た。――そうはいきませんよ。僕は逃げのびてみせる」

「そんなことが不可能なのはわかっているだろう」

「やってみなきゃわかりませんよ」

と梅井は言って、「くすねた品物をさばけば多少の金にはなる。それに人質がいればね」

「人質だと？」

「この女を連れて行きます」

佐知子は青ざめた。「――おとなしく来なきゃ、弟を撃ち殺すぜ」

「わかったわ。行けばいいんでしょう」

と佐知子は言った。

「やっぱりてめえ、真山とグルだったんだな」

と秀一が言った。

「あのマンションで捕まって取り引きしたのさ。お前の知っていることを訊き出してやると言って、あの用心棒を殺したふりをしたんだ。命を助けてやれば、お前がしゃべると思ってな」

「野郎！」

突然、秀一が梅井の拳銃めがけて飛びかかった。拳銃が轟然と鳴って、秀一が腕を押えて倒れる。矢野が梅井の腕をつかんで、二人はもみ合いになった。佐知子は秀一を抱き起こした。

「秀一！　大丈夫？」

「姉さん！　逃げろ！」

佐知子はドアを開けた。外へ転がり出ると、他のパトカーが、捜しに来たのか、走って来るのが見えた。

「早く来て！　早く！」

佐知子は夢中で叫んでいた。

エピローグ

青空に向かって、噴水が高くのび上がった。

「きれいねえ！」

アベックが肩を寄せ合いながら、歓声を上げた。——昼下がりの日比谷公園は、平日のせいもあって、人の姿はまばらだった。休日なら溢れんばかりのアベックも、今はいやに目立つ。

佐知子は池のへりに腰をおろしていた。——暖かく爽やかな日だが、まるで木枯しが吹き抜けていくような冷たさが、胸の中で氷のようにはりついていた。

今、佐知子は保釈中の身である。犯した罪については率直に有罪を認めているので、おそらく裁判は早く終わるだろう。捜査に協力したという矢野の口添えもあって、執行猶予になるだろうと言われていた。

足音が近付いて来る。——坂本だった。

「待たせてすみません」

坂本は相変わらずの人のいい笑顔を見せた。

「お昼でもどうです?」

「秀一を待っているから」

「そうですか」

坂本はちょっとためらってから、佐知子の隣りに腰をかけた。「——僕のことを怒っているでしょうね」

「いいえ! どうして?」

「警察へ知らせてしまったから」

「でも、それは当然だわ」

「あなたはあの男を愛していたんでしょう」

「辰巳のこと?」

「ええ」

佐知子は、舗石のひび割れをじっと見つめた。それはちょうど十字の形を描いて、不細工な十字架のように見える。

「たぶん……ね。馬鹿げたことだってわかってはいるんだけど……」

病的な殺人犯。そんな男でも、愛してしまうことはあるのだろうか? あのまま、辰巳と逃げ続けていたらどうなったかと、ときどき考えることがある。——だが、考えてみたところで、辰巳は死んでしまったのだ。

「あの男、佐知子さんを助けるために、重傷の体で、あそこへやって来たんですね。よく動けたもんだ、って警察医がびっくりしていたそうですよ。――偉い男だな。僕みたいな弱虫には真似できません、とても」

と、坂本はため息をついた。

「坂本さん」

佐知子は坂本の手を握った。「あなたはいい人ね。――一年か、それくらい、私のことを待っていてくれる？」

「一年……。一年ですか」

「一年か、二年か。それとも一週間かもしれないけど。――夜、床に入って、目をつぶったときに、辰巳の顔でなく、あなたの顔を思い浮かべる日がきたら……あなたのところへ戻って来るわ。図々しいお願いだけど」

「とんでもない！」

坂本は頬を紅潮させた。そして呟いた。「もうちょっと特徴のある顔だとよかったなあ……」

佐知子は坂本の姿が見えなくなると、立ち上がった。反対側を振り向くと、ちょうど秀一が走って来るのが見えた。

「姉さん！　待った？」

「そうでもない。どう？　弁護士さん、何だって？」

「うん。矢野さんがいろいろ頼んでくれたみたいでね、何とか最低の刑で済むだろうって」

「よかったじゃないの！」

秀一は、ちょっと困ったような顔で笑った。このいたずらっ子のような顔が、女性の母性本能をくすぐるのである。

「姉さん、勤め先、見付かった？」

「よさそうなところがね。たぶん、そこに決めるわ。事情も承知してくれてるし、——どう？　お昼、食べる？」

「うん」

二人が歩きかけると、

「秀一！」

と女の声がした。

振り向いて、秀一が、

「あの野郎――」

と呟いた。

奈美江である。

「捜しちゃったわよ。やっと見付けた！」

と走って来て、息を弾ませる。

「何の用だよ？」

「あら、冷たいのね。同棲してた相手を、そうすげなくしなくてもいいでしょ」

と図々しく腕を絡めてくる。

「よせよ、おい。お前なんかもうごめんだよ」

「お姉さんの前だからって、そう逃げなくたっていいじゃない。ねえ、アパートへ行かない？」

秀一は、奈美江の胸を思い切り突いた。奈美江は池のへりから一回転して、水しぶきを上げて池へ落っこちた。

「さ、行こうよ、姉さん」

と秀一が佐知子の腕を取る。

佐知子は微笑んだ。

わめき散らす奈美江の声を背に、二人は、恋人同士のように腕を組んで歩いて行った。

解説

山前《やままえ》　譲《ゆずる》
（推理小説研究家）

いよいよ「赤川次郎サスペンス劇場」の開演である。数多《あまた》ある赤川作品の中から選ばれた極上のサスペンス・ミステリー、『顔のない十字架』、『棚から落ちて来た天使』、『まっしろな窓』、『うつむいた人形』の四作が、このサスペンス劇場にラインナップされている。オープニングはノンストップ・サスペンスの『顔のない十字架』だ。

主人公の宮川《みやがわ》佐知子《さちこ》は二十五歳。平凡なＯＬだったのに、弟の秀一《しゅういち》が交通事故を起こし、その事故を隠蔽し、誘拐事件とかかわってしまったため、穏やかな日常に別れをつげることになる。予想のできない危険な出来事が次々と起こり、死の恐怖に幾度となく直面する。最初から最後まで、サスペンスの途切れることのない展開は、赤川作品のなかでも特筆されるだろう。

なかなか適当な訳語がないまま、「サスペンス」はすっかりポピュラーなものとなった。どこか途中で中断されたり、あるいは宙ぶらりんになっている状態、つまり、この次に何が起こるのか分からない、落ち着かない不安な状態を表しているのだが、もはやそんな語義を語るまでもないだろう。サスペンスに満ちた小説は、なかなか先の展開が見えてこない。だから、興味をかきたてられ、ついついページをめくるスピードが速くなっていく。

そんなサスペンスはなにも、ミステリーというジャンルの専売特許ではない。あらゆる小説に必要な要素といっても過言ではないのだ。恋愛小説であれば恋が成就するのか、青春小説であれば若者たちの行く末が気になる。剣豪小説ならば勝負の結果が気になるだろう。サラリーマン小説であれば、はたして出世するのかどうか……これはちょっとサスペンスの例には相応《ふさわ》しくないかもしれないが、ジャンルを問わず、小説にはサスペンスが不可欠なのである。

これは極論ではない。赤川氏も、「ハラハラドキドキしながらページをくるのももどかしく、先へ先へと引きずられて行く楽しさは、ミステリーも含めて、あらゆるエンタテインメントの基本ではないでしょうか」と、『ぼくのミステリ作法』で述べているのだから、間違いないのだ。

ただ、ミステリー以外のジャンルでは、サスペンスは味を引き立てるスパイスのひとつかもしれない。恋愛小説のメインの食材は恋愛である。サスペンスはけっして料理の本質的な味を決めるものではないだろう。しかし、ミステリーでは違う。サスペンスは堂々たるメインの食材なのだ。それだけでもたっぷり満足できるのだ。

サスペンス・ミステリーでは、主人公の不安な気持ちが高まっていけばいくほど、読者の不安な気持ちも高まっていく。主人公がぎりぎりの極限状態に追い込まれれば追い込まれるほど、より物語に引き込まれていく。作中人物にすっかり感情移入してしまい、限界状況のサスペンスを同じように体験してしまう。この『顔のない十字架』がまさにそんなミステリーである。

それは佐知子のもとにかかってきた一本の電話から始まる。車で人をはねたんだ。殺しちゃったんだよ——動転した声の主は弟だった。すぐに現場に駆けつけ、若い男の死体を確認した彼女は、たったひとりの肉親である弟のために、死体を隠してしまう。犯罪とは重々分かっていたけれど……。

ただ気になったのは、被害者の服のポケットに入っていた手紙である。お前の娘は預かった。三日以内に五千万円を用意しろ……娘は誰にもわからないところに隠してある……次の月曜日には、確実に、かつ自動的に娘の命はない……。誘拐事件の脅迫状⁉

月曜日には確実に死んでしまう⁉

なんとかしてその娘は助けてあげたい。でも、警察に詳しい事情を相談するわけにはいかない。宛名が書いていないので、その手紙を誰かに渡すこともできない。かといって、そのままにしてはおけないと、佐知子は自らの手で、危機の迫っている娘の居場所を見つけだそうと決意する。やはり死体のポケットにあった、〈K物産課長・真山一郎《まやまいちろう》〉という名刺だけを頼りにして。

サスペンス・ミステリーのなかでもとりわけサスペンスフルなのは、タイムリミット・パターンだろう。限られた時間までに、あることを成し遂げなければ、危機的状況になってしまうというパターンである。無情にも刻々と過ぎていく時が、サスペンスを極限にまで高めていく。

このパターンの代表作として誰もが挙げる作品が、ウイリアム・アイリッシュの『幻の女』だ。妻殺しで死刑を宣告された男の処刑が迫ってくる。アリバイはあるのだ。犯行時刻には、街で出会った見知らぬ女性と一緒に過ごしていたのだから。だが、誰もその女の存在を認めない。死刑執行日が迫るなか、友人がその「幻の女」を探し求める。もちろん、ミステリーとしての大きな仕掛けはべつにあるのだが、死に向けて刻まれる時計の針が、最高のサスペンスを生み出している。

ここで太宰治「走れメロス」を思い出したならば、サスペンスがどんな小説にも必要なことは頷けるはずだ。時限爆弾の爆発など、タイムリミットの設定にミステリー作家は腐心してきたが、意外にも、赤川作品では、ストレートにタイムリミット・サスペンスを扱った長編は少ない。あと五日でアメリカに旅立つ女子大生をガードする『探偵物語』や、著名な文学賞を受賞した大作家をめぐる大騒ぎの『授賞式に間に合えば』など、ひとひねりしたタイムリミットが設定されている。

『顔のない十字架』のタイムリミットは、次の月曜日である。死がその日、名前も分からず、どこにいるのかも知れない誰かに訪れるのだ。もしかしたら、午前零時、月曜日になった瞬間なのかもしれない。佐知子の長い一週間が始まる。

その一週間というタイムリミットだけでもサスペンス十分なのに、次々と迫る危機が、すなわちスリルが、佐知子をなおいっそう窮地に追い込んでいく。

火曜日、殺し屋のナイフの尖端が、喉にピタリと当てられる。水曜日は間一髪のところでナイフの襲撃をかわした。木曜日には薬をもられて監禁されてしまう。金曜日は乗っていたオートバイが一方通行を逆進、前から車が！　土曜日、今度は乗っていた車が他の車と衝突！　そして日曜日には、いよいよ黒幕と対決――。まさに絶体絶命のピンチを、何度もくぐり抜けながら、必死に誘拐された娘を探す佐知子である。

スリルとは喜びや悲しみや恐怖の激情だ。江戸川乱歩「スリルの説」によれば、古来の大文学にはほとんど例外なくスリルの魅力が含まれているという。とくにドストエフスキーには注目していて、「彼の作品はどの一つを取っても、私の所謂《いわゆる》心理的スリルの宝庫であって、殆《ほとん》どこの世のありとあらゆる型のスリルが、百科辞典のように網羅されていると云っても過言ではない」と述べているほどだ。そして当然ながら、スリルを含まないミステリーもまたないことになる。

「スリルの説」では、シャーロック・ホームズものの「まだらの紐《ひも》」をスリルの一例として挙げていた。この作品から深夜の密室に悪魔を待伏せする恐怖や異様の口笛などのスリルを除いたら、いったい何が残るのかと。奇しくも赤川氏も、『ぼくのミステリ作法』でこの作品を挙げて、「一寸先も見えぬ暗闇の中で、正体の分らぬ敵を待つサスペンスが実にみごとです」と述べている。最高のスリルとサスペンスの相乗効果によって、「まだらの紐」は今日まで読み継がれているのだ。

完全犯罪を可能にする毒が入った小瓶が転々とする『ポイズン 毒 POISON』や、爆弾入りのぬいぐるみがいろいろな人の手に渡る『おやすみ、テディ・ベア』といった初期作品を皮切りに、『シングル』、『作者消失』、『大変身！』、『乳母車の狙撃手』、『友よ』など、赤川作品でもそのスリルが一杯である。

スリルとサスペンスに満ちた『顔のない十字架』は、カッパ・ノベルス（光文社）の一冊として一九八二年四月に刊行された。聞くところによれば、佐知子と行動を共にすることになってしまう、殺し屋の辰巳《たつみ》の人気が高いらしい。スリルそのものというキャラクターだから当然かもしれないが、佐知子との恋愛模様もまた、ひと味違ったサスペンスとして印象に残ったのだろう。

選りすぐりのサスペンス・ミステリーを揃えた「赤川次郎サスペンス劇場」、『顔のない十字架』の佐知子はこんな思いにふと身を震わせる。

ごく当たり前の、平凡なOLだった自分が、とめどなく変わって行く、その恐ろしさに身が震えた。夢遊病者が眠りながらさまよって、ふと目を覚ますと、切り立った断崖絶壁のふちに立っているのに気付いたような気持ちであった。

さて、あなたはこの不安に耐えられるだろうか……。

一九八五年四月　光文社文庫刊

光文社文庫

赤川次郎サスペンス劇場
顔《かお》のない十字架《じゅうじか》　新装版
著者　赤川《あかがわ》次郎《じろう》

2009年4月20日　初版1刷発行

発行者　駒井稔
印刷　堀内印刷
製本　関川製本

発行所　株式会社光文社
〒112-8011　東京都文京区音羽1-16-6
電話　(03)5395-8149　編集部
8113　書籍販売部
8125　業務部

落丁本・乱丁本は業務部にご連絡くだされば、お取替えいたします。
ISBN978-4-334-74577-6　Printed in Japan

組版　萩原印刷

お願い　光文社文庫をお読みになって、いかがでございましたか。「読後の感想」を編集部あてに、ぜひお送りください。

このほか光文社文庫では、どんな本をお読みになりましたか。これから、どういう本をご希望ですか。どの本も、誤植がないようつとめていますが、もしお気づきの点がございましたら、お教えください。ご職業、ご年齢などもお書きそえいただければ幸いです。当社の規定により本来の目的以外に使用せず、大切に扱わせていただきます。

光文社文庫編集部

赤川次郎ファン・クラブ

三毛猫ホームズと仲間たち

入会のご案内

赤川先生の作品が大好きなあなた!〝三毛猫ホームズと仲間たち〟の入会案内です。年に4回会誌（会員だけが読めるショート・ショートも入ってる!）を発行したり、ファンの集いを開催したりする楽しいクラブです。興味を持った方は、必ず封書で、〒、住所、氏名を明記のうえ80円切手1枚を同封し、下記までお送りください。折り返し、入会の申込書をお届けします。（個人情報は、規定により本来の目的以外に使用せず大切に扱わせていただきます）。

〒112-8011
東京都文京区音羽1−16−6
㈱光文社　文庫編集部内
「赤川次郎F・Cに入りたい」の係

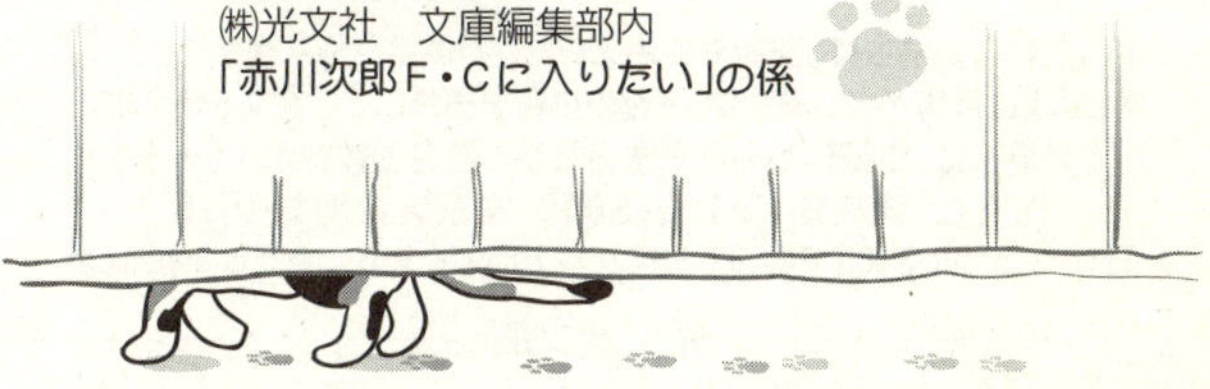